AF387943

Marie Caroline Bonnet ist das Pseudonym der Kieler Autorin Jessica Weber. Wenn sie nicht gerade in einer ihrer Geschichten versinkt, arbeitet sie freiberuflich als Lektorin und Korrektorin. Neben der Arbeit ist das Reisen ihre Leidenschaft. Sei es auf Buchmessen, zu Lesungen, im Schreib-Urlaub, zu Besuch bei Autoren – und anderen Freund:innen, zur Recherche oder auf der Suche nach neuen Schauplätzen für ihre Geschichten – sie und ihr kleines blaues Auto sind immer unterwegs. Außer historischen Romanen mit und ohne Romantik schreibt sie Kurzgeschichten im Genre Phantastik, liebt Gemeinschaftsprojekte mit Autorenkolleg:innen und ist Herausgeberin mehrerer Anthologien. Sie ist Mitglied im Phantastik-Autoren-Netzwerk (PAN) e. V. und in der Schreibgruppe WOBBS.

MARIE CAROLINE
BONNET

DER RUF
DER
HOFFNUNG

*STURMTÖCHTER
SAGA*

Überarbeitete Neuausgabe Juni 2024

Copyright © 2024 dp Verlag, ein Imprint der
dp DIGITAL PUBLISHERS GmbH
Made in Stuttgart with ♥
Alle Rechte vorbehalten

Der Ruf der Hoffnung

ISBN 978-3-98998-195-9
E-Book-ISBN 978-3-98998-049-5

Dies ist eine digitale Neuausgabe des bereits 2019 und 2021 beim dp Verlag, ein Imprint der dp DIGITAL PUBLISHERS GmbH, erschienenen Titels *Tage der Stürme* (ISBN: 978-3-96817-535-5) und *Schatten der Vergangenheit* (978-3-96087-664-9).

Copyright © 2016, Forever by Ullstein
Dies ist eine überarbeitete Neuausgabe des bereits 2016 bei Forever by Ullstein erschienenen Titels Töchter der Stürme (ISBN: 978-3-95818-086-4).

Covergestaltung: Jasmin Kreilmann
Umschlaggestaltung: ARTC.ore Design
Unter Verwendung von Abbildungen von
depositphotos.com: © kathysg, © OlezzoSimona, © davidschrader, © perig76, © amornchaijj
shutterstock.com: © DarkBird, © fokke baarssen
Korrektorat: Daniela Höhne
Satz: dp DIGITAL PUBLISHERS GmbH
Druck und Bindung: Books on Demand GmbH, Norderstedt

VORWORT

Liebe Leser:innen,

mit diesem dritten Band endet die stürmische Familiensaga um Lianne Cartier-Lavie und ihren Weg von der armen Dienstmagd zur erfolgreichen Pariser Künstlerin. Sie selbst steht in diesem Buch zwar nicht mehr im Mittelpunkt, dennoch ist sie natürlich weiterhin ein wichtiger Teil der Geschichte. Erzählt wird diese jedoch von ihrer und Lucs Tochter Laure.

Laures heile Welt zerbricht, als ihr Cousin Nicolas verschwindet und dessen Zwillingsschwester, ihre beste Freundin Nisani, daraufhin eine Veränderung durchmacht, die Laure nicht verstehen kann. Nur Lianne und Luc, die zu einer Kunstausstellung nach Paris gereist sind, vermögen Licht ins Dunkel der Familiengeheimnisse zu bringen, die hinter Nicolas' Verschwinden stecken. So machen sich Laure und Nisani auf den Weg in die Hauptstadt.

Sie haben die Rechnung ohne den extrem harten Winter gemacht, der ohne Vorwarnung über Europa hereinbricht und nicht nur den glücklichen Ausgang ihrer Reise, sondern auch das Leben ihrer Lieben gefährdet.

Dieser sogenannte Jahrtausendwinter, der mir bei Recherchen zufällig begegnete, war der Anlass, den Roman zu genau diesem Zeitpunkt spielen zu lassen. Der Winter ist ein erbarmungsloser Antagonist. Zwar nicht der einzige in dieser Geschichte, aber einer, der ungeheure Macht besitzt. Die Macht, ganze Landstriche zu verwüsten und den Menschen alles zu nehmen. Plötzlich ist ein Gemälde nur noch Heizmaterial und eine steif gefrorene Ente der schönste Liebesbeweis.

Und wem können unsere Heldinnen und Helden in dieser unwirtlichen Umgebung überhaupt noch trauen, wenn die Vergangenheit erneut ihren dunklen Schatten auf sie wirft? Fast tausend Seiten Abenteuer, Liebe und Hass im Frankreich des 17. Jahrhunderts finden mit diesem Buch ihren eiskalten und doch herzerwärmenden Abschluss.

Viel Freude bei der letzten Etappe der stürmischen Reise wünscht

Marie Caroline Bonnet

PROLOG

Das Mädchen stand allein an der Reling und starrte in die Ferne. Die Seemänner um sie herum, die ihre Arbeit an Deck verrichteten, beachtete sie nicht. Nur wenn sie ihr zu nahe kamen, warf sie ihnen giftige Blicke zu. Die lauten Rufe störten sie, doch viel mehr noch das Gelächter. Niemand sollte fröhlich sein, während sie in die Verbannung geschickt wurde!

Endlos erstreckte sich das Meer vor ihr, hinter ihr, um sie herum. Nicht einmal Seevögel gab es noch in dieser blauen Einsamkeit aus Wind und Wellen. Sie stellte sich vor, ein Vogel zu sein. Vom Himmel aus gesehen wäre das riesige Handelsschiff nur ein winziger Fleck und sie selbst nicht mehr als ein Staubkorn. Der Gedanke behagte ihr nicht, und sie schüttelte ihn rasch ab.

Der Tag neigte sich dem Ende zu. Die Sonne, ein sattgelber Kreis am flammend roten Himmel, machte sich auf den Weg, am Horizont zu versinken.

Flammend rot, dachte das Mädchen und ballte die Fäuste. *Wie meine Wut. Wie können sie mir das nur antun?*

Ein Windstoß blies ihr die Kapuze vom Kopf, ergriff Besitz von ihrem offenen blonden Haar und zerrte es in alle Richtungen. Sie ließ es geschehen, schloss die Augen und genoss das Gefühl, das der wilde Wind auf ihrem Gesicht hinterließ, denn es zeigte ihr, dass sie noch am Leben war.

Wie aber würde ihr weiteres Leben aussehen? Sie konnte sich nichts Schlimmeres vorstellen, als ausgerechnet nach Paris geschickt zu werden. Der Gedanke an die verhasste Stadt verursachte ein Kribbeln in ihrem Nacken, böse Vorahnungen ergriffen von ihr Besitz.

Würde sie *sie* dort treffen?

Und was würde dann geschehen?

Wenn ihr Großvater wüsste, wohin man sie verbannte! Doch er konnte ihr nicht helfen – nun nicht mehr. Sie musste sich allein aus dieser misslichen Lage befreien.

Und das würde sie!

Die Sonne war fast vollständig verschwunden, als die ruhige, tiefe Stimme neben ihr erklang.

»Komm herein. Das Essen wird kalt.«

Sie riss sich von dem Anblick des brennenden Himmels los und ging mit festen Schritten auf das Heckkastell zu. Ein letzter tiefer Atemzug, bevor der stickige Schiffsbauch sie für die Nacht verschlang, dann trat das Mädchen ein.

1

La Rochelle, Oktober 1708

Ich schrie auf, als der Ziegel um Haaresbreite mein Gesicht verfehlte und vor meinen Füßen zerschellte. Zitternd presste ich mich in einen nahen Hauseingang, entschlossen, keinen einzigen Schritt mehr in diesem Unwetter zu tun.

Nisani bog sich vor Lachen und brüllte über das Tosen des Sturms hinweg: »Laure, du Angsthäschen. Komm schon!«

Sie packte meine Hand und zog mich vorwärts. Mit rasendem Herzen versuchte ich, auf dem rutschigen Straßenpflaster mit meiner Cousine Schritt zu halten. Dann kam erneut etwas auf uns zugeflogen. Es war ein dickes Holzbrett, doch der Wind wirbelte es so mühelos herum wie ein vertrocknetes Blatt. Nisani sah es nicht kommen. Sie hatte sich eben zu mir umgedreht, um mich zur Eile anzutreiben. Ich stürzte mich auf sie und stieß sie mit aller Kraft zur Seite. Das Brett krachte nur wenige Schritte von uns entfernt auf den Boden, wurde wie von Geisterhand wieder aufgehoben und weitergetrieben. Für einen winzigen Augenblick zeigte auch Nisanis Gesicht einen Anflug von Schrecken, dann aber lachte sie wieder.

»Uns zwei bekommt doch so ein laues Lüftchen nicht klein! Vorwärts, Cousinchen, wir müssen zu Hause sein, ehe es völlig dunkel ist, sonst dreht Maman uns die Hälse um.«

Das laue Lüftchen war in Wahrheit ein ausgewachsener Sturm, der nichts an seinem angestammten Platz ließ. Er peitschte das Meer auf und warf Schiffe und Boote wie Spielzeuge von einer Seite auf die andere. Er drückte das Wasser in das Hafenbecken, bis es überlief und die Straßen der Stadt überschwemmte. Viel zu lange waren wir draußen geblieben, hatten die frische, salzige Luft und die Freiheit ohne unsere jüngeren Brüder genossen. Nisani und ich hatten stundenlang geredet, gelacht und dabei zugesehen, wie sich die Wolken zusammenballten und der Himmel sich bedrohlich schwarz färbte. Wir hatten die Schaumkronen auf den unruhigen Wellen betrachtet, die Nasen in den Wind gestreckt und schließlich die ersten dicken Tropfen mit unseren Zungen aufgefangen. Als wir endlich bemerkt hatten, dass das Wetter eine unbekannte Heftigkeit annahm, war es bereits zu spät gewesen.

Regen prasselte in Sturzbächen auf uns herab, während wir den langen Weg vorbei am *Tour de la Lanterne* zum Haus meiner Tante rannten. Immer wieder mussten wir ausweichen, damit wir nicht von herumfliegendem Unrat getroffen wurden. Über uns grollte es schauerlich, und Blitze begannen, den finsteren Himmel zu erhellen. Ich fand nicht länger Halt in meinen Schuhen, verlor beinahe das Gleichgewicht, als ich durch das knöchelhohe Wasser patschte. Immer schwerer wurde mein Umhang, der sich vollgesogen hatte, und bald musste ich das Kleidungsstück ausziehen, um nicht davon zu Boden gedrückt zu werden. Es bot ohnehin keinen Schutz mehr; mein Kleid war schon vollständig durchnässt. Auch meine Cousine trug ihren Mantel über dem Arm. Ihr Zopf hatte sich gelöst, und das schwarze Haar ringelte sich um ihren Kopf, wie immer, wenn es nass wurde.

Wir rannten am Kai entlang, als plötzlich ein einsames Wagenrad auf mich zu wirbelte. Ich machte einen Satz nach rechts, um ihm auszuweichen, geriet ins Straucheln und wäre um ein Haar ins Hafenbecken gestürzt, hätte Nisani mich nicht im letzten Augenblick gepackt und zurückgerissen. Einer meiner Schuhe rutschte von meinem Fuß, fiel hinab und verschwand in den Fluten. Übelkeit wallte in mir auf, und ich fühlte mich, als würden meine Beine nachgeben, doch meine Cousine zog mich fest an sich und hielt mich umklammert. Ich spürte durch den dünnen Stoff ihres Kleides, dass sie zitterte und Mühe hatte, ihren rasenden Atem zu beruhigen. Sie küsste mich auf das Haar, dann ließ sie mich los.

»Komm, Laure. Wir sind fast daheim.«

Die Blitze und das Grollen kamen nun gleichzeitig, und ich schrak zusammen, als es ganz in der Nähe schauderhaft krachte. Doch ich rannte weiter, immer hinter Nisani her, deren Schritte viel fester waren als meine.

Dann hatten wir es geschafft. Ich lachte und schluchzte gleichzeitig, als ich das Haus vor mir sah, das unsere Rettung vor dem Unwetter war. Auch Nisani kicherte haltlos und brüllte: »Wir sind die Größten! Laure und Nisani, die Bezwinger der Elemente!«

Der strömende Regen kitzelte mein Gesicht, und ich hatte mich noch nie so erleichtert, so frei und so unerhört ungehorsam gefühlt. Den Gedanken daran, was mir beinahe geschehen wäre, verdrängte ich erfolgreich. Triefend nass und aus vollem Halse lachend, stürmten wir durch die Tür in das Haus von Nisanis Eltern.

Tante Adelais kam in die Halle, die Hände in die Hüften gestützt. »Nisani, Laure! Da seid ihr ja endlich, Mädchen. Ich hatte solche Sorgen um euch!«

Ich verstand sie, dennoch konnte ich nicht aufhören, wie verrückt zu kichern. Nisani erging es nicht besser. Die bis auf die Haut durchweichten Kleider klebten an unseren Körpern, aus den Haaren rannen Bäche. Um uns bildete sich im Nu eine Pfütze auf den Holzdielen, und Marie, die Magd, kam herbei und nahm uns kopfschüttelnd die tropfenden Umhänge ab.

Da liefen auch schon unsere vier jüngeren Brüder auf uns zu und brüllten durcheinander:

»Habt ihr die Blitze gesehen?«

»Und den Donner gehört?«

»Wie es regnet!«

»Maman, ich möchte hinaus! Wenn Laure und Nisani es dürfen, will ich es auch!«

Tante Adelais befahl der Meute das sofortige Zubettgehen und scheuchte sie fort. Unter großem Geschrei und Getrampel wurde der Aufforderung Folge geleistet. Ich bewunderte meine Tante zutiefst, der es scheinbar mühelos gelang, die Buben zu bändigen. Ich selbst verlor regelmäßig die Geduld mit ihnen.

»Zieht die nassen Kleider aus«, sagte meine Tante nun zu Nisani und mir. »Ich lasse euch warme Milch bereiten. Das Abendessen habt ihr verpasst.«

Aus Tante Adelais' Mund klang das wie der schlimmste Vorwurf, da sie selbst nie eine Mahlzeit ausließ. Ich starrte auf meine Füße und biss mir auf die Unterlippe, um nicht laut loszulachen.

Marie kam mit einem Arm voller Tücher zurück, drückte uns je eines in die Hand und ließ den Rest auf den Boden fallen. Missmutig murmelnd begann sie, die Wasserlachen aufzuwischen, die wir hinterlassen hatten. Wir bemühten uns, unsere Heiterkeit zu unterdrücken, und gingen mit vorsichtigen Schritten durch die Halle.

Da erst bemerkte ich, dass Nisanis Zwillingsbruder Nicolas auf halber Treppe stand. Er musterte mich kurz, schüttelte lächelnd den Kopf, dann blieb sein Blick an seiner Schwester haften, während er langsam weiter die Stufen hinabging. Ich beobachtete seine Miene. Sie veränderte sich, wann immer er Nisani betrachtete. Die Verbundenheit zwischen ihnen war vom ersten Moment an vorhanden gewesen, berichteten ihre Eltern. Auch jetzt sprach aus seinen Augen eine so große Zuneigung, dass es schien, als seien die beiden keine Geschwister, sondern ein Liebespaar.

Ich konnte nicht verhindern, dass Neid in mir aufstieg. Lag es daran, dass ich mit meinen wesentlich jüngeren Brüdern keine solch ebenbürtige Verbindung spürte, oder vielmehr daran, dass mich noch nie ein Mann auf diese Weise angesehen hatte? Ich wusste es nicht. Es gab zwar niemand Bestimmten, dessen Aufmerksamkeit ich mir gewünscht hätte, doch ich war längst nicht mehr das kleine Mädchen, für das mich alle hielten.

Neben Nisani wirkte ich mit meinem glatten, braunen Haar und den hellgrauen Augen langweilig, das war mir bewusst. Die Fülle der schwarzen Wellen, die ihren Kopf umrahmte, der feuersprühende Blick und ihre hochgewachsene, wohlgeformte Gestalt mit den schmalen Schultern und breiten Hüften waren wie dafür gemacht, Männern zu gefallen. Alles in allem war sie ein Ausbund an Lebendigkeit, selbstbewusst, manchmal launisch und ein wenig schroff, doch ebenso überschwänglich liebevoll.

Ich dagegen war die liebe Laure, stets freundlich, still und hilfsbereit. Dass auch ich Gefühle hatte, versteckte ich zumeist erfolgreich. Es hatte Zeiten gegeben, in denen ich gewünscht hatte, mein hübscher Cousin würde mich so ansehen, wie er seine Schwester betrachtete. Diese Anwandlungen waren glücklicherweise vergangen. Offenbar gab es auch keine andere Frau, die ihm gefiel, denn zum Missfallen seiner Eltern war er, ebenso wie Nisani, nicht gewillt, sich über seine familiäre Zukunft Gedanken zu machen.

Nicolas war am Absatz der schmalen Treppe stehen geblieben. Ich drängte mich zuerst an ihm vorbei, Nisani folgte mir. Ich hörte ihn hinter mir scharf einatmen, dann erklang Tante Adelais' Stimme.

»Nicolas? Komm bitte, dein Vater erwartet dich im Arbeitszimmer.«

Sie schien noch immer erbost über die Verschmutzungen, die wir angerichtet hatten, denn ihr Tonfall klang missmutig.

»Ja, Maman.« Nicolas musste sich räuspern, um die Worte herauszubringen.

Sein Verhalten verwunderte mich. Ich drehte mich auf der Treppe um und sah ihm nach, wie er meiner Tante den Flur entlang folgte. Dadurch bemerkte ich, dass auch er sich noch einmal zu uns umsah – oder vielmehr zu Nisani. Ich konnte die Gefühle nicht deuten, die in diesem Blick lagen, doch sie verwirrten mich zutiefst. Rasch lief ich meiner Cousine nach, hinauf in unser Zimmer.

»Was ist los mit Nicolas?«, fragte ich, nachdem ich die Tür hinter uns zugezogen hatte.

»Was soll mit ihm sein?« Nisanis Gesicht nahm einen verschlossenen Ausdruck an.

Manchmal war es lästig, dass man zu keinem der Zwillinge etwas über den anderen sagen konnte, ohne dass er sogleich eine verteidigende Haltung einnahm, obwohl überhaupt kein Angriff erfolgt war.

»Ich finde, er verhält sich seltsam«, beharrte ich dennoch. »Er ist still und nachdenklich.«

Nisani zuckte mit den Schultern. »Komm, ich helfe dir aus deinem Kleid.«

Ich gab klein bei und versuchte nicht, sie weiter über Nicolas auszufragen. Ich ließ sie die Schnürung in meinem Rücken öffnen, reckte die Arme in die Höhe, und Nisani zog mir den nassen Stoff über den Kopf. Dann begann sie, mich abzutrocknen.

»Du zitterst ja, Cousinchen. Schnell, kleide dich an und wickle dir das Tuch um den Kopf. Und dann geh hinunter und trink deine heiße Milch.«

»Sprich nicht mit mir, als sei ich fünf Jahre alt«, gab ich missmutig zurück, musste jedoch zugeben, dass ich tatsächlich fror.

Nisani lachte. »Ich meine es doch nur gut. Du wirst dich erkälten.«

»Und du nicht?«

»Mir ist nicht kalt. Und ich mag keine Milch trinken. Lass mich ruhig allein und sag Maman, dass ich mich gleich hinlege.«

»Bist du sicher?«

»Natürlich. Ich ziehe mich ebenfalls um und gehe dann schlafen.«

Ich zog ein trockenes Kleid an, wickelte meine Haare ein und verließ das Zimmer. Im Großen und Ganzen war ich glücklich im Haus meiner Verwandten, doch es gab Augenblicke, da sehnte ich mich unendlich nach meinen Eltern und unserem Zuhause. Dies war ein solcher Moment. Irgendetwas war seltsam mit den Zwillingen, und ich hatte wenig Lust, mich in ihre Probleme hineinziehen zu lassen. Auch wenn ich Nisani als meine beste Freundin betrachtete und gerade ein ebenso gefährliches wie aufregendes Erlebnis mit ihr geteilt hatte, gab es zuweilen Stimmungen zwischen uns, die mir nicht gefielen.

Meine Mutter nahm an einer Kunstausstellung in Paris teil, deshalb waren sie und mein Vater am Ende des Sommers dorthin gereist. Zwar finanzierte der König momentan aufgrund von anderen hohen Ausgaben keine *Salons*, doch eine Gruppe von Malern hatte sich entschlossen, auf eigene Faust weiterhin Ausstellungen im Louvre-Palast abzuhalten.

Mit einer Kutsche voller Gemälde waren die beiden aufgebrochen. Ich hatte mir so gewünscht, sie würden mich mitnehmen, doch leider war dies nicht geschehen. Angeblich musste ich für die kleinen Brüder da sein und Tante Adelais unterstützen. Natürlich hätte ich dafür Verständnis gehabt, wenn es denn die Wahrheit gewesen wäre. Ich spürte jedoch, dass sie mich nur nicht mitnahmen, weil sie mich für zu jung hielten. Gewiss, ich war überaus behütet aufgewachsen in unserem beschaulichen La Rochelle.

Aber Paris! Maman hatte mir in leuchtenden Farben davon vorgeschwärmt. Zwar war es eine riesige Stadt und ihre Erlebnisse dort nicht ausschließlich schön, doch was sie mir ansonsten berichtet hatte, reichte aus, um eine ungeheure Sehnsucht in mir zu wecken. Auch ich wollte all die Gebäude sehen, die Kirchen und Kathedralen, Paläste und Gärten, den breiten Fluss, der die Stadt in zwei Hälften teilte ...

Ich wurde aus meinen Gedanken gerissen, da Nicolas soeben Onkel Pauls Arbeitszimmer verließ und mir in der Halle entgegenkam. Er lächelte mich an, doch sein Blick hatte etwas Suchendes. Hielt er schon wieder nach Nisani Ausschau?

Tante Adelais trat ebenfalls in die Halle. Ich beobachtete, wie sich Nicolas rasch aus dem Blickfeld seiner Mutter entfernte und die Treppe hinaufeilte. Adelais schickte sich an, Onkel Paul aufzusuchen, da bemerkte sie mich. Die Sorgenfalten in ihrem Gesicht glätteten sich.

»Komm, Laure«, sagte sie. »Wir gehen in die Küche. Marie hat gewiss die Milch fertig. Wo ist Nisani?«

»Sie hat sich bereits hingelegt. Sie verspürte keinen Appetit auf Milch.« *Geschweige denn auf Gesellschaft,* setzte ich in Gedanken hinzu. Ich verstand sie. Auch ich genoss es, wenn ich einmal unser Zimmer für mich allein hatte, so wie daheim. Ich nahm mir vor, die nächste Stunde unten zu verbringen, um ihr ein wenig wohltuende Einsamkeit zu gönnen.

Adelais runzelte die Stirn, dann nickte sie.

»Du zitterst ja, Kind. Willst du dich auch lieber hinlegen?«

»Nein. Ich habe zu großen Hunger.«

Meine Tante lachte. »Das verstehe ich gut. Es ist unmöglich, hungrig schlafen zu gehen.«

Im Gegensatz zu mir sah man ihr durchaus an, dass sie den Mahlzeiten gern und reichlich zusprach, dies tat ihrer Schönheit jedoch keinen Abbruch. Die vollen Wangen, die üppigen Brüste und die ausladenden Hüften harmonierten vollkommen mit den strahlend blauen Augen, die denen meines Vaters glichen, dem langen Haar und ihrer liebreizenden Stimme. Wenn meine Tante sang, verstummte alles um sie herum und lauschte verzaubert.

Marie hatte tatsächlich bereits zwei Becher warme Milch bereitgestellt. Die Magd schien ihren Ärger überwunden zu haben, denn sie begrüßte mich lächelnd. Ich trank gierig, um meine vor Kälte starrenden Glieder aufzuwärmen, und bemerkte, dass das Getränk mit Honig gesüßt war. Verzückt leckte ich mir die Lippen. Tante Adelais nahm Nisanis Becher und leerte ihn in einem Zug.

»Ich muss noch einmal mit deinem Onkel sprechen. Marie wird dir etwas kalten Braten vom Abendessen bereiten. Ich bin gleich zurück.«

Ich nickte und ließ mir den Rest der Milch schmecken. Langsam wurde mir wärmer, obwohl das Herdfeuer nur noch glimmte.

***

Adelais betrat das Arbeitszimmer ihres Mannes und stellte sich neben den Schreibtisch. Paul blickte auf, und seine eben noch ernsten Züge wurden weich.

»Wie schön, Liebste. Du kommst mich besuchen. Es wird leider ein langer Abend, da ich mir reichlich Arbeit mit nach Hause genommen habe.«

Adelais beugte sich hinab und küsste den vollen, schwarzen Haarschopf ihres Gatten.

»Heute ist es einmal kein freudiger Besuch. Können wir über etwas sprechen?«

»Du siehst besorgt aus. Was ist geschehen?«

»Es geht um unsere Kinder.« Adelais zog einen Stuhl heran und setzte sich neben ihren Mann. »Um Nisani und Nicolas.«

»Was ist mit ihnen?«

»Ich denke, sie lieben sich.«

Paul lachte. »Das sollten sie, sie sind schließlich Zwillinge.«

»Das sind sie nicht, und das weißt du genau! Hast du bemerkt, wie Nicolas seine Schwester ansieht?«

»Wie sieht er sie denn an?«

»Wie ein Hund die Ware des Metzgers. Als wolle er sie verschlingen. Vorhin, als sie pitschnass nach Hause kam und das Kleid an ihrem Körper klebte, konnte er seinen Blick nicht von ihr wenden.«

Paul runzelte die Stirn. »Bist du sicher, dass du dir dies nicht bloß einbildest?«

»Ganz sicher!« Adelais sprang auf und begann, im Zimmer auf und ab zu gehen. »Er begehrt sie. Und warum auch nicht? Sie sind keine leiblichen Geschwister.«

Mit größter Selbstbeherrschung war es Adelais, die ihr Herz gewöhnlich auf der Zunge trug, gelungen, das Geheimnis über die Jahre zu bewahren. Einzig ihr Mann, ihr Bruder und seine Frau kannten die Wahrheit. Doch damit war es nun vorbei! Sie fürchtete, platzen zu müssen, wenn sie sich nicht endlich offenbaren konnte.

»Paul, wir müssen es ihnen sagen!«

»Das geht nicht, Liebste. Denk doch an deine Eltern. Deine Mutter hat sich nie gänzlich von dem Schlag erholt, den sie erlitt, als Lucien so schwer verletzt wurde. Soll sie erfahren, dass ihre geliebte Enkelin in Wahrheit die Tochter der Frau ist, die daran die Schuld trug?«

»Du meinst, sie würde es Nisani spüren lassen?«

»Ich denke schon.«

»Dann sagen wir es nur den Kindern.«

»Was soll das nützen? Sie wüssten, dass sie zusammen sein dürften, aber sie könnten es dennoch nicht.«

»Also müssen wir es offenbaren und die Auswirkungen auf meine Eltern in Kauf nehmen.«

Paul schüttelte den Kopf. »Mir wäre das Gerede gleich, Liebste, doch bedenke: Wir sind auf das Wohlwollen der Kunden angewiesen, deine wie meine Familie. Wir waren uns alle einig, dass niemand jemals et-

was erfahren darf. Lianne hat es nicht einmal ihren Eltern erzählt. Nur wir zwei, sie und Lucien kennen die
Wahrheit. Und so muss es bleiben.«

Adelais ließ sich wieder auf den Stuhl fallen und fuhr
sich durch das lange Haar. »So kann es nicht weitergehen. Ich sehe doch, dass es Nicolas quält.«

»Er wird darüber hinwegkommen. Wir schicken ihn
für eine Weile fort. Im nächsten Monat bricht ein Handelszug mit Ware für den Winter nach Tours auf, den
könnte er begleiten. Dann wäre er erst einmal für einige Wochen fort.«

Adelais seufzte. »Und wenn sie sich aufrichtig lieben?
Können wir ihnen diese Gefühle verwehren?«

»Wir sehen weiter, wenn Nicolas zurückkehrt.« Paul
ergriff die Hand seiner Frau und küsste sie. »Es wird alles gut, hab keine Sorge.«

»Das hoffe ich.« Adelais erhob sich. »Arbeite nicht
mehr so lange. Ich brauche dich an meiner Seite.«

»Warte im Bett auf mich.« Paul grinste und zwinkerte
ihr verschwörerisch zu.

Adelais musste lachen. »Du bist unmöglich! Ich gehe
jetzt zu Laure und leiste ihr beim Essen Gesellschaft.«

2

Nicolas hatte gewartet, bis die Küchentür hinter seiner Mutter und Laure ins Schloss gefallen war, dann war er die Treppe hinaufgerannt. In seinem Zimmer angekommen, ließ er sich auf das Bett fallen und vergrub den Kopf in den Händen.

Verflucht, sie war seine Schwester!

Er durfte nicht auf diese Weise an sie denken. Er konnte jedoch nicht verhindern, dass ihm heiß wurde, wenn er sie sah oder auch nur von ihr träumte, an sie dachte. Wie das Kleid an ihrem Körper gehaftet hatte ... Der Gedanke nahm ihm den Atem.

Es ist Sünde!

Nicolas sprang auf und lief zum Fenster, dann zur Tür, immer hin und her. Was sollte er nur tun? Fünf Jahre schon quälten ihn unanständige Gefühle für Nisani, seit ihrem gemeinsamen vierzehnten Geburtstag, als sie ihn in die Arme genommen und neckend auf den Mund geküsst hatte. In jenem Augenblick hatte er sich zum ersten Mal gewünscht, der Kuss möge nie zu Ende gehen. Seitdem hatte er lange Zeit jeden Sonntag Angst vor dem Kirchgang gehabt, in der Befürchtung, der Priester würde ihm ansehen, was er fühlte. Diese Furcht war vergangen, doch gebeichtet hatte er seine unkeuschen Gedanken nie, zu sehr schämte er sich. Er hatte gehofft, die geschwisterlichen Gefühle ihrer

Kindheit würden zurückkehren, dieser Wunsch jedoch hatte sich nicht erfüllt. Von Tag zu Tag wurde es schlimmer, und an diesem Abend hatte das Dilemma seinen Höhepunkt erreicht.

Wäre ich doch nur nicht in dem Augenblick die Treppe hinuntergegangen!

Er hätte sich umdrehen und wegrennen sollen, aber es war zu spät gewesen. Laure hatte niedlich ausgesehen in der triefenden Kleidung, Nisani jedoch war dahergekommen wie die Versuchung in Person. Das Begehren war in ihm aufgewallt und hatte sich nicht eindämmen lassen. Heißer Schmerz war in seine Lenden gefahren, als er sie so gesehen hatte, die vollkommenen Formen ihres Körpers unter dem engen Kleid abgezeichnet, die Brüste und die Hüften überdeutlich zu erkennen. Sie hatte sich über die Lippen geleckt, um einen Wassertropfen aufzufangen. Wie sehr er diesen Mund küssen wollte! Dann hatte sie sich an ihm vorbeigedrängt, um die Treppe hinaufzugehen, und ihr rundes Hinterteil hatte seine Männlichkeit gestreift. Mit Mühe nur hatte er sich davon abhalten können, sie in seine Arme zu reißen.

Es ist Sünde!

Er schlug mit beiden Fäusten gegen die Wand, wieder und wieder, dann ebenso mit dem Kopf. Wie von Sinnen fügte er sich Schmerzen zu, um sich zur Vernunft zu bringen, denn sein Körper reagierte schon bei dem bloßen Gedanken an die Begegnung auf der Treppe mit Erregung.

Er wandte der Tür den Rücken zu und blieb schwer atmend mitten im Raum stehen, die schmerzenden Fäuste gegen sein Glied gepresst, um es zur Ruhe zu zwingen. Da vernahm er das leise Quietschen der sich öffnenden Tür. Und gespiegelt im Fenster, erhellt vom Schein der Laterne auf seinem Nachttisch, sah er, wer eingetreten war.

»Was tust du?«, fragte Nisani sanft. »Ich habe Geräusche gehört.«

»Geh wieder, Schwester. Ich möchte allein sein.« Er hörte selbst, wie gequält seine Stimme klang.

Sie ging nicht, sondern kam näher. Er sah ihr Spiegelbild und sein eigenes, die miteinander verschmolzen. Er hielt den Atem an, als sie eine Hand auf seine Schulter legte.

»Bitte, Nisani. Geh.«

»Ich möchte nicht.«

Sie versuchte, ihn zu sich umzudrehen. Als er sich nicht rührte, trat sie um ihn herum und stellte sich dicht vor ihn. Sie trug noch immer das nasse Gewand. Ihre Hände strichen wie unabsichtlich über ihren Körper, als genieße sie das Gefühl der eng anliegenden Kleidung.

»Ist dir nicht kalt?« Krampfhaft bemühte er sich, sie nicht anzusehen und das Gespräch in eine unverfängliche Richtung zu lenken.

»Nein.«

Er sah sie an. Er wollte es nicht, doch er konnte nicht anders.

Die Situation war verwirrend, beinahe unwirklich. Das flackernde Licht der Laterne zauberte Glanzpunkte in die schräg stehenden Augen und auf die feuchten Lippen seiner Schwester, das ganze Haus war in Stille getaucht, was sonst nicht einmal sonntags vorkam. Das

Donnergrollen klang nur noch von fern zu ihnen herein, vor dem Fenster herrschte Dunkelheit. Es war, als wären sie vollkommen allein auf der Welt.

Nicolas unternahm einen letzten Versuch, sich Nisanis Zauber zu entziehen. Er trat zwei Schritte zurück und sagte: »Du musst dich dennoch umziehen, sonst wirst du krank.«

Sie folgte ihm nach, ließ nicht zu, dass er Abstand zwischen sie beide brachte. Ihre Augen leuchteten. Die Luft war erfüllt von dem Duft nach Regen, feuchtem Haar und Bienenwachs. Seine Hand hob sich wie ohne sein Zutun und legte sich auf die schwarzen Locken.

»Hilfst du mir aus dem Kleid?«, fragte sie tonlos.

Oh Gott, was geschieht hier? Sie darf mich nicht so reizen! Weiß sie denn nicht, was sie tut? Was ich drauf und dran bin zu tun?

»Nisani ...« Seine Stimme klang rau vor Erregung. Sie war so nah, so greifbar. Sie wollte, dass er sie auszog. Sie wandte ihm den Rücken zu und deutete auf die Schnürung ihres Kleides. Mit zitternden Fingern löste er die Bänder, bis das Gewand nur noch locker um ihren Körper hing. Enttäuschung erfasste ihn. Es verlangte ihn danach, wieder ihre Formen zu sehen, die kleinen, prallen Brüste, das Hinterteil, das ihn so verlockte. Da fiel der Stoff zu Boden, sie drehte sich um und stand nackt vor ihm.

All seine Fantasien hatten ihn nicht darauf vorbereitet, was er nun sah. Nicolas stöhnte auf und riss Nisani in seine Arme. Er war nicht länger ihr Bruder, nicht einmal ein Mensch, er war nur noch Verlangen. Zu lange hatte er sich nach ihr verzehrt, nun war es um seine Beherrschung geschehen. Er presste seine Lippen auf ihre

Brüste, nahm erst eine Brustwarze, dann die andere in den Mund. Er hörte sie ein leises, wohliges Geräusch ausstoßen und verstand es als Zustimmung. All seine Gedanken versanken in einem Strom der Leidenschaft, jedes Schuldgefühl verlor sich in dem Duft ihrer Haut, der feuchten, kühlen Weichheit unter seinen Händen. Er umschloss ihre Pobacken, drängte ihren Körper gegen seinen. Ihr Kopf sank auf seine Schulter, er spürte, wie sie die Zähne in den Stoff seines Hemdes schlug.

Er schob sie von sich, riss sich mit schnellen Bewegungen alle störende Kleidung herunter, dann packte er sie abermals. Diesmal biss sie in seine Haut, und der Schmerz jagte einen erneuten Lustschauer durch seinen Leib. Ihre Hände griffen nach seinem Hinterteil, so wie seine nach ihrem, sie pressten ihre Unterleiber aneinander, bewegten sich auf und ab, stöhnten im Gleichklang. Nicolas drehte Nisani um, lehnte ihren Körper gegen die Wand, bedeckte ihn mit seinem, biss in ihren Nacken, rieb sich an ihrem Rücken. Sie schrie auf, und er wandte sie wieder zu sich um und verschloss ihren Mund mit einem heftigen Kuss. Sie öffnete sich ihm, die Lippen ebenso wie den Unterleib. Und während seine Zunge in ihren Mund drang, suchte auch sein Glied einen Weg in sie hinein, tastete sich immer weiter vor. Zitternd vor Erregung zog sie ihn mit sich, und gemeinsam fielen sie auf das Bett. Sie spreizte die Beine, wölbte sich ihm entgegen, bot ihm ohne jede Furcht ihre geheimste Stelle dar, und er kniete sich über sie und stieß zu, wieder und wieder, härter und härter. Schließlich ergoss er sich in sie, fühlte aber, dass seine Lust noch nicht gestillt war.

Auch ihr Leib war noch auf das Äußerste angespannt, zitterte vor Verlangen, sie stöhnte mit geschlossenen Augen und geöffneten Lippen. Er ließ seine Zunge über ihre Brüste wandern, den flachen Bauch entlang, fuhr dann über das lockige Haar ihrer Scham. Kehlige Laute erklangen aus ihrem Mund, ihr Körper erschauderte, begann zu zucken. Da spürte er, dass auch er ein weiteres Mal bereit zur Vereinigung war. Er drang wieder in sie ein, und während sie noch bebte, entlud sich seine Lust ein zweites Mal.

Dann war es vorbei. Schweißnass und schwer atmend lagen sie nebeneinander. Das vollkommene Glücksgefühl dauerte genau so lange, bis sich sein Kopf geklärt hatte. Dann traf ihn wie ein Schlag, was er getan hatte, was sie beide getan hatten.

»Nisani«, stöhnte er verzweifelt auf. Langsam erwachte auch sie aus dem Traum, den sie soeben durchlebt hatten, und blickte ihn verwirrt an.

»Was war das?«

»Ich weiß es nicht.« Nicolas spürte, wie Tränen in ihm aufstiegen.

»Ich muss hinübergehen«, wisperte Nisani. »Laure kommt jeden Moment herauf. Wenn sie mich sucht ...«

Sie brauchte den Satz nicht zu beenden. Nicolas war klar, dass sie nicht beieinander liegen bleiben konnten. Er wollte noch etwas sagen, doch er wusste, dass Worte nicht helfen würden und die Lage weder ungeschehen noch besser zu machen vermochten.

Er ließ sie los, und sie nahm ihr Kleid und schlich, nackt wie sie war, davon. Bleierne Müdigkeit breitete sich in Nicolas' Körper aus, doch es war nicht die wohlige Erschöpfung, die er zuweilen gespürt hatte, wenn er seine überschäumende Erregung bei den Dirnen nahe den Häfen abgebaut hatte. Vielmehr drückte die Schwere seiner Schuld ihn nieder, er fühlte sich leer, endlich körperlich befriedigt nach all den Jahren der Sehnsucht, doch so unglücklich, wie er nur sein konnte. Er hatte seine Schwester geschändet! Sie hatte es ebenso gewollt wie er, doch das war keine Entschuldigung. Sie war ein unschuldiges Mädchen gewesen, eindeutig jungfräulich, und er hatte ihr dies genommen, sich mit ihr in Blutschande vereinigt, sie ebenfalls zur Sünderin gemacht. Wie sollte er mit dieser Schuld weiterleben? Wie sollte er ihr je wieder in die Augen sehen, wie seinen Eltern? Er hatte bei Nisani gelegen, sie besessen, sich in sie ergossen. In seine Schwester! Gequält schluchzte er auf, die Tränen rannen nun ungehemmt über seine Wangen. Nie wieder konnte er seiner Familie unter die Augen treten.

Sie wollte es doch!, schrie der Teufel, der in ihm wohnte. *Sie hat dich verführt!*

Nein! Sie ist ein Kind, sie hat dir vertraut, brüllte sein Gewissen.

Nach Stunden des Wachliegens und Umherwälzens, während die Stille im Haus nicht mehr verzaubernd, sondern erdrückend war, erkannte er, dass beides stimmte. Doch das machte es nicht besser. Noch immer fühlte er ihre Hände auf seinem Körper, ihre Zähne in seinem Fleisch, und erneut erfasste ihn Erregung. Er hatte sie einmal – nein, zweimal! – besessen, und er wollte es wieder, würde es immer wieder wollen, für den Rest seines Lebens.

Das Grauen vor sich selbst ließ ihn erzittern. Als sich die Nacht ihrem Ende neigte, wusste Nicolas, was er zu tun hatte.

3

Im ersten Augenblick, noch halb im Schlaf, dachte ich, Tante Adelais würde singen. Dann erkannte ich, dass sie schrie. Ich riss die Augen auf und sah zu Nisani hinüber. Draußen war es bereits hell, doch meine Cousine schlief wie ein Stein. Ich sprang aus dem Bett und rannte, noch im Nachtkleid, die Treppe hinunter.

Inzwischen ertönten geräuschvolles Jammern und Wehklagen aus dem Salon, dessen Tür offen stand. Ich fand meine Tante in Tränen aufgelöst vor, sie saß am Tisch und rang die Hände. Vor ihr auf dem Boden lag ein Blatt Papier. Ich hob es auf, doch als ich es mir ansehen wollte, wurde das Weinen lauter. Marie kam herbei, mit Sorgenfalten im Gesicht und einem Becher in der Hand.

»Hier, trinkt das.«

Sie hielt Adelais das Gefäß vor den Mund, doch diese wandte den Kopf ab und schüttelte sich, weiter vor sich hin heulend, als würde sie sich niemals beruhigen.

»Marie, bitte hole Onkel Paul aus dem Kontor.«

Die Magd ging, und ich blieb allein und hilflos mit meiner Tante zurück. Ich legte ihr die Hand auf das Haar, doch sie entzog sich mir und ließ den Kopf auf die Tischplatte sinken. Ihr Körper zuckte von ihrem Schluchzen. Da ich offenbar nichts tun konnte, um ihr zu helfen, musste ich wenigstens herausfinden, was geschehen war. Das Papier in meiner Hand würde mir hoffentlich Aufschluss geben.

Es war ein Brief.

Liebste Maman, lieber Papa,
Geschwister und Cousins,
ich muss von euch Abschied nehmen. Es fällt mir unsagbar schwer, ist jedoch unvermeidbar. Wir werden uns nicht wiedersehen. Es gibt einen Grund, doch bitte sucht nicht danach – und sucht auch nicht nach mir. Glaubt mir, mein Entschluss ist zum Besten der Familie.
Ich liebe euch alle.
Nicolas

Das Blatt fiel mir aus der Hand, so wie zuvor meiner Tante. Ich konnte nicht glauben, was ich da las. Nicolas war fort? Mein geliebter Cousin, mein großer Bruder, hatte die Familie verlassen? Mir war, als würde mir das Herz aus der Brust gerissen. Wie mochte es erst seinen Eltern ergehen? Und Nisani? Auch mir stiegen die Tränen in die Augen. Wie würde meine Cousine den Verlust ihres Bruders verkraften?

Ich erhielt die Antwort auf diese Frage schneller und in größerer Heftigkeit, als mir lieb war. Schlaftrunken trat Nisani in den Salon, sah uns fragend an, bemerkte dann den Brief und hob ihn auf. Sie las, und ein unmenschliches Heulen erklang aus ihrer Kehle, das in einen Schrei von solcher Wut und Verzweiflung überging, dass es mir in den Ohren – und noch mehr im Herzen – schmerzte. Nisani ergriff die Vase mit den letzten Herbstblumen, die wir meiner Tante gepflückt hatten, und schleuderte sie an die Wand, dass sie in tausend Stücke zersprang. Das Blumenwasser spritzte durchs Zimmer, und Tante Adelais' Wehlaute mischten sich mit Nisanis hundertfach wiederholtem »Nein!«.

Ich wusste nicht, was ich tun sollte, fühlte mich vollkommen hilflos. Am liebsten wäre ich fortgelaufen. Doch es war Nisani, die davonrannte. Augenblicke später hörten wir die Haustür ins Schloss fallen. Ich riss mich aus meiner Starre, lief zur Tür und öffnete sie. Nisani stürmte die Straße hinab, ihr helles Nachtkleid flatterte wie eine Fahne im Wind.

»Wohin willst du denn?«, rief ich ihr nach.

»Meinen Bruder suchen!« Ihre Stimme bebte vor Zorn, dann verschwand meine Cousine um die Hausecke.

Ich wusste, es hatte keinen Sinn, ihr nachzulaufen. Sie war viel schneller als ich, und die Straßen der Stadt waren noch immer voller Wasser. Das Unwetter war vorbei, der Himmel grau und verhangen, doch es fiel kein Regen mehr. Dennoch hatte ich keine Lust, wieder in Pfützen herumzulaufen. Der Schreck über das eben Erfahrene saß mir in den Gliedern. Außerdem konnte ich Tante Adelais nicht allein lassen. So ging ich zurück ins Haus.

Die Meute kam mir entgegen, und ich wollte besser nicht wissen, was sie in der Küche angestellt hatte, nachdem Marie sie dort unbeaufsichtigt gelassen hatte. Meine beiden Brüder René und Jacques, sieben und zehn Jahre alt, grinsten mich mit honigverschmierten Mündern an, ihre Cousins Robert und Noel, acht und zwölf, kauten mit vollen Backen.

»Was ist hier los, Laure?«, fragte Noel, der als Ältester der Wortführer der Bande war. »Warum heulen alle?«

»Es scheint, dass Nicolas verreisen musste und so bald nicht nach Hause kommen wird. Nun sind wir traurig.«

Die Knaben, die sich in ihrer verschworenen Gemeinschaft offenbar genügten, sahen sich an und zuckten die Achseln. Sie schienen den Verlust leicht zu nehmen, und ich hoffte, sollte Nicolas wirklich nicht zurückkehren, dass sie Adelais die Trauer erleichtern würden.

Ich war sicher, Nisani würde ihren Bruder nicht finden. Der Brief war dem Anschein nach in großer Eile und in der Dunkelheit geschrieben worden, denn die Worte waren krakelig und ungleichmäßig. Nicolas musste noch in der Nacht fortgegangen sein. Hätte ich etwas tun können, um es zu verhindern? Ich setzte mich neben meine Tante und grübelte, was ich übersehen hatte.

Es fühlte sich an wie eine Ewigkeit, bis Onkel Paul endlich mit Marie zurückkam. Adelais stürzte sich in seine Arme, noch immer haltlos weinend, dann stieß sie ihn plötzlich von sich.

»Ich habe es dir gesagt!«, schrie sie. »Das Geheimnis hat ihn fortgetrieben.« Sie trommelte mit den Fäusten auf den Oberkörper meines Onkels ein. »Wir hätten es offenbaren müssen, nun ist es zu spät!«

Paul ergriff die Hände seiner aufgelösten Frau, zog sie an sich und hielt sie fest, bis sie sich endlich beruhigte und nur noch leise weinte. Er drückte sie zurück auf ihren Stuhl, ohne sie loszulassen. Ihre nächsten Worte, in das Hemd ihres Mannes gemurmelt, waren kaum zu verstehen, doch sie jagten mir einen kalten Schauder über den Rücken.

»Wenn er sich nun etwas antut ...«

War das möglich? War Nicolas so verzweifelt, dass er seinem Leben ein Ende setzen würde? Ich stellte fest, dass ich meinen Cousin weniger gut kannte, als ich gedacht hatte, denn ich vermochte mir die Frage nicht zu beantworten. Hilflos saß ich neben seinen untröstlichen Eltern – auch Onkel Paul standen Tränen in den Augen – und überlegte, was wir tun konnten.

Da wurde mir bewusst, was Tante Adelais vor dem verhängnisvollen letzten Satz gesagt hatte. *Geheimnis?* Was hatte sie damit gemeint? Bei aller Traurigkeit regte sich Ärger in mir. Hatte man mich wieder einmal wie ein kleines Mädchen behandelt, mir Wichtiges verschwiegen? Doch offenbar gab es etwas, das auch Nicolas nicht wusste. Was konnte es sein?

Das Zuschlagen der Haustür riss mich aus meinen Gedanken. Nisani stürmte in den Salon, das hellgelbe Nachtkleid am Saum nass und schlammig.

»Papa! Warum suchst du meinen Bruder nicht?« Tränen strömten über die geröteten Wangen. »Geh schon!«

Wenn ihr Tonfall ihrem Vater missfiel, so ließ er es sich nicht anmerken.

»Komm und setz dich, Nisani.«

»Ich will mich nicht setzen!« Ihre Stimme überschlug sich. »Wir müssen Nicolas finden. Ich war bereits am Hafen, dort war er nicht. Wir müssen die Landwege absuchen, und ...« Atemlos brach sie ab.

Onkel Paul ließ seine Frau los, trat zu seiner Tochter und packte sie an den Schultern.

»Nisani. Wir werden ihn nicht finden, da er es nicht wünscht. Lass ihn ziehen.«

»Niemals!«, kreischte sie wie von Sinnen, versuchte, sich aus dem Griff ihres Vaters loszumachen, tobte und wand sich in vollkommener Raserei. Ich konnte nur dasitzen und verstand die Welt nicht mehr.

Plötzlich fuhr Tante Adelais' Kopf nach oben, und ihre Stimme klang erstaunlich ruhig und klar.

»Nisani, Laure. Wir werden euch jetzt die Wahrheit sagen.«

Meine Cousine hielt in ihrem wütenden Gebärden inne, offenbar hatte der Tonfall ihrer Mutter sie hellhörig gemacht. Onkel Paul ließ sie los und setzte sich wieder neben seine Frau.

»Bist du sicher, Liebste?«, fragte er leise, und dann, beinahe unhörbar: »Und wenn wir sie dadurch auch noch verlieren?«

»Es darf keine Lügen mehr geben! Verstehst du das nicht?«

Paul seufzte, dann nickte er. »Nisani, komm, setz dich zu uns.«

Sie wählte den Stuhl zu meiner Linken, und ich fühlte das Beben ihres Körpers. Ihr noch immer keuchender Atem dröhnte in meinen Ohren. Kalte Angst vor der Wahrheit, die wir nun erfahren sollten, lähmte mich.

»Nisani. Wir haben dir nie gesagt, woher dein Name kommt, nicht wahr?« Tante Adelais hielt ihre pummeligen Hände auf dem Tisch verkrampft. »Er bedeutet ›Meine Tochter‹ in der Sprache deiner Mutter.«

Stille senkte sich über den Raum, nur aus der Küche waren das Kichern der Meute und Maries zornige Stimme zu hören. Meine Gedanken rasten, doch ich kam zu keinem Ergebnis. Ich blickte Nisani an und sah meine Verwirrung in ihren Augen gespiegelt.

»Ich bin nicht die Frau, die dich geboren hat, und dein Vater hat dich auch nicht gezeugt. Du bist unsere Tochter und wirst es immer sein, doch in meinem Bauch warst du nie.«

Ich fand als Erste meine Stimme wieder.

»Und Nicolas?«

»Er ist unser leiblicher Sohn.«

»Dann sind sie keine Zwillinge? Nicht einmal Geschwister?«

Ich starrte Nisani an, sah sie plötzlich – ich wusste nicht, warum – mit anderen Augen. Was ich in ihrem Gesicht erblickte, machte meine Verblüffung vollkommen. Der Ausdruck wechselte von Überraschung zu – Erleichterung? –, dann zu einer bodenlos scheinenden Trauer und schließlich zu einer solchen Wut, dass mir angst und bange wurde. Nisani erhob sich langsam, trat neben Adelais und holte aus. Ich befürchtete, sie würde zuschlagen, doch sie zögerte. Ihre Hand verharrte einen Moment in der Luft, dann ließ sie sie sinken.

»Wie konntest du mich so anlügen?«, zischte sie. »Ich bin nicht deine Tochter? Ich habe keine Familie, meine Brüder sind nicht meine Brüder, meine Cousins nicht verwandt mit mir?«

»Verwandtschaft ist keine Sache des Blutes, Nisani. Selbstverständlich gehörst du zu uns! Du bist mein kleines Mädchen.« Onkel Paul wollte ihre Hand ergreifen, doch Nisani entzog sich ihm.

»Lass mich! Wer weiß noch davon?«

»Nur Lianne und Lucien. Sonst niemand auf der Welt.«

»Nicolas hat keine Ahnung?«

Paul schüttelte den Kopf, und Nisani schluchzte auf.

»Und nun ist er fort! Das ist eure Schuld!«

Sie sah aus, als wolle sie ihre Eltern doch noch schlagen, dann aber drehte sie sich um und rannte aus dem Zimmer. Tante Adelais brach abermals in Tränen aus, und mein Onkel wandte sich an mich.

»Laure, bitte versuch du, mit ihr zu reden.«

Ich stand auf und folgte meiner Cousine die Treppe hinauf. Ich wusste nicht, was ich zu ihr sagen sollte und ob ich überhaupt ein Wort herausbringen würde. Mein Kopf fühlte sich an wie ein einziger riesiger Knoten, der sich nicht entwirren wollte. Mein Inneres dagegen schien sich aufzulösen, mir war flau im Magen, heiß und kalt gleichzeitig.

Was bedeuteten diese neuen Erkenntnisse für unsere Familie? Ich hatte das Gefühl, dass nun nichts mehr so sein würde, wie ich es kannte.

Ich betrat unser gemeinsames Zimmer und sah Nisani an, die vor dem Spiegel stand und sich betrachtete. Mitgefühl erfasste mich. Wie mochte es sich anfühlen, plötzlich nicht mehr zu wissen, wer man war?

»Du bist dieselbe wie vorher. Sorge dich doch nicht.«

Sie fuhr herum und funkelte mich an.

»Woher willst du das wissen?«

»Ich kenne dich. Du bist meine Freundin und Vertraute, daran wird sich nichts ändern.«

»Ich bin nicht dieselbe und werde es auch nie mehr sein«, entgegnete sie heftig. »Ich war die Hälfte von etwas Ganzem, ein Teil von Nicolas und er ein Teil von mir. Nun ist er nicht mehr mein Zwilling. Er ist fort, und wir haben keine Gelegenheit ...« Sie brach ab, und ich fragte mich, was sie hatte sagen wollen. Ich trat zu ihr und legte ihr eine Hand auf die Schulter.

»Ich weiß, du liebst deinen Bruder sehr …«

»Ach ja?«, fuhr sie mich an. »Das weißt du also? Nichts weißt du! Du bist nur ein dummes kleines Mädchen, und deine Eltern sind ebensolche hinterhältigen Lügner wie meine. Ich hoffe, sie kommen nie aus Paris zurück. Der Teufel soll sie holen!«

Tränen schossen in meine Augen. Sie musste wissen, wie sehr mich ihre Worte verletzten, und dennoch sprach sie sie aus. Sie wusste, es war die schlimmste Beleidigung, mich ein dummes Kind zu nennen. Das hätte ich ihr aufgrund der Umstände vielleicht verzeihen können, doch meinen Eltern den Tod zu wünschen, ging entschieden zu weit! Unbändige, nie gekannte Wut erfasste mich. Ich holte aus und schlug ihr ins Gesicht. Sie war so überrascht, dass sie taumelte. Ich versetzte ihr einen heftigen Stoß, und sie fiel rückwärts um und auf ihr Hinterteil.

»Sag das nie wieder!«

»Ich sage in meinem eigenen Haus, was immer ich will! Du bist hier nur geduldet.«

»Ach ja? Immerhin gehöre *ich* zur Familie!«

Nisani wurde so blass, wie ihr dunkler Teint es erlaubte. Nun hatte auch ich ihr das Schlimmste gesagt, was ich hätte sagen können. Wir wussten es beide. Wir waren quitt. Doch es fühlte sich nicht im Mindesten befriedigend an.

Ich reichte ihr wortlos die Hand. Es war keine versöhnliche Geste, und so verstand sie sie auch nicht. Dennoch ließ sie sich von mir auf die Füße ziehen. Dann wandten wir einander den Rücken zu und gingen jede unseres Wegs. Meiner führte mich, nachdem ich mich endlich angekleidet und gewaschen hatte, nach draußen. Ich hielt die Trauerstimmung im Hause nicht mehr aus. Die Meute war ausgeflogen, mochte irgendwo in den Gassen der Stadt herumstreunen, und es war – bis auf das stetige Weinen meiner Tante – still.

Ich zog die Haustür hinter mir zu und atmete auf. Noch immer hingen graue Wolken über La Rochelle, und der Wind zerrte an meinem Umhang. Vorsichtig schritt ich um die Pfützen und Rinnsale herum, die Straße hinab und zu unserem Haus, das abweisend wirkte und nichts von seiner üblichen Wärme ausstrahlte. Ich nahm den Schlüssel, den ich stets bei mir trug, vom Gürtel und schloss auf. Die Tür knarrte lauter als gewöhnlich, da sie dieser Tage so selten benutzt wurde. Ich trat ein und blickte mich um. Unsere Magd kam wöchentlich, um den Staub und die muffige Luft zu bekämpfen, und es sah so aus, als sei dies gerade erst geschehen.

Ich ging die Treppe hinauf in mein Zimmer, und mein Herz wurde ein wenig leichter, als ich die Bilder erblickte, die Maman für mich gemalt hatte. Sie zeigten seltsame, fremdartige Tiere und Pflanzen, farbenprächtig und fröhlich. Ich trat an den kleinen Tisch und betrachtete meine eigenen Kunstwerke, die dort standen, meine Tonfiguren und bearbeiteten Steine. Sie waren längst nicht so gut wie die Bilder meiner Mutter, doch ich bemühte mich. Ich hatte Freude daran, fühlte mich jedoch nicht getrieben, diese Kunst auszuüben. Nicht wie Maman, die fieberhaft malte, wenn das Verlangen sie packte. Ob sie darüber Enttäuschung empfand, dass ihr Kind nicht ihr Talent und ihren Eifer geerbt hatte, wusste ich nicht. Sie zeigte es nie. Wann immer ich sie fragte, warum es mir wohl nicht in die Wiege gelegt war, eine Künstlerin zu werden wie sie, antwortete sie mit denselben Worten.

»Dein Großvater malt auch nur zu seinem Vergnügen. Selbstverständlich hast du die Gabe, eine Künstlerin zu sein. Doch wenn du nicht denselben Drang verspürst wie ich, dann mach es wie er. Das Wichtigste ist, dass deine Kunst dir Freude macht. Es kann so bereichernd sein, seine Gefühle anders als mit Worten auszudrücken.«

Hier in meinem hellen Zimmer hatte ich es jeden Tag getan, doch im überfüllten Haus meiner Tante fand ich dazu weder Ruhe noch genügend Licht. Zwar hatte ich einige Steine und Messer mitgenommen, doch mehr als ein paar lächerliche Figuren hatte ich nicht erschaffen. Ich vermisste es schrecklich! Ich nahm einen unbearbeiteten Speckstein und ein kleines, scharfes Schnitzmesser zur Hand in der Annahme, meine überschäumenden Gefühle müssten sich mühelos auf das nachgiebige Material bannen lassen. Dann jedoch brachte ich keinen einzigen Schnitt zustande. Zu viele Fragen ließen mich keine Ruhe finden. Warum war Nisani in die Familie gekommen, wer war ihre Mutter? Und aus welchem Grunde war bis heute nicht darüber gesprochen worden? Die Antworten würde ich hier nicht erfahren, solange das Haus so still und leer war.

Meine Eltern hatten nach ihrer Heirat 1689 vier Jahre in Paris gelebt. Ich war dort geboren. Papa hatte seinen erfolgreichen Tuchhandel geführt und Maman ihre

Ausbildung bei einer Meisterin beendet und als Malerin Erfolge gefeiert. Dann jedoch hatten sie entschieden, dass ein Kind besser nicht in der Hauptstadt aufwachsen sollte. So waren wir, als ich noch ganz klein war, zurück nach La Rochelle gezogen, in die Heimatstadt meines Vaters. Der Tuchhandel gedieh weiterhin prächtig, es gab fähige Angestellte, die ihn in Vaters Namen führten. Er leitete die Geschäfte von hier aus. Alle paar Jahre reisten meine Eltern nach Paris, um nach dem Rechten zu sehen und an Ausstellungen teilzunehmen, so wie jetzt.

Ich war nie wieder dort gewesen. In allen Fluren unseres Hauses hingen Bilder der Stadt, und meine Sehnsucht, sie endlich kennenzulernen, wuchs, wann immer ich sie sah. Langsam schritt ich an den Gemälden entlang, betrachtete sie und wünschte mich in das Gewirr der Hauptstadtstraßen, an das Ufer des mächtigen Flusses und vor allem in die Nähe meiner geliebten Eltern.

Die Enttäuschung darüber, zurückgelassen worden zu sein, trieb mir die Tränen in die Augen. Ja, vielleicht hatte ich in meinen sechzehn Lebensjahren noch nicht viel erlebt, aber ich beobachtete ohne Unterlass: Menschen, Beziehungen, das Leben. Nicht mit dem Blick der Künstlerin, so wie meine Mutter es tat, sondern einfach, weil ich alles verstehen wollte, was auf der Welt vor sich ging. Warum behandelten mich alle wie ein kleines Mädchen?

Meine Eltern trauten mir nicht zu, Paris zu besuchen, mein Lehrer sprach nur über die Vergangenheit und weigerte sich, mir von den gegenwärtigen Kriegen zu berichten, die unser geschätzter König führte. Als würde es mich nichts angehen, was in diesem Land geschah! Ich hörte die Menschen auf der Straße und bei den Gesellschaften, zu denen Tante Adelais gelegentlich einlud, davon sprechen, doch niemand sagte mir Genaueres. Die Neugier auf die Welt machte mir zuweilen zu schaffen, wenn es mir wieder einmal nicht gelang, etwas herauszufinden, das mich brennend interessierte.

Zunächst aber gab es Dinge, die ich hier in La Rochelle und im Haus meiner Verwandten erfahren musste, und so machte ich mich auf den Rückweg.

Als ich die Eingangstür öffnete, schlug mir die Traurigkeit wie ein eisiger Hauch entgegen. Eine Art von Nebel schien über den Räumen zu liegen, der alle Laute dämpfte. Ich fröstelte und betrat die Küche in der Hoffnung, dort etwas Wärme zu finden. Ich fand jedoch nur Marie, die mit rot geränderten Augen vor sich hin starrte, während sie geistesabwesend im Suppentopf rührte. Sie bemerkte nicht einmal, dass die Flüssigkeit überschwappte und zischend auf dem Herd verdampfte.

»Marie!«

Sie zuckte zusammen, errötete und murmelte eine Entschuldigung. Ich trat zu ihr, nahm ihr den Kochlöffel aus der Hand und schob sie zur Küchenbank. Kurz rührte ich in dem Topf, dann hob ich ihn vom Feuer, da das Gemüse bereits zu Brei verkocht war. Seit die Köchin bei ihrer hochschwangeren Tochter ausharren musste, hatte Marie das Kochen übernommen. Keiner sagte es ihr, aber ihre Talente lagen woanders.

Ich setzte mich zu der Magd und ergriff ihre Hände.

»Ach, Laure«, brach es aus ihr heraus. »Wie soll Madame Adelais dies überstehen? Und die bedauernswerte Nisani! Keiner kann sich vorstellen, wie es dem armen Mädchen geht.«

Es fiel mir schwer, das *arme Mädchen* in der wütenden, eiskalten Gestalt meiner Cousine zu erkennen, die sich wie der Teufel gebärdete, ohne überhaupt zu wissen, wie alles gekommen war. Doch ich verschwieg diese Gedanken.

»Wir müssen nun für sie da sein«, sagte ich stattdessen. »Tante Adelais wird sich schon fangen. Die Kleinen brauchen sie.«

Marie nickte, sah jedoch nicht überzeugt aus. Ihre Traurigkeit war ebenso wenig zu ertragen wie die meiner Tante, doch in das Zimmer, das ich mit Nisani teilte, zog mich auch nichts. Ich überlegte verzweifelt, wie ich die Zeit bis zum Abendessen überstehen sollte, da flog die Hintertür auf, und die Meute stürmte schwatzend in die Küche. Noel blieb stehen, hob die Hände und brachte die anderen so zum Schweigen. Mit gerunzelter Stirn betrachtete er Marie und mich, dann trat er näher.

»Habt ihr euch noch immer nicht beruhigt?«, fragte er.

Marie öffnete den Mund, nach ihrem Gesichtsausdruck zu urteilen zu einer scharfen Erwiderung, doch ich war schneller.

»Alle machen sich Sorgen um euren Bruder. Lasst ihnen ein wenig Zeit.«

»Aber es ist so traurig hier! Laure, wollen wir nicht lieber in unserem Haus wohnen? Eine Suppe wie diese da

kannst du gewiss auch kochen.« Mein Bruder Jacques
warf einen angewiderten Blick in den Topf.

René kam zu mir und kuschelte sich an mich. »Au ja,
Laure. Lass uns gleich unsere Sachen nehmen und nach
Hause gehen.« Tränen traten in die schwarzen Kuller-
augen des Kleinen, und ich zog ihn an mich.

»Das ist unmöglich, René. Wir können doch Tante
Adelais jetzt nicht verlassen.«

»Und uns auch nicht!« Robert stemmte die Hände in
die Hüften. »Wenn ihr geht, kommen wir mit!«

Kurz erschien mir ein Bild vor Augen, das mir den
Schrecken in alle Glieder jagte – ich und die Meute allein in meinem Elternhaus.

»Das wird nicht nötig sein«, sagte ich rasch. »Kommt,
wir gehen in euer Zimmer, und ihr berichtet mir, was
ihr heute wieder ausgefressen habt.«

Froh, die traurige Marie nicht länger um mich haben
zu müssen, ging ich mit den Buben auf deren Zimmer.
Es war beinahe so groß wie der Salon, doch von einer
solchen Unordnung, dass man kaum wusste, wohin
man seine Füße setzen sollte. Jeden Sonntag nach der
Kirche, wenn den kleinen Sündern ihre Missetaten vor
Augen geführt wurden, machten sie sich mit Feuereifer
ans Aufräumen. Kaum war der Montag vorbei, hatte
das Durcheinander den Raum wieder fest im Griff.
Noel schien der einzige der Jungen zu sein, der zumindest sein Bett und Schreibpult aufräumte, denn seine
Nachtkleidung sowie die Schulhefte lagen ordentlich
darauf. Das machte mir Hoffnung, dass auch meine
Brüder in einigen Jahren in der Lage sein würden, ihre
Dinge in Ordnung zu halten. Bis dahin jedoch hieß es,
das Beste aus den Gegebenheiten zu machen.

Ich bahnte mir einen Weg durch Lederbälle, Holzklötze und Kleidung und legte ein Stück Feuerholz in den Ofen, in dem nur noch die Glut glimmte. Bald loderten die Flammen auf. Ich war mir bewusst, dass es ein Segen war, das unerhörte Glück einer wohlhabenden Familie, dass wir in der Lage waren, den ganzen Winter über die Wohnräume zu beheizen. Zwar war es nicht einmal richtig kalt, doch die klamme Feuchtigkeit draußen war unangenehm, und es war genug Feuerholz vom vergangenen Jahr übrig geblieben. Der letzte Winter war so mild gewesen, dass wir viel weniger als erwartet verbraucht hatten.

Ich zog eine Decke von dem nächststehenden Bett, wickelte mich ein und setzte mich auf den Boden vor den Ofen.

»Nun, meine Lieben, was habt ihr mir zu beichten?«

Die Zeit bis zum Abendessen verging wie im Fluge mit dem lustigen Geplapper und den herzlichen Gesten der Buben. Als wir das Zimmer verließen, fühlte ich mich, als sei ich aus einem gemütlichen Nest in die raue Wirklichkeit verstoßen worden. Tante Adelais hatte aufgehört zu weinen, immerhin, doch ihr Gesicht war gerötet und aufgequollen. Sie hielt ihr Taschentuch fest umklammert und starrte mit leerem Blick vor sich hin. Onkel Paul saß hilflos daneben und war offensichtlich froh, mich zu sehen. Dabei hatte auch ich keine Ahnung, wie ich hätte helfen sollen.

Zu meiner Überraschung kam Nisani herunter. Es wurde jedoch rasch deutlich, dass es ihr nicht um das Essen und schon gar nicht um das Zusammensein mit der Familie ging. Ihren Teller und Becher rührte sie nicht an. Sie ließ Onkel Paul gerade noch das Tischgebet beenden, ehe sie herausplatzte: »Ich will jetzt Antworten von euch.«

»Später, Liebes«, sagte Tante Adelais und nickte in Richtung unserer kleinen Brüder.

Nisani krallte die Hände in die Tischplatte, schwieg aber. Als die Meute gesättigt war, scheuchte meine Tante sie mit dem Auftrag, Feuerholz aus dem Keller heraufzuschleppen, aus dem Zimmer. Lärmend machten sich die Knaben ans Werk, und Adelais begann zu sprechen.

»Deine Mutter Emeni und Lianne waren Freundinnen. Sie haben schlimme Zeiten zusammen durchgemacht, von denen ich jetzt nicht erzählen kann. Es ist die Sache deiner Eltern, dir von ihnen zu berichten, Laure.«

»Ist es das, was Maman mit den schlechten Dingen meint, die sie in Paris erlebt hat?«

Meine Eltern waren nie konkreter geworden, hatten stets nur angedeutet, dass nicht alles in der Hauptstadt herrlich war.

»So ist es. Du wirst es erfahren, wenn sie es für richtig hält.« Adelais seufzte. »Sie war bei Emeni, als du zur Welt kamst, Nisani. Es waren keine glücklichen Umstände, und deine Mutter überlebte die Geburt nicht.«

»Wie kam es, dass ihr mich als eure Tochter ausgabt? Noch dazu als Zwillingsschwester von Nicolas. Und dann fast zwanzig Jahre voller Lügen!« Nisanis Stimme klang schrill.

»Es war zu deinem Besten, Mädchen. Ich hatte gerade Nicolas zur Welt gebracht, deine Mutter war tot, du hättest keine Stunde überlebt, wenn ich dich nicht angenommen und gestillt hätte.«

»Das mag sein. Aber warum habt ihr die ganzen Jahre gelogen?«

»Das haben wir nicht. Du warst vom ersten Augenblick an unsere Tochter.«

Adelais sah aus, als müsse sie unter Nisanis wütendem Blick zusammenbrechen, dann jedoch straffte sie sich und hielt den funkelnden schwarzen Augen stand. Plötzlich wurde das Gesicht meiner Cousine weich.

»Erzähl mir von ihr«, sagte sie leise.

»Das würde ich gern, doch ich kannte sie nicht. Ich weiß nur, dass sie von den Westindischen Inseln stammte.«

»Warum ist meine Haut dann nicht viel dunkler?«

Tante Adelais zögerte, und in ihrer Miene stand deutlich geschrieben, dass sie die Antwort wusste. Dennoch sagte sie ausweichend: »Deine Tante Lianne kann dir alles berichten, wenn sie zurück ist.«

»Das kann Monate dauern!« Da war das Blitzen wieder. »Hat sie dir nicht von ihr erzählt?«

»Nein. Ich wollte es nicht wissen. Du warst mein kleines Mädchen, und ich mochte nicht daran erinnert werden, dass nicht ich dich geboren hatte.« Adelais seufzte. »Beruhige dich, Nisani. Wir werden alles besprechen. Nun musst du erst einmal begreifen ...«

»Das habe ich längst!« Meine Cousine fegte mit einem Schwung Teller und Becher vom Tisch. Suppe und Wein spritzten an die Wände und auf den Boden. »Ihr seid Lügner, allesamt!«

Damit rannte sie aus dem Zimmer.

Tante Adelais brach erneut in Schluchzen aus, Onkel Paul warf mir einen verzweifelten Blick zu und führte sie aus dem Raum. Ich half Marie, die Unordnung aufzuräumen, wischte Suppe auf und kehrte Scherben zusammen, und während der ganzen Zeit rasten meine Gedanken.

Ich hatte mein Leben lang gespürt, dass zwischen meinen Eltern eine solch enge Verbundenheit herrschte, dass kein anderer Mensch, nicht einmal wir als ihre Kinder, diese Hülle durchbrechen konnten. Natürlich war ich stolz auf meine verliebten Eltern, wenn auch gelegentlich peinlich berührt von ihren innigen Gesten und Worten. Und ein stetes Gefühl der Ausgeschlossenheit hatte mich begleitet. Seit Tante Adelais an diesem Tag zum ersten Mal das Wort *Geheimnis* ausgesprochen hatte, waren diese Empfindungen stärker geworden. Was verschwiegen mir meine Eltern? Was war in der Vergangenheit geschehen? Würde ich je alles erfahren, oder blieb ich das kleine Mädchen, dem man sich nicht anvertrauen musste?

Ich liebte meine Mutter und meinen Vater innig, doch in diesem Augenblick überkam mich eine solche Wut auf sie, dass es mir den Atem verschlug. Plötzlich konnte ich Nisani verstehen. Am liebsten hätte auch ich etwas zerstört! Doch ich war stets die Beherrschte, Vernünftige gewesen, und ich konnte nicht aus meiner Haut. So beschränkte ich mich darauf, mir fest auf die Unterlippe zu beißen. Wie gern hätte ich meine Eltern jetzt zur Rede gestellt, ihnen all meine Fragen an den Kopf geworfen!

Warum hatten sie überhaupt Kinder bekommen, wenn sie sie doch nur zu Verwandten abschoben, keine

Geheimnisse mit ihnen teilten, ihr eigenes Leben führten – in Paris! – und jetzt, in dieser Lage, nicht einmal erreichbar waren, um Rede und Antwort zu stehen? Ich verfluchte die Entfernung, die zwischen uns lag, wäre am liebsten sofort losgelaufen.

Ich wusste jedoch, ich musste mich gedulden, bis sie zurückkamen. Wie sollte ich diese Zeit überstehen? Nisani wütete wie eine Wilde, Tante Adelais und Marie heulten ohne Unterlass, Onkel Paul erwartete offenbar, dass ich vernünftig blieb und allen eine Hilfe war, und die Meute – so schön der Nachmittag mit den Buben gewesen war – war kaum die Gesellschaft, in der ich mich längere Zeit aufhalten konnte. Das wollten die Kleinen auch gar nicht. Ich fühlte mich unvollständig, zerrissen, so als triebe ich auf offener See und könnte mich nur an einem Stückchen Holz festklammern.

Die Tränen jedoch wollten nicht kommen. Nur das Blut begann zu fließen, so fest hatte ich mir auf die Lippe gebissen. Ich schmeckte es, und auf eine erschreckende Weise beruhigte es mich.

4

Le Havre

Nicolas atmete tief ein, dann betätigte er den Klopfer an der schwer beschlagenen Eingangstür. Sein Herz schlug wild, und er meinte, jedermann müsse ihm seine Schuld ansehen. Wäre er Manns genug gewesen, hätte er seinem elenden Dasein sogleich ein Ende gesetzt, doch er war nicht nur ein erbärmlicher Sünder, sondern zu allem Überfluss auch noch ein Feigling.

Die ganzen vier Tage seit seinem überstürzten Aufbruch aus La Rochelle hatte er kaum gesprochen, nicht einmal mit der Mannschaft des Schiffes, auf dem er in diese Stadt gekommen war. Er musste sich räuspern, sonst hätte ihn seine Stimme gewiss im Stich gelassen.

»Ich suche Kapitän Cartier«, platzte er heraus, kaum dass sich die Tür geöffnet hatte. »Ist er daheim?«

Die junge, blond gelockte Frau musterte ihn interessiert.

»Du bist Nicolas, nicht wahr? Wir haben uns lange nicht gesehen.«

»Agnès?«

»Dieselbe. Komm herein, wir essen gerade.«

Nicolas folgte der jüngsten Schwester seiner Tante Lianne durch das geräumige Haus ins Speisezimmer. Sie hatten Laures Großeltern einige Male alle gemeinsam besucht. Er hatte Jacquo Cartier als freundlichen Herrn im Gedächtnis behalten, und ihm war in seiner Not kein anderer Mensch eingefallen, an den er sich hätte wenden können.

»Margot, bring noch einen Teller!«, brüllte Agnès zur Küche hinüber, dann setzte sie sich.

»Kind, wann lernst du endlich, nicht immer so zu schreien?«, schalt die ältere Frau, die an der kleinen Tafel saß. Ihr schwarzes Haar war mit grauen Strähnen durchzogen, doch die dunklen Augen funkelten wach. »Nicolas! Wie schön, dich zu sehen.«

»Madame.« Nicolas reichte der Frau die Hand, dann wandte er sich an den Herrn zu seiner Linken. »Kapitän Cartier. Es tut mir leid, dass ich unangemeldet erscheine.«

»Du wirst einen Grund haben. Setz dich zu uns, Junge. Ich hoffe, in La Rochelle steht alles zum Besten?«

Nicolas bemerkte, dass sich Sorgenfalten um die grauen Augen legten. Schnell nahm er Platz und sagte betont fröhlich: »Doch, es geht allen gut. Eure Enkelsöhne gedeihen prächtig, und Laure ist zu einer hübschen jungen Dame geworden.«

»Sieht sie Lianne noch so ähnlich?«

»Mit jedem Tag mehr. Euch somit natürlich auch.«

»Und die Knaben? Kommen sie endlich etwas mehr nach ihrem Vater?«

»Nein, keines der Kinder hat viel Ähnlichkeit mit Onkel Luc. Nach wie vor sind die beiden Ebenbilder Eurer Gattin.«

Kapitän Cartier brach in schallendes Gelächter aus.

»Meine Enkelin sieht aus wie ich, die Jungen dagegen wie meine Frau. Besser wäre es andersherum, nicht wahr? Mit deiner Schönheit kann meine nicht mithalten, liebste Robina.«

Die Angesprochene blickte ihren Ehemann so liebevoll an, dass es Nicolas einen Stich versetzte. Die Gedanken an Nisani stürmten mit Macht auf ihn ein, er sah sie vor sich, ihre blitzenden schwarzen Augen, die vollen Lippen. Er meinte, noch ihre Hände auf seinem Körper zu spüren. Das musste aufhören! Er musste fort, weit fort von ihr und seinen schmutzigen Gefühlen.

»Herr Kapitän«, rief er aus. »Ich möchte Euch um etwas bitten.«

»Sollen wir nicht erst einmal essen?« Der Hausherr musterte ihn, und Nicolas meinte, unter dem forschenden Blick in sich zusammenzufallen. »Was quält dich, Junge?«

»Oh, so schlimm ist es nicht.« Nicolas bemühte sich, beiläufig zu klingen. Er brach ein Stück Brot ab und kaute ausgiebig darauf herum, bevor er weitersprach. »Ich habe den Wunsch, zur See zu fahren. Meine Eltern würden dies nicht gutheißen, also bat ich sie nicht um Erlaubnis, sondern entfernte mich ohne ihr Wissen aus La Rochelle. Ich weiß, das war nicht richtig, doch mich plagt die Sehnsucht nach der Ferne.«

Die Lügen waren leichter über seine Lippen gekommen, als er es erwartet hatte, doch er fühlte sich, als habe er etwas Verdorbenes gegessen, so sehr brannten die Worte in seiner Kehle und seinem Magen.

Es war die Hausherrin, die antwortete, und ihr Tonfall war streng.

»Du hast nicht etwa einen anderen Grund, von dort fortzulaufen? Hast du ein Mädchen in Schwierigkeiten gebracht? Dann werden wir dir keinesfalls behilflich sein!«

Nicolas spürte die Röte in seinem Gesicht aufsteigen.

»Nein, Madame!«, versicherte er rasch, doch er wusste nicht, wie überzeugend es geklungen hatte. Da kam ihm der Kapitän zu Hilfe.

»Liebste, du darfst nicht von allen jungen Männern schlecht denken, nur weil ich in dem Alter verantwortungslos gehandelt habe. Ich bin sicher, Nicolas hat keine Hintergedanken. Er ist schließlich in einem guten Hause erzogen worden.«

So dankbar Nicolas über den Beistand war – das Brennen in seinem Bauch wurde stärker. Er schämte sich so! Doch er hatte keine Wahl, als diese lieben Menschen anzulügen. Er musste sich schützen – und vor allem musste er Nisani vor sich schützen!

»Ich möchte einfach nur zur See fahren, doch mein Vater hat andere Pläne mit mir. Bitte gebt mir die Gelegenheit, auf einer Fahrt zu erproben, ob das Leben als Seemann wirklich etwas für mich ist. Wenn ich mich gut anstelle, muss auch Vater es mir erlauben.«

»Nun, ich würde dir gern helfen, doch ich habe mich zur Ruhe gesetzt.«

»Oh nein!«, entfuhr es Nicolas. Das durfte nicht sein, er musste doch fort!

Jacquo Cartier lachte auf. »Schau nicht so entsetzt. Ich habe die Seefahrt aufgegeben, da ich nicht mehr der Jüngste bin, mein Schiff jedoch ist frisch wie am ersten Tag. Oder nein, frischer! Le Havre ist nicht umsonst die wichtigste Schiffbauerstadt des Landes. Die Masten wurden verlängert und somit die Segelfläche vergrößert. Sie ist schneller denn je. Du hast Glück, sie ist sogar in der Stadt. Die *Liberté* fährt unter neuem Kommando, doch ich denke, ich kann dem Kapitän dein Anliegen schmackhaft machen.« Er zwinkerte Nicolas zu. »Iss auf, dann gehen wir zum Hafen.«

Als Nicolas die *Liberté* am Kai liegen sah, wurde ihm das erste Mal seit Tagen ein wenig leichter ums Herz. Das Schiff würde ihn fortbringen, weit fort in eine andere Welt, in der es keine Nisani und keine Sünde gab. Den Gedanken, dass es dort auch keine Eltern und keine jüngeren Geschwister gab, keine Cousinen oder Cousins, überhaupt keine Verwandten, schob er beiseite. Er hatte jegliches Recht auf eine Familie verspielt.

Sie kletterten an Bord, und Jacquo Cartier begrüßte den neuen Kapitän der *Liberté* herzlich.

»René, mein Lieber. Bist du bereit für die nächste große Reise?«

»Aber sicher, Herr Kapitän.«

»So musst du mich nicht mehr nennen.« Cartier lachte. »Der Titel gebührt nicht mir, sondern dir selbst.«

»Ich bin nach wie vor nichts als Euer Schiffsjunge und ergebener Diener – und der beste Freund Eurer Tochter.«

Tante Lianne hatte oft von ihrem brüderlichen Kameraden geschwärmt, und Nicolas stellte fest, dass dieser genau den gut gelaunten, herzlichen Eindruck machte, den er aus den Erzählungen von ihm gehabt hatte. Obwohl der Mann mittlerweile um die vierzig Jahre zählen musste, besaß er ein jungenhaftes, pausbäckiges Gesicht und eine Art zu lächeln, die es einem leicht machte, ihm zu vertrauen. Dass dieser Mann ein Korsar gewesen und nun ein mit allen Wassern gewaschener Handelskapitän war, ließ sich kaum mit dem Anblick vereinbaren, den er bot. Aber vielleicht war genau dies das Geheimnis seines Erfolgs. Den lobte Liannes Vater mittlerweile in den höchsten Tönen. Nicolas zwang sich, zuzuhören und nicht mit der Frage herauszuplatzen, ob er mitreisen durfte.

»Und nach diesen erfolgreichen gemeinsamen Fahrten war es mir ein Leichtes, das Kommando an René abzugeben.« Er schlug dem Jüngeren auf die Schulter.

»Ach, Ihr wolltet doch nur Eure schöne Frau nicht länger allein lassen.«

»Das auch!« Beide lachten schallend, und Nicolas fühlte sich, als müsse er erbrechen. Dann, endlich, beruhigte sich René.

»Wen bringt Ihr mir hier eigentlich?«, fragte er.

»Dies ist Nicolas, der Sohn von Luciens Schwester.«

»Freut mich.« Der Händedruck fiel so kräftig aus, dass Nicolas beinahe in die Knie gegangen wäre. »Interessiert Ihr Euch für die Seefahrt, junger Mann?«

»Deshalb sind wir hier«, antwortete Cartier an seiner Stelle. »Ich möchte ihn dir ans Herz legen. Er sehnt sich nach der Ferne.«

René musterte Nicolas so eindringlich, dass er die Röte in seinem Gesicht aufsteigen fühlte. Dann nickte der Kapitän langsam und so wissend, als hätte er ihn auf Anhieb durchschaut. Nicolas schob es auf sein schlechtes Gewissen und ergriff die Hand, die René ihm reichte.

»Man nennt mich Kapitän Lasalle, mein Junge, und es ist mir eine Freude, Liannes Neffen auf der *Liberté* zu begrüßen. Ich darf Nicolas sagen?«

»Selbstverständlich«, antwortete Nicolas mit vor Erleichterung zitternder Stimme.

»Gut, Nicolas. Wir legen in drei Tagen ab. Wenn du dann immer noch zur See fahren willst, sei pünktlich zum Morgenhochwasser hier.«

»Das werde ich.«

»Und so lange wohnst du bei uns«, sagte Jacquo Cartier. »Agnès wird sich freuen, einmal nicht allein mit ihren alten Herrschaften zu sein. Wir werden auch meine anderen Stiefkinder besuchen, Jean und Sophie. Sie sind beide gerade Eltern geworden.«

Nicolas bemühte sich um ein Lächeln. Er hatte den Eindruck, dass es ihm in den nächsten drei Tagen kaum gelingen würde, einen klaren Gedanken zu fassen. Vielleicht war das gut. Danach würde er genug Zeit haben, mit sich und seiner Schuld allein zu sein. Reichlich Zeit. Bis zum Ende seines Lebens.

5

La Rochelle

Nisani veränderte sich von Tag zu Tag stärker. Ich hatte früher schon bemerkt, dass ihre schwarzen Augen Gift versprühen konnten, doch bis zu dem verhängnisvollen Tag hatte sie derartige Blicke nie gegen mich gerichtet. Seit Nicolas' Verschwinden jedoch schien sie wütend auf alles und jeden zu sein.

Ich verstand nicht, was sie ihren Eltern vorwarf. Zwar hatte es mich ebenfalls verletzt, dass wir nicht in die Familiengeheimnisse eingeweiht worden waren, obwohl wir längst alt genug gewesen wären. Nach der ersten Wut jedoch hatte ich mich rasch beruhigt. Auch wenn die Neugier an mir nagte, war ich bereit, auf die Antworten zu warten, die meine Eltern uns geben würden.

Nisani jedoch blieb unversöhnlich. Sicherlich, es war schwer für sie, dass sie nicht die leibliche Tochter von Adelais und Paul war, aber sie musste doch verstehen, dass es ihnen nur um ihr Wohl gegangen war. Ich jedenfalls verstand sie.

Meine Tante litt unter dem Verhalten ihrer Tochter ebenso wie unter Nicolas' Abwesenheit. Die jüngeren Kinder konnten sie kaum über den Verlust ihrer Ältesten hinwegtrösten, obwohl sich die Knaben alle Mühe gaben. Adelais verlor sogar ihren Appetit, was ich noch nie erlebt hatte. Sie tat mir unendlich leid, doch jedes Gespräch mit Nisani, in dem ich sie zum Einlenken bewegen wollte, endete im Streit. Meist flogen sogar Dinge durch unser Zimmer, denn ihre Unbeherrschtheit machte mich gleichfalls rasend, sodass ich die Geduld mit ihr verlor und es ihr gleichtat. Wir benahmen uns schlimmer als unsere kleinen Brüder! Jeden Tag nahm ich mir vor, mich nicht mehr von ihr reizen zu lassen, doch immer wieder schaffte sie es, dass ich ihr Gebrüll auf die gleiche Weise beantwortete. Es ging zu wie im Tollhaus, und ich schämte mich dafür.

Täglich beim Frühstück forderte Nisani, umgehend nach Paris reisen zu dürfen, um meine Eltern nach den Geschehnissen um ihre Geburt zu befragen. Sie wolle keinen Briefwechsel zu dem Thema, sondern aus dem Mund meiner Mutter hören, was mit ihrer eigenen geschehen war. Jeden Tag versuchte Onkel Paul, sie zu beruhigen und zu vertrösten. Zunächst verwies er auf die baldige Rückkehr meiner Eltern, dann auf das schlechte Wetter, das aus dem ganzen Land gemeldet wurde. Der Oktober ging stürmisch weiter, heftiger Regen, Frost und Schneefall wechselten sich ab. Sogar in La Rochelle schneite es, was ganz und gar ungewöhnlich war, besonders, da der Winter noch nicht einmal begonnen hatte. Nisani reagierte verstockt auf die Ausflüchte ihres Vaters, ließ sich jedoch ein ums andere Mal beschwichtigen. Zwar verhielt sie sich weiterhin unfreundlich, verrichtete aber ihre täglichen Pflichten, die in der Hauptsache darin bestanden, die Meute zu unterrichten.

Eines Tages kam ein Brief meiner Eltern an, in dem sie uns mitteilten, dass sie ihren Aufenthalt in Paris bis zum Frühjahr verlängern mussten. Madame Chemin, die alte Lehrmeisterin meiner Mutter, war hinfällig und bedurfte ihrer Hilfe. Nisani warf vor Wut ihren Becher gegen die Wand, sprang auf und brüllte, sie würde allein in die Hauptstadt reisen und niemand könne sie aufhalten. Sie stürmte aus dem Salon, Tante Adelais brach in Tränen aus, und ich rannte Nisani nach. In unserem Zimmer hatte sie bereits begonnen, ihre Kleidungsstücke in einen Beutel zu stopfen.

»Nisani! Du tust gerade so, als seien es deine Eltern, die du weitere vier Monate nicht sehen kannst. Ich habe das Recht, wütend zu sein, du doch nicht!«

Tränen traten mir in die Augen, als mir das Ausmaß der Nachricht bewusst wurde. Bis zum Frühjahr! Dachten die beiden überhaupt nicht an mich und meine Brüder? Warum zogen sie eine alte Frau ihrer eigenen Familie vor?

»Ich tue gar nichts. Es ist bedeutungslos, dass sie deine Eltern sind. Sie sind diejenigen, die mir als Einzige über meine Vergangenheit erzählen können. Und das werden sie, das schwöre ich dir!«

»Wie kannst du so undankbar sein? Deine Eltern sind bei dir. Ich bin es, die allein ist und es nun noch länger bleiben wird. Kannst du nicht auch einmal an mich denken anstatt immer nur an dich? Findest du nicht, es wäre nett von dir, mich jetzt zu trösten? Ich habe gerade erfahren, dass meine Eltern so bald nicht heimkommen.«

Nisani hielt in der Bewegung inne und starrte mich an.

»Ich dich trösten? Das ist lächerlich!«

»Lächerlich? Ich dachte, wir wären Freundinnen.«

Sie sah mich so verächtlich an, dass ich mich fragte, wie ich sie je als Freundin hatte betrachten können.

»Du brauchst keinen Trost, Laure. Du weißt immerhin, wer deine Eltern sind.«

Die Wut verscheuchte die Tränen, wie so häufig.

»Du hast wundervolle Eltern!«, brüllte ich. »Fast zwanzig Jahre hast du mit ihnen gelebt, dich von ihnen hätscheln und umsorgen lassen. Es wird dich nicht umbringen, es weiter zu tun.«

»Unsere Eltern sind Lügner, alle vier. Ich will die Wahrheit wissen, und dann können sie mir allesamt gestohlen bleiben!«

»Du weißt ja nicht, was du redest.«

»Das weiß ich sehr genau. Jetzt lass mich in Ruhe, du Quälgeist. Ich muss packen. Und dann reise ich umgehend nach Paris.«

»Das kannst du nicht tun.«

»Oh doch, ich kann! Ich bin eine erwachsene Frau.«

»Nur benimmst du dich nicht wie eine.«

Nisani funkelte mich an. »Und das willst du beurteilen? Du bist nichts als ein dummes kleines Mädchen!«

Ich ballte die Fäuste und hätte sie am liebsten wieder geschlagen, nachdem sie mich erneut so beleidigt hatte. Dass ich drei Jahre jünger war als sie, war vor den letzten Vorfällen nie ein Problem zwischen uns gewesen. Was war nur mit meiner Freundin geschehen? Ich holte tief Luft, zügelte meine Wut und beobachtete wortlos, wie sie weiter Kleider einpackte. Ihr Gesicht trug einen solch entschlossenen Ausdruck, dass mir angst und bange wurde. Würde sie ihre Drohung wahr machen? Mich allein mit zwei untröstlichen Erwachsenen und vier kleinen Plagegeistern zurücklassen?

Es klopfte an der Tür, und Onkel Paul trat ein. Zielstrebig ging er auf Nisani zu, nahm ihr das Kleid ab und umschloss ihre Hände fest mit seinen. Meine Cousine wollte sich aus seinem Griff winden, doch es gelang ihr nicht. Schließlich wurde sie ruhig und sah in das Gesicht ihres Vaters. Paul beugte sich hinab und küsste sie auf die Stirn.

»Mein Mädchen. Du weißt, dass du das immer bleiben wirst, nicht wahr? Du bist meine einzige Tochter. Bitte wende dich nicht von mir ab.«

Es lag so viel Gefühl in der tiefen Stimme, dass ich peinlich berührt den Raum verlassen wollte. Da wandte sich mein Onkel an mich.

»Bleib, Laure. Was ich zu sagen habe, betrifft auch dich. Setzen wir uns?«

Er sah Nisani an, die langsam nickte. Ohne ihre Hände loszulassen, setzte er sich mit ihr auf das Bett. Ich ließ mich an Nisanis anderer Seite nieder. Paul räusperte sich.

»Es fällt mir nicht leicht, doch mir bleibt keine Wahl. Ich möchte dich nicht verlieren, Nisani. Ich werde dir ermöglichen, nach Paris zu reisen, und Laure wird dich begleiten.« Er lächelte mich an. »Ich weiß, wie du darunter leidest, deine Eltern so lange nicht sehen zu können. Auf diese Weise kann ich meine beiden liebsten Mädchen glücklich machen. Leider kann ich selbst nicht mit euch kommen, denn die Geschäfte halten mich hier fest. Außerdem kann ich Adelais unmöglich mit den vier Knaben allein lassen. Und möglicherweise ...« Sein Gesicht verfärbte sich flammend rot, und er räusperte sich erneut. »Möglicherweise erwartet sie noch einmal ein Kind.«

Nisani und ich sahen uns ungläubig an, und plötzlich war da eine Spur der alten Verbundenheit zwischen uns.

»Ein weiterer kleiner Bruder?«, fragte Nisani und lächelte. »Wie sollen wir das überstehen?«

»Das werdet ihr schon – wenn dieses Kind überhaupt lebend zur Welt kommt. Ich sorge mich so um Adelais. Sie leidet furchtbar. Nisani, ich bitte dich. Zeige dich versöhnlich. Ich verspreche, dass du so bald wie möglich auf die Reise gehen kannst. Es ist in den letzten Tagen wieder wärmer geworden. Sobald aus Tours die Nachricht kommt, dass das Wetter es zulässt, bricht ein Handelszug dorthin auf. Mit dem werde ich euch schicken und auch eure Weiterreise nach Paris in die Wege leiten.«

Nisani überlegte, dann nickte sie. »Ich werde mit Maman reden.«

Ich hörte, wie sie sich bemühte, das Wort unbefangen auszusprechen, um Onkel Paul nicht zu verletzen. Es gelang ihr nicht besonders gut. Sie klang, als schnüre ihr etwas die Kehle zu. Immerhin zeigte der Versuch, dass sie doch noch Mitgefühl für andere Menschen besaß.

»Ich danke dir, Kind. Bitte denk immer daran, dass wir dich lieben. Und du liebst uns doch auch, nicht wahr?«

Er sagte es so bittend, dass es mir das Herz zerriss. Ich hätte Nisani gern getreten, doch dann sprach sie von selbst die richtigen Worte.

»Natürlich liebe ich euch. Und vielleicht verstehe ich das alles irgendwann.«

Sie stand auf und verließ das Zimmer. Onkel Paul lächelte mir noch einmal zu und folgte ihr.

Ich blieb allein zurück, sah mich in dem Durcheinander des Zimmers um und schluckte. Ich hätte mich freuen sollen, nun, da die Aussicht bestand, meine Eltern noch vor Weihnachten wiederzusehen, vielleicht sogar das Fest mit ihnen zu verbringen. Und doch konnte ich kaum atmen. Wir würden uns fremden Menschen anschließen und durch unbekannte Landschaften in ferne Städte reisen. Die Ungewissheit dieser Unternehmung machte mir Angst.

Darüber hinaus gab es einen weiteren, schlimmeren Grund, warum mir das Ganze Unbehagen bereitete: Meine Cousine hatte sich so verändert, dass ich sie nicht wiedererkannte, und auch ich war mir in den vergangenen Wochen fremd geworden. Wie würden wir uns vertragen, wenn wir miteinander allein waren, wenn wir wochenlang nur einander hatten, inmitten von Menschen, die wir nicht kannten? Ich sah das dunkle Gesicht vor mir, die blitzenden Augen und die eiskalte Stimme, und eine unbändige Furcht erfasste mich, die mir beinahe die Sinne raubte.

Dann jedoch wurde mir etwas bewusst.

Paris!

Am Ende der Reise warteten nicht nur meine Eltern, sondern vor allem diese Stadt, nach der ich mich sehnte, seit ich denken konnte. Plötzlich siegte die Neugier über alle Bedenken, und eine fieberhafte Erregung erfasste mich. Ich würde La Rochelle verlassen, endlich! Onkel Paul vertraute mir, hielt mich für erwachsen genug für eine solche Unternehmung. Ich sprang auf, trat vor den hohen Spiegel und musterte mich. Der

Streit mit Nisani stand noch in mein bleiches Gesicht
geschrieben, doch mir blickte kein kleines Mädchen
entgegen, sondern eine junge Frau, bereit, in die Welt
zu gehen.

Ich straffte die Schultern, zwinkerte mir zu und ging
hinüber zu meinem Schränkchen. Dort entnahm ich einen großen Speckstein und ein Schnitzmesser. Ich lief
die Treppe hinab und aus dem Haus, hinunter zum Hafen. Nur in dunklen Ecken, die die schwache Herbst-
sonne nicht erreichte, lagen noch Reste von Schnee. Ich
setzte mich auf eine Mauer, genoss den ungewöhnlich
hellen, milden Tag und begann, meinen Stein zu bearbeiten. Ich war so in meine Arbeit versunken, dass ich
erst aufhörte, als die Dämmerung hereinbrach und ich
nicht mehr genug sehen konnte. Doch da hielt ich
schon ein winziges, detailreiches Abbild der Kathedrale
Notre-Dame in der Hand, die meine Mutter so oft gemalt hatte.

Paris!

Endlich.

6

Auf See, November 1708

Nicolas spürte, wie eine Last von ihm abfiel, als die *Liberté* den Hafen von Le Havre hinter sich ließ. Die drei Tage waren quälend gewesen, die Verwandten seiner Tante hatten ihn an die Grenzen seines Verstandes gebracht. Sie waren freundlich gewesen, doch von einer unbezähmbaren Neugier. Er hatte pausenlos erzählen müssen, von der Familie, von dem Leben, das sie alle führten. Andauernd war er nach Nisani gefragt worden, und es hatte ihn alle Kraft gekostet, die er aufbringen konnte, höflich und ausweichend zu antworten. Die Nächte waren schlaflos gewesen, erfüllt von Gedanken an seine Schwester, denselben sündigen Bildern, die ihn seit Tagen, nein, seit Jahren quälten.

Mittlerweile fühlte er sich vollkommen ausgelaugt und wünschte, sich in seine Hängematte unter Deck zurückziehen zu können. Er wurde jedoch sogleich in die Pflicht genommen. Die ersten Handgriffe eines Seemanns wurden ihm gezeigt, und erst, als der Wind auf dem offenen Meer in die Segel fuhr und die *Liberté* Fahrt aufnahm, wurde es an Bord weniger betriebsam. Nicolas trat an die Reling und atmete auf, da stellte sich Kapitän Lasalle neben ihn.

»Liannes Verwandte haben dir zugesetzt, nicht wahr?«

»Oh ja!«, entfuhr es Nicolas, und er bereute den Ausruf sogleich. René Lasalle jedoch lachte.

»Das kenne ich. Mich lassen sie auch nie in Frieden. Es sind fröhliche, gute Menschen, doch nach Tagen mit ihnen weiß man die Ruhe auf See zu genießen. Männer allein machen nicht so viele Worte.« Er seufzte. »Aber glaub mir, nach Wochen und Monaten auf diesem Schiff wirst du dich nach ihnen sehnen. Ich kann es jedes Mal kaum erwarten, fortzukommen, dann wiederum wünsche ich nichts sehnlicher, als zurückzukehren.«

Ein träumerischer Ausdruck legte sich auf das Gesicht des Kapitäns, und Nicolas musste lachen, da ihm plötzlich etwas klar wurde.

»Agnès?«

Flammende Röte trat auf die fülligen Wangen. »Wie kommst du darauf?«

»Ich habe gesehen, wie Ihr Euch von ihr verabschiedet habt.«

»Sie ist viel jünger als ich. Lianne wird mich erwürgen, wenn sie es erfährt.«

»Ist sie Euretwegen unverheiratet und lebt noch bei ihren Eltern?«

»Das hoffe ich. Wir mögen uns schon viele Jahre. Nur weiß ich, wie ihre Mutter zu Seemännern steht. Und für Lianne bleibt sie die kleine Schwester, die beschützt werden muss.«

Hätte ich Eure Probleme, ich wäre ein glücklicher Mann!

Nicolas bemühte sich, angemessen mitleidig auszusehen.

»Dann wartet Ihr darauf, dass Euch die See nicht mehr ruft und Ihr ein Leben an Land führen könnt?«

»Ich fürchte, das wird nicht geschehen. Doch auch Agnès kann ich nicht vergessen. Irgendwann werde ich zurückkehren und sie wird einen Mann an ihrer Seite haben.« Lasalle verzog gequält das Gesicht. »Und es wird meine eigene Schuld sein, da ich sie so lange warten ließ.«

»Schuld ... Das ist ein viel zu hartes Wort in diesem Zusammenhang.«

»Wie meinst du das, Junge?«

Da war wieder der forschende Blick, und Nicolas fühlte sich erröten und schalt sich einen Dummkopf.

Ich muss lernen, meinen Mund zu halten! Ich kann mich diesem Mann nicht anvertrauen, auch wenn es mich danach drängt. Er gehört beinahe zur Familie, und niemand aus der Familie darf es jemals erfahren.

»Ach, es ist nichts. Ich dachte nur gerade, es gibt schlimmere Vergehen als das, sich nicht zwischen zwei guten Dingen entscheiden zu können.«

»Da hast du recht. Sprichst du von einem bestimmten Vergehen?«

»Oh nein. Ich weiß nicht, was ich rede, so müde bin ich.«

»Du darfst dich zurückziehen, wenn du möchtest. Für den ersten Tag hast du dich gut angestellt. Wir sehen uns zum Abendessen.«

Nicolas nickte und floh unter Deck. Als er in seiner Hängematte lag, dauerte es eine Weile, bis er sich an das Schaukeln gewöhnt hatte und sich entspannen konnte. Dann jedoch übermannte ihn die Müdigkeit, und er schlief so tief und traumlos, wie er es seit der verhängnisvollen Nacht nicht mehr getan hatte.

Er erwachte erst, als ihn seine Kameraden zum Abendessen riefen. Verwundert stellte er fest, dass er sich ausgeruht fühlte. Das Essen – ein einfacher Eintopf – schmeckte ihm, und die Gesellschaft der Männer tat ihm wohl. Da wusste er, dass er die richtige Entscheidung getroffen hatte. Er wünschte nur, dass Nisani ebenfalls Ruhe finden würde. Rasch wischte er den Gedanken an seine Schwester fort und schob sich noch einen Löffel Gemüse in den Mund. Er musste aufhören, an sie zu denken. Ein Mann sein wie die anderen. Ja, das war sein Ziel. Ein Mann sein. Kein Sünder, kein Schwein, das seine Triebe nicht im Griff hatte. Nur ein Seemann unter vielen.

Wieder fühlte er den forschenden Blick seines Kapitäns auf sich. Er zwang sich zu einem Lächeln und nickte Lasalle zu. Dann lauschte er dem Gespräch der neben ihm sitzenden Männer, und es gelang ihm sogar, einige Worte beizusteuern. Sie nahmen ihn ernst, bezogen ihn ein, niemand schloss ihn aus.

In den folgenden Wochen lernte Nicolas die Gemeinschaft an Bord immer mehr zu schätzen. Er ahnte, wie sich seine kleinen Brüder und Cousins in ihrer Meute fühlen mussten – sicher, niemals allein. Es gelang ihm immer besser, an die Familie zu denken, ohne sich sogleich in Schuldgefühlen zu verlieren.

Wenn nur die Nächte nicht gewesen wären.

Nicolas bemühte sich, die Tage mit so viel anstrengender Arbeit zu füllen, dass der Schlaf von allein kam. Manchmal gelang es ihm. Manchmal ...

7

La Rochelle

Während der Reisevorbereitungen kamen Nisani und ich uns wieder näher. Sie hatte ihre Wutausbrüche unter Kontrolle, und auch Tante Adelais schien es nach der Aussprache besser zu gehen. Ihr Gesicht zeigte nicht mehr das fleckige Rot vom ständigen Weinen, sondern hatte eine rosige Farbe angenommen, die ein Zeichen der Schwangerschaft sein mochte. Sie aß wieder mit gutem Appetit. Nur manchmal blickten ihre Augen in die Ferne, und ich wusste, sie dachte an Nicolas. Ich musste ebenfalls viel an ihn denken, den hübschen jungen Mann, der mir wie ein Bruder gewesen war. Wohin mochte es ihn verschlagen haben? Und würden wir je den Grund erfahren, den er nicht hatte nennen wollen?

Nisani bestürmte Onkel Paul jeden Tag mit der Frage nach den Wetterverhältnissen. Pünktlich zum Beginn des neuen Monats hatte regnerisches Tauwetter eingesetzt, doch die weißen Massen, die Ende Oktober vom Himmel gefallen waren und die Überlandstraßen und Wege unpassierbar machten, wollten so schnell nicht weichen.

Mitte November jedoch berichtete Onkel Paul eines Morgens, dass er Nachricht erhalten habe, die Befahrbarkeit der Straßen sei wiederhergestellt. Als er abends aus seinem Kontor kam, nahm er Nisani und mich bei den Händen.

»Mädchen, es ist so weit. Morgen werdet ihr eure Reisetruhen packen, und am Tag darauf bricht der Handelszug auf. Es ist alles besprochen und veranlasst.«

Wir sagten ihm nicht, dass unsere Truhen längst gepackt waren, sondern nickten nur. Ich wusste nicht, ob die Vorfreude oder die Furcht überwog, jedenfalls erfasste mich eine solche Unruhe, dass ich in dieser Nacht und auch in der folgenden kaum ein Auge zutat. Entsprechend müde war ich, als wir aufbrachen. Der Abschied von meinen Brüdern und Tante Adelais fiel kurz und tränenreich aus, und als Onkel Paul uns am Kontor seinen Mitarbeitern übergab, wurden auch seine Augen feucht.

»Bitte schickt gleich Nachricht, wenn ihr angekommen seid, Mädchen. Grüß mir deine Eltern, Laure. Und Nisani – sei nicht zu hart zu Lianne. Wir alle lieben dich.«

Ich war überrascht, auch in Nisanis Blick einen Anflug von Traurigkeit zu entdecken. Dieser verflog jedoch rasch. Sie kletterte entschlossen in die Kutsche und winkte mir, ihr zu folgen.

Das Gefährt war bequemer, als ich es mir vorgestellt hatte. Uns standen Kissen und Decken zur Verfügung, um die harten Sitze gemütlich zu polstern. Das milde Wetter machte die Temperatur im Wagen beinahe behaglich, und bald schon wurde es mir mit der Felldecke zu warm. Ich stopfte sie mir unter den Kopf, lehnte mich an die Kutschenwand und betrachtete die vorbeirauschende Landschaft, bis mir die Augen zufielen. Den ersten Tag unserer Reise verschlief ich vollständig, und auch an den folgenden Tagen fiel es mir nicht schwer, Ruhe zu finden und die Aufregung der vergangenen Wochen endlich zu überwinden.

Nisani war meist in sich gekehrt, es gab jedoch auch Momente großer Fröhlichkeit und guter Unterhaltung, die wir miteinander teilten. Die Männer des Handelszuges behandelten uns höflich, manchmal ergab sich sogar die Gelegenheit zu einem netten Gespräch. Die Gasthöfe, in denen wir einkehrten, waren sauber und ordentlich geführt. So verlief unsere Reise angenehm und ereignislos.

Wir erreichten Tours an einem regnerischen, milden Tag Ende November. Der Winter zeigte sich weiterhin freundlich, trotz der Sorgenfalten auf den Gesichtern der Bauern, die uns auf dem Weg begegnet waren.

Die Stadt begrüßte uns mit mächtigen Brücken, die über den Fluss Loire führten, wunderhübschen Fachwerkhäusern und herrschaftlichen Palästen. Das Schmuckstück jedoch war die Kathedrale, die imposanter war als alle Kirchen, die ich bisher in meinem Leben gesehen hatte. Die reich geschmückte Fassade mit ihren schnörkelverzierten Bögen, Buntglasfenstern und Nischen war herrlich anzusehen. Darüber erhoben sich Zwillingstürme mit einem spitzen Dächlein dazwischen. Sie endeten nicht flach wie die der Kathedrale in Paris, deren geschnitztes Abbild ich Tante Adelais zum Abschied geschenkt hatte. Vielmehr zierten sie schmalere Aufbauten und zuletzt je ein Kuppeldach mit einem kleinen runden Türmchen darauf, das wiederum von einem Kreuz gekrönt wurde.

Nisani und ich hatten bereits andere Städte besucht, waren sogar schon einmal in Le Havre bei meinen Großeltern gewesen, doch Tours beeindruckte uns stärker. Wie würden wir uns erst fühlen, wenn wir Paris erreichten? Die Hälfte der Reise war überstanden, und langsam begann ich, wirklich daran zu glauben, dass die Hauptstadt nicht mehr fern war.

Meine Eltern hatten mir viel davon erzählt, obwohl sie mich bisher für zu jung befanden, um sie dorthin zu begleiten. Trotz des ernsten Gesprächs, das ihnen mit Nisani bevorstand, freute ich mich auf den Ausdruck der Überraschung, der sich gewiss auf ihre Gesichter legen würde. Wenn ich diese Reise überstand und gesund in Paris ankam, konnten sie mich nicht mehr von zukünftigen Besuchen ausschließen!

Nisani und ich bezogen ein sauberes Zimmer in einem gepflegten Gasthaus, während die Handelsherren ihren Geschäften nachgingen und sich die Knechte mit reichlich Branntwein den Abend versüßten. Wie es ihnen gelang, morgens rechtzeitig aufzustehen und ihre Arbeit anzutreten, blieb mir unverständlich. Bereits ein Schluck des wie Feuer brennenden Getränks ließ mir die Hitze in alle Glieder fahren und verwirrte meinen Geist. Nisani war weniger zimperlich – während ein Becher Wein genügte, mich schwindlig zu machen, leerte sie drei oder vier, ohne dass man es ihr anmerkte. Einmal hatte ich versucht, mit ihr mitzuhalten, um nicht erneut als das kleine Mädchen dazustehen, doch es war mir übel bekommen.

Zum Abendessen in der Gaststube trafen wir die Angestellten meines Onkels in heiterer Stimmung an. Die Lieferung hatte das Wohlwollen der Kunden gefunden, und somit war ihre Aufgabe erfüllt – bis auf eine. Einer der Männer, ein Vertrauter von Onkel Paul namens Philippe Auguste, sollte uns weiter nach Paris begleiten. Er ließ sich nicht anmerken, ob er lieber mit den anderen nach La Rochelle zurückgekehrt wäre, aber ich war sicher, dass es so war. Zumal die Herren berichteten, dass es ihnen gelungen war, hochwertige Seide einzukaufen, die sie meinem Onkel mitbringen wollten. Gewiss wäre Monsieur Auguste gern dabei gewesen, doch er erklärte mit ausdrucksloser Stimme, wie die folgenden Tage für uns aussehen würden.

»Ich habe meinem Bruder Rodolphe, der hier in Tours lebt, Nachricht geschickt. Er wird uns begleiten und mir helfen, Euch sicher in die Hauptstadt zu bringen. Er sollte jeden Augenblick eintreffen, um alles zu besprechen. Übermorgen schicken wir den Handelszug auf die Rückreise nach La Rochelle, finden einen Wagen und Vorräte für uns, dann brechen wir auf. Ich rechne mit höchstens zehn Tagen für die Reise. So sollten wir Paris noch in der ersten Dezemberhälfte erreichen.«

Höchstens zehn Tage – wenn wir rasch aufbrachen, würde ich meine Eltern also schon in zwei Wochen wiedersehen! Gespannt wartete ich auf das Eintreffen des anderen Monsieurs Auguste, in der Hoffnung, er wäre ebenso vertrauenswürdig wie sein Bruder. Dieser berichtete uns von seiner jahrelangen Zusammenarbeit mit meinem Onkel, während wir uns das Abendessen schmecken ließen: einen sättigenden Gerstenbrei und eine große Platte voller verschiedener Würste.

Wir hatten längst aufgegessen, als ein missgelaunter Mann von enormem Wuchs die Gaststube betrat. Er verzog keine Miene, als Philippe Auguste ihn freundlich begrüßte und ihm einen Platz und die Wurstplatte anbot. Rodolphe Auguste schaufelte wortlos die Speisen in sich hinein, während sein Bruder auf ihn einredete. Als der Mann den letzten Bissen geschluckt hatte, fuhr sein Kopf hoch.

»Nein.«

Philippe begann zu betteln, in leuchtenden Farben von der Belohnung zu sprechen, dem Bruder gar mit dem gefüllten Beutel Münzen vor der Nase herumzuklimpern. Obwohl der Mann ärmliche, an vielen Stellen fadenscheinige Kleidung trug und mehr als ungepflegt aussah, verzog er keine Miene. Ich wusste nicht, ob mich die Vorstellung mehr erschreckte, unverrichteter Dinge nach La Rochelle zurückkehren zu müssen, oder eine Reise von zehn Tagen in Gesellschaft dieses groben Kerls zu verbringen. Dieser erhob sich nun und verließ grußlos die Gaststube. Philippe hob verzweifelt die Hände.

»Ich kann mir nicht erklären, was aus meinem Bruder geworden ist. Gewiss, ich sah ihn zuletzt vor vier Jahren, als er noch verheiratet war und ein bürgerliches Leben führte. Ich hörte, dass seine Frau verstorben ist, doch ich hätte mir nie träumen lassen, dass sich Rodolphe dadurch so verändert. Genau genommen hatte ich nie den Eindruck, dass ihm seine Gattin sonderlich wichtig war. Man kann wohl doch nicht in andere Menschen hineinblicken.«

Während er und die übrigen Männer beratschlagten, was sie nun tun sollten, um Onkel Paul und uns nicht zu enttäuschen, schwang die Tür der Gaststube auf, und Rodolphe kam zurück. Er ließ seinen Blick erst über Nisani, dann über mich gleiten, und obwohl seine Augen nach wie vor ausdruckslos waren, fröstelte ich.

Er deutete auf den Beutel, der noch vor Philippe auf dem Tisch lag. »Wie viel?«

»Genug, um einige Monate angenehm zu leben, Bruder. In zwei Wochen bist du wieder dein eigener Herr und hast eine ganze Menge verdient.«

»Wir beide und die Frauen?«

»Richtig.«

»Sie sollen mir nicht auf die Nerven gehen.«

»Das werden sie nicht, sie sind wohlerzogene und angenehme Reisegefährtinnen.«

Rodolphe zog abschätzig eine Augenbraue hoch.

»In drei Tagen bin ich bereit.«

Damit verließ er das Gasthaus. Neben mir schnaufte Nisani erleichtert. Ich dagegen fühlte mich beklommen und hoffte, auf der Reise nicht allzu viel mit dem Mann zu tun zu bekommen.

Von Tours sahen wir wenig in den folgenden Tagen, denn Monsieur Auguste befahl, dass wir in unserem Zimmer bleiben sollten. Ich wusste nicht, ob er sich um uns oder um seine Belohnung sorgte, doch das war mir gleich. Zwar zogen sich die Stunden in dem kleinen Raum endlos hin, aber der Gedanke daran, ihn zu verlassen, bereitete mir Unbehagen. Immer wieder trat mir das Bild von Rodolphe Auguste vor Augen, und obwohl mir der Mann nichts getan hatte, fürchtete ich mich vor ihm.

Am übernächsten Tag, einem Sonntag, verabschiedeten wir den Handelszug, bevor Philippe uns erlaubte, den Gottesdienst in der Kathedrale zu besuchen. Unter dem hohen, von Säulen getragenen Gewölbe, das den Innenraum überspannte, klangen die mächtigen Glocken so tief und volltönend, dass ich meinte, die Schwingungen bis in mein Innerstes zu fühlen. Durch die kunstvoll gestalteten Buntglasfenster drang schwaches Tageslicht. Weihrauch erfüllte die Luft und beruhigte mich, und ich betete leise und inbrünstig für einen guten Ausgang unserer Unternehmung und darum, bald meine Eltern in die Arme schließen zu können. Nisani neben mir schwieg und starrte unbewegt vor sich hin. Sie war tief in Gedanken, und als bereits alle anderen Menschen gegangen waren und ich sie vorsichtig am Arm berührte, schrak sie zusammen und funkelte mich an.

»Wir müssen gehen«, wisperte ich.

Da erst schien sie zu begreifen, dass der Gottesdienst vorüber war. Sie fuhr herum und verließ die Kathedrale mit so großen Schritten, dass ich ihr kaum folgen konnte. Seit den Tagen, an denen wir uns nur gestritten und angebrüllt hatten, fürchtete ich mich regelrecht davor, dass diese Launen zurückkommen würden. Bisher war die Reise friedlich verlaufen, doch der Blick, mit dem mich meine Cousine soeben bedacht hatte, zeigte mir, dass es in ihrem Inneren alles andere als ruhig zuging.

Wir liefen durch die Straßen der Stadt zurück zum Gasthaus, das glücklicherweise in der Nähe lag. Ich konnte mir nicht erklären, warum ich mich so unsicher fühlte. Bis auf Rodolphe waren uns alle Menschen ausgesprochen freundlich begegnet. Ich schalt mich ein feiges Huhn, das Angst vor allem hatte, sogar vor der eigenen Cousine, und schwor mir, mich zusammenzureißen. Das Kribbeln in meinem Nacken ließ jedoch erst nach, als wir das Gasthaus erreichten und uns in unser Zimmer zurückziehen konnten.

Nisani blieb verschlossen, daher versuchte ich kein Gespräch, sondern zog einen Beutel aus meinem Gepäck, in dem ich einen meiner weichen Steine und einige Messer und Eisen mit mir führte. Ich begann, an dem Stein herumzuschnitzen, aber mir fiel kein Motiv ein. Was war nur los mit mir? Ich hatte doch sonst keine Schwierigkeiten, meine Kunst auszuüben. In letzter Zeit jedoch fühlte ich mich so durcheinander, dass es mir einfach nicht gelingen wollte. So bearbeitete ich den Stein nur halbherzig, glättete ihn, bis er ein perfektes Rund angenommen hatte.

»Kannst du mein Gesicht in diesen Stein schnitzen?«, erklang plötzlich Nisanis Stimme. Ich fuhr auf.

»Dein Gesicht?«

»Ja. Vielleicht erkenne ich, wer ich bin, wenn ich es vor mir sehe.«

»Du weißt, wer du bist.«

»Weiß ich das? Weißt du das noch, Laure? Du siehst mich mit einem anderen Blick an, seit du erfahren hast, dass wir nicht verwandt sind.«

Ich schwieg, wollte ihr nicht sagen, dass meine veränderte Haltung nicht an den Neuigkeiten lag, sondern an ihrem unberechenbaren Verhalten.

»Ich kann versuchen, dein Gesicht abzubilden«, sagte ich ausweichend. »Ich bin nur noch nicht so gut darin, Steine zu bearbeiten. Ich forme lieber etwas mit meinen Händen.«

»Nun, da es hier gerade keine Tonerde gibt, versuch es doch bitte.«

Das tat ich, und als ich die erste Scheu überwunden hatte, arbeitete das Messer wie von allein. Ich sah Nisani an und schnitzte, blickte auf, schnitzte weiter und hörte erst auf, als es trotz der brennenden Lampe im Zimmer zu dunkel wurde. Unsicher reichte ich Nisani den Stein.

»Besser kann ich es nicht.«

»Es sieht aus wie ich. So wie ich mich früher im Spiegel gesehen habe, doch jetzt nicht mehr.«

»Ich sehe dich noch immer genau so.«

Ich hatte mich bemüht, meine zwiespältigen Gefühle ihr gegenüber nicht in den Stein zu meißeln, und so hatte ich tatsächlich nur abgebildet, was ich sah. Es schien ihr zu gefallen, denn im Schein der Kerze legte sich ein feines Lächeln auf ihr Gesicht.

»Ich hab dich lieb, Cousinchen. Auch wenn ich es nicht immer zeigen kann.«

Am nächsten Tag brachen wir in Begleitung der Brüder Auguste auf. Wir saßen in einer kleinen Mietkutsche, die von Rodolphe gelenkt wurde, während Philippe neben uns ritt. Die beiden Männer waren mit je einem kurzen Degen und einem riesigen Messer bewaffnet, um uns vor möglichen Straßenräubern verteidigen zu können. So fühlte ich mich mit fortschreitender Fahrt immer sicherer.

Die Fenster unseres Gefährts waren offenbar gut abgedichtet, denn sie ließen weder arge Kälte noch Feuchtigkeit durch, obwohl wir oftmals bis in die Abendstunden unterwegs waren. Auch konnten wir nicht verstehen, was die Männer draußen redeten. Zunächst schienen sie gar nicht zu sprechen, später dann drang ihre Unterhaltung als bloßes Gemurmel zu uns herein. Freundschaftlich klangen ihre Worte nicht.

»Rodolphe ist immer so unwirsch und scheint seinen Bruder nicht zu schätzen«, sagte ich zu meiner Cousine. »Denkst du, er wird noch Probleme machen?«

Nisani lachte auf. »Nun ja – ich war zu dir in letzter Zeit auch nicht gerade liebevoll. Sie werden sich schon zusammenraufen.«

Je weiter wir uns von Tours entfernten, desto mehr erschien es mir, als ob wir uns jenseits jeglicher Zivilisation bewegten. Es war eine Seltenheit, wenn wir einmal ein Dörfchen in der Ferne erblicken konnten. Gasthäuser steuerten wir kaum noch an, sondern aßen die mitgeführten Vorräte in der Enge unseres Gefährts.

Philippe erklärte uns, dass sie sich entschlossen hatten, aufgrund des freundlichen Wetters nicht die besser ausgebaute Straße – und somit den Umweg – über Orléans zu nehmen. Stattdessen würden wir auf direktem Weg nach Chartres fahren, was uns mehrere Tagesreisen ersparen würde. Sein Gesichtsausdruck zeigte, dass dieser Beschluss nicht vollständig in seinem Sinne war, während Rodolphe zufrieden die

Mundwinkel nach oben zog. Ein Lächeln war es nicht, eher ein abfälliges, triumphierendes Grinsen. Ich fröstelte trotz der stickigen, von Essensgerüchen und warmem Atem geschwängerten Luft in der Kutsche. Ich war froh, dass die Männer nicht auch noch bei uns schlafen wollten. Stattdessen legten sie sich in Decken eingerollt in verlassene Hütten, Schäferunterstände oder eng mit Bäumen bestandene Fleckchen, die am Wegesrand auftauchten.

Philippe hatte uns in Aussicht gestellt, bald das Herzogtum Vendôme zu erreichen. Dort würden wir uns endlich einmal wieder ein Bett und ein warmes Mahl und den Pferden etwas anderes als das magere, niedrige Wintergras gönnen, das sie zu dieser Jahreszeit fanden. Als dann die Ausläufer der Stadt am Straßenrand erschienen, bogen wir schließlich doch nicht ein. Dieser Umstand zog einen weiteren lautstarken Streit unserer Begleiter nach sich, und ich konnte mir schon denken, wer von den beiden dagegen gewesen war, in der Stadt zu rasten.

Ich konnte mir allerdings nicht erklären, warum Rodolphe unbedingt auf einsamen Straßen weiterfahren wollte und die Bequemlichkeit eines Gasthauses ablehnte. Hatte er etwas zu verbergen, dass er den Menschen aus dem Weg gehen wollte? Meine Beklommenheit wuchs und ließ mich keine Ruhe mehr finden.

Am letzten Tag des Novembers brachen wir in der Morgendämmerung auf, und ich hoffte, dass wir ein größeres Stück des Weges zurücklegen würden, damit diese unschöne Reise bald endete. Meine Hoffnung erstarb jedoch am frühen Nachmittag, als es draußen finster wurde und sich bedrohliche Wolken am Himmel zeigten. Immer wieder erschütterten Windstöße die Kutsche, die Rufe unserer Begleiter wurden lauter, und als mir schon übel von dem Geschaukel war, ließ Rodolphe die Pferde anhalten. Er riss die Kutschentür auf.

»Aussteigen.«

Wir folgten seinem Befehl, und Philippe führte uns zu einer verfallenen Hütte am Rande eines Wäldchens, während Rodolphe die Pferde abschirrte und die Kutsche sicherte. Über uns krachte es in den sturmgepeitschten Baumwipfeln. Ich war froh, als wir die Behausung erreichten, die zwar seit Langem unbewohnt sein musste, aber zumindest sicher und fest auf dem Boden stand. Auch war das Dach dicht, denn obwohl draußen bald ein gewaltiges Prasseln einsetzte, blieb drinnen alles trocken.

Im Schein unserer Laterne sah ich mich in der Hütte um. Sie war eindeutig verlassen, doch waren die Bewohner nicht in Ruhe und mit all ihrem Hab und Gut ausgezogen. Es gab Sitzmöbel, einen Tisch, einen kleinen Stapel Brennholz, und neben der Feuerstelle standen ein Topf und eine schwere Pfanne, so als würden die Eigentümer jeden Augenblick zurückkommen. Alles war jedoch mit einer dicken Staubschicht überzogen, und durch die Ritzen im Holz wuchsen bereits Kräutchen und Gräser in den Innenraum.

Wir hatten eben unsere Decken auf den Sitzbänken ausgebreitet und in der alten Feuerstelle etwas morsches Holz entzündet, als die Tür aufflog und Rodolphe tropfnass hereinkam. Er schüttelte sich wie ein Hund, bis seine Haare zu allen Seiten abstanden.

»Verfluchtes Sauwetter!«

Philippe, der am Boden neben dem Feuer kniete, sah zu seinem Bruder auf.

»Ich hatte dir gesagt, dass sich das Wetter jeden Augenblick ändern kann. Aber du wolltest ja unbedingt ...«

»Schnauze! Es ist mein gutes Recht, so wenige Tage wie möglich als Aufpasser für diese Gören zu verbringen, nur damit du dich bei ihrem Alten einschmeicheln kannst.«

Philippe erhob sich und baute sich vor seinem Bruder auf. Er war ein ganzes Stück kleiner und weitaus schmächtiger, aber seine Stimme dröhnte durch die Hütte wie Donnergrollen.

»Seit wann bist du ein solcher Dummkopf? Du warst doch früher ...«

»Vermutlich seit ich der verfluchten, treulosen Metze, die sich mein Eheweib nannte, den Schädel eingeschlagen habe.«

Totenstille senkte sich über die Hütte. Ich wagte nicht, mich zu bewegen, und auch Nisani neben mir erstarrte. Philippe starrte seinen Bruder an, der wieder sein verächtliches Grinsen aufgesetzt hatte. Um nicht vor Angst den Verstand zu verlieren, zwang ich mich, Philippes Gesicht zu betrachten. Zunächst zeigte es Erschrecken, dann Ungläubigkeit. Schließlich versuchte der Mann ein Lachen, das ihm jedoch misslang.

»Du veralberst mich doch, Bruder.«

»Wenn du meinst.« Rodolphe wandte sich ab und begann, seine nasse Kleidung auszuziehen.

»Mädchen, was schaut ihr denn so? Mein Bruder hat einen Scherz gemacht! Kommt, seid fröhlich. Wir haben es warm, und morgen ist der Sturm gewiss vorbei.«

Philippes Heiterkeit war offensichtlich gespielt, und wir waren nicht gewillt, einzustimmen. Das zog leider Rodolphes Aufmerksamkeit auf uns. Nur noch mit Unterhosen bekleidet trat er auf uns zu. Die dicht behaarte Brust und die muskelbepackten Arme verstärkten den Eindruck, es mit einem wilden Tier zu tun zu haben.

»Verstockte Dinger seid ihr! Ich vermute, ihr hattet länger keinen Mann zwischen den Beinen. Oder vielleicht noch nie?«

Der gierige Ausdruck in seinen Augen ließ mich erschaudern. Ich fühlte Hitze in meinem Gesicht aufsteigen, und Rodolphe lachte dreckig.

»Hab ich es mir doch gedacht, eine vertrocknete kleine Jungfrau. Und du? Kennst du schon die Freuden, die so etwas dir bereiten kann?«

Mit einer schnellen Bewegung zog er sich die Unterhosen herunter. Ich schloss rasch die Augen, jedoch zu spät. Ich hatte bereits sein halb aufgerichtetes Glied gesehen. Offensichtlich hatte er Spaß daran, uns zu verunsichern.

»Rodolphe! Lass die Mädchen in Ruhe.«

»Oh, Bruder, du hättest ins Kloster gehen sollen. Komm schon! Wir beide, allein mit diesen frischen jungen Weibern. Kommen dir da nicht solche Gedanken? Für jeden eine, das ist doch eine glückliche Fügung. Was sollen sie schon dagegen unternehmen hier draußen in der Einsamkeit? Sie sind auf uns angewiesen.«

»Wie konnte ich dir nur vertrauen? Du bist nichts als ein Dreckskerl! Du wirst die Mädchen nicht anrühren, ist das klar?«

Ich öffnete die Augen und betrachtete Philippe, der in der Hütte auf und ab ging. Er schien über etwas nachzudenken. Vermutlich überlegte er, wie er seinen Bruder loswerden sollte. Dieser zog sich die Hose hoch und wandte sich den Essensvorräten zu.

»Beruhige dich, Bruder. Für heute begnüge ich mich mit einem Mahl und der Furcht in den Augen der spröden Jungfrau.«

Der Blick, den er mir zuwarf, machte mir eine solche Angst, dass ich aufschluchzte. Nisani stieß mich in die Seite.

»Lass dir nicht anmerken, dass er dich verängstigen kann«, wisperte sie. »Das macht ihn nur noch lüsterner.«

Trotz des Prasselns auf dem Dach hatte Rodolphe die leisen Worte offenbar gehört, denn er lachte schallend.

»Du kennst die Männer, was, Mädchen? Habe ich es mir doch gedacht. In deinem Alter sind die meisten längst verheiratet. Und wenn sie es nicht sind, haben sie gewiss andere Erfahrungen gemacht.«

Nisani blieb stumm, warf dem Mann jedoch einen ihrer giftigen Blicke zu. Da trat Philippe zwischen seinen Bruder und uns.

»Rodolphe. Was hältst du davon, wenn ich dir Geld gebe, deinen Anteil und auch meinen, und du reitest morgen früh nach Tours zurück? Du wolltest doch ohnehin nie auf diese Reise gehen. Bis Vendôme schaffe ich es allein, und dort suche ich mir einen Knecht, der mir weiterhilft.«

»Du willst mich loswerden, nun, wo die Reise gerade anfängt, Spaß zu machen?«

Philippes Rechte legte sich langsam auf seinen Degen.

»Drohst du mir, Bruder? Einem unbewaffneten Mann in Unterhosen? Das ist nicht ehrenvoll.«

»Was weißt du von Ehre, Rodolphe?«

»Mehr, als meine Alte wusste. Alle Weiber sind Metzen, das musste ich im eigenen Haus erfahren. Es sei mir verziehen, dass ich das Pack nicht länger auf Händen trage, sondern nur noch mein Vergnügen mit ihnen haben will.«

»Von den beiden lässt du die Finger. Sonst vergesse ich mich.«

»Ich bin gespannt, herauszufinden, wie das wohl aussehen würde.« Rodolphe warf seinem Bruder einen abfälligen Blick zu. Dann legte er seine nasse Kleidung zum Trocknen ans Feuer, nahm sich einen Kanten Brot und ein Stück Wurst und setzte sich mit dem Rücken zu uns. Ich atmete auf, als ich seinen Blick nicht mehr auf mir fühlen musste.

Philippe reichte auch uns etwas zu essen und platzierte sich vollständig bekleidet und bewaffnet an unserer Seite. Ich brachte keinen Bissen herunter, und auch Nisani kaute lustlos auf dem Brot herum und legte es bald fort.

»Schlaft jetzt, Mädchen«, sagte Philippe leise. »Ihr müsst euch nicht fürchten, ich bleibe in eurer Nähe.«

Die Worte beruhigten mich nicht, doch ich war so müde, dass mir die Augen zufielen.

Ich schrak aus dem Schlaf, als Nisani neben mir auf die Füße sprang. Im Zwielicht, das die glimmende Glut des heruntergebrannten Feuers verbreitete, sah ich, dass Rodolphe wie ein Riese vor unserer Schlafstatt aufgebaut stand. Da war auch schon Philippe auf den Beinen und stieß seinen Bruder von uns fort.

»Was habe ich dir gesagt? Lass die Mädchen in Ruhe!«

»Ich habe ihnen nur beim Schlafen zugesehen.«

»Ihr habt mich angefasst«, fauchte Nisani.

»Nur ein wenig.« Rodolphe lachte. »Und du hast es genossen, bis du wach geworden bist.«

Nisani holte aus, um dem Mann ins Gesicht zu schlagen, doch Philippe ergriff ihren Arm.

»Lasst das, Mademoiselle Durant. Er will nur erreichen, dass Ihr Euch fürchtet und zornig werdet. Kommt, packt Eure Sachen zusammen. Wir wollen aufbrechen.« Er schob seinen noch immer feixenden Bruder aus der Tür.

Nisani und ich sahen uns an.

»Dieser Kerl macht mich so wütend, dass es mich schüttelt!« Meine Cousine ballte die Fäuste.

»Hast du denn gar keine Angst vor ihm?«

»Schon, doch die Wut ist stärker. Wie kann er es wagen, so mit uns zu sprechen?«

Von draußen klangen die Stimmen der Männer dumpf zu uns herein. Stritten sie schon wieder? Ich konnte kein Wort verstehen. Nisani ergriff ihr Bündel.

»Komm schon, wir müssen da raus und sie ablenken.«

»Ich möchte nicht!« Ablenken bedeutete, die Aufmerksamkeit Rodolphes wieder auf uns zu ziehen. Das war das Letzte, was ich wollte.

»Uns bleibt doch keine Wahl, Cousinchen. Philippe wird uns schon verteidigen.«

Mir trat das Bild vor Augen, wie Rodolphe auf seinen kleiner gewachsenen Bruder hinabgesehen hatte. Um meine Kehle schien sich ein Strick zu legen, so sehr würgte es mich, doch ich nahm gehorsam mein Bündel auf. Dabei klimperten meine Eisen und Messer aneinander. Einer Eingebung folgend, schob ich das größte meiner Schnitzmesser in den eng anliegenden Ärmel meines Unterkleides. Das Werkzeug war zu winzig, um jemandem ernstlich Schaden zufügen zu können, doch es beruhigte mich ein bisschen, wenigstens so etwas Ähnliches wie eine Waffe zu besitzen.

Draußen schlugen uns eine unangenehme Kühle und ein so dicker, feuchter Nebel entgegen, dass man nur wenige Schritte weit blicken konnte. Zwar hatte sich der Sturm gelegt, doch dieses Wetter gefiel mir nicht besser. Ich sah zu den Männern hinüber, die nur als Schemen zu erkennen waren. Ihre Worte klangen auch hier draußen noch gedämpft, doch nun war eindeutig, dass ein Streit im Gange war.

»Schirr endlich die Pferde an, Rodolphe, und vergiss die Mädchen.«

»Und wenn mir das nun nicht gelingt?«

»Hättest du dich nicht letzte Nacht mit dir selbst und deinen unanständigen Gedanken vergnügen können?«

»Hab ich getan«, antwortete Rodolphe und lachte dreckig auf. Ich schüttelte mich vor Ekel bei der Vorstellung. Auch Nisani neben mir gab ein würgendes Geräusch von sich.

»Und mit den schmutzigen Fingern hat er mich angefasst«, wisperte sie angewidert.

Da sprach Rodolphe weiter, und es war nicht die Kälte des Morgens, die mich erschaudern ließ.

»Hat nichts genutzt, es mir selbst zu machen. Ich bin nur noch heißer auf die Weiber geworden. Komm schon, sei nicht so ein Klosterbruder, Philippe. Wir könnten jeder eine nehmen, so oft wir wollen. Du darfst dir auch eine aussuchen. Oder wir tauschen ab und zu. Es würde eine recht vergnügliche Reise werden bis Paris. Sie werden zahm sein wie die Kätzchen.«

»Rodolphe!«

»Was denn? Oh ja, dein Auftrag. Nun, wir würden sie doch abliefern, dein Gewissen kann ganz beruhigt sein.«

»Und du denkst, damit würdest du durchkommen?«

»Aber sicher. Kurz bevor wir ankommen, nehmen wir uns ihr Geld und hauen ab. Sie werden genug für unseren Neuanfang in ihren Röcken eingenäht haben.«

»Ihr Vater wird dich bis ans Ende der Welt verfolgen.«

»Mich? Uns beide, Bruder. Ob du nun mitmachst oder nicht, mich wirst du nicht daran hindern, mich mit den Weibern zu vergnügen. Und ihrem Vater wird es gleich sein, ob du einst sein Vertrauter warst.«

»Rodolphe, lass diese sündigen Reden bleiben!«

Der Mann achtete nicht auf die Worte seines Bruders.

»Das wird ein Spaß! Ah, da sind die Täubchen ja schon.«

Ich verfluchte mich dafür, dass ich wie angewurzelt dagestanden und dem Gespräch zugehört hatte. Wir hätten längst wegrennen sollen. Nun war es zu spät, denn mit wenigen Schritten war Rodolphe bei uns. Er riss mir die Kapuze vom Kopf und packte meine Haare.

»Nicht wahr, mein Kätzchen? Wir werden uns nun vergnügen.« An Philippe gewandt fügte er hinzu: »Und wenn sie danach Ärger machen, schneiden wir ihnen die Kehlen durch.«

»Du bist ja wahnsinnig.«

Philippes Stimme klang nicht mehr wütend, sondern ebenso verzweifelt, wie ich mich fühlte. Dennoch ergriff er die Arme seines Bruders und zog ihn von mir weg. Rodolphe jedoch ließ nicht los, sodass ich das Gefühl hatte, meine Haare würden ausgerissen.

Ich kam endlich frei und landete auf allen vieren im Matsch, als die Männer begannen, miteinander zu ringen. Nisani packte mich und half mir auf die Füße, und sogleich liefen wir los, fort von den Kämpfenden. Nach einigen Schritten aber erstarrten wir. Ein gellender Schmerzensschrei ertönte, wir fuhren herum und sahen durch den weißen Dunst, wie Rodolphe auf den am Boden liegenden Philippe eintrat. Schließlich zog er seinen Degen, rammte ihn seinem Bruder in die Brust und ließ ihn dort stecken. Ruckartig drehte er sich um und war mit wenigen Sätzen bei uns. Seine kräftigen Finger legten sich um unsere Handgelenke, und mühelos zog er uns hinüber zu Philippe, der ein letztes Röcheln von sich gab und dann erstarrte.

»Seht euch gut an, was geschieht, wenn man sich mit mir anlegt.«

»Ihr habt euren eigenen Bruder getötet«, sagte Nisani mit Grauen in der Stimme. »Ihr seid ein Scheusal!«

»Oh ja. Das bin ich.«

Ich starrte auf den toten Körper unseres Beschützers. Nun waren wir allein mit der Bestie. Plötzlich war ich sicher, dass er seine Frau erschlagen hatte – und dass uns das gleiche Schicksal ereilen würde. Ich konnte nicht schreien, mich nicht einmal bewegen.

Rodolphe ließ Nisani los, dann schlug er sie heftig ins Gesicht. Sie fiel neben Philippe zu Boden, dessen Mörder nun mit der freien Hand den Degen ergriff und ihn aus der Brust seines Bruders zog. Das schmatzende Geräusch verursachte mir Übelkeit. Rodolphe reckte die Waffe in die Luft, ohne mich loszulassen, und stand so triumphierend da wie ein heldenhafter Soldat, der gelobt werden wollte. Rote Tropfen fielen auf Nisani herab. Da begann der Nebel, in meinen Kopf einzudringen, mein Blick wurde unscharf, ein Rauschen erfüllte mich. Ich spürte noch, wie mir die Beine einknickten, dann wurde alles schwarz.

Schallendes Gelächter brachte mich zurück in die Wirklichkeit, die grausamer war als alles, was ich je in meinen Albträumen gesehen hatte.

»Komm zu dir, Mädchen. Es macht keinen Spaß, wenn du dabei nichts spürst.«

Ich öffnete die Augen – und sah Blut. Ich lag neben Nisani und halb auf Philippe. Mit einem Aufschrei rutschte ich von dem Toten herunter. Rodolphe baute sich vor uns auf, den Degen noch immer hoch erhoben.

»Jetzt spielen wir nach meinen Regeln. Wenn ihr dies hier überleben möchtet, tut ihr besser, was ich sage.« Sein Blick wanderte zwischen uns hin und her, dann blieb er an mir haften. »Die Jungfrau zuerst. Du darfst dich ruhig wehren, Mädchen. Das macht mir Freude.« Er begann, an seiner Hose herumzunesteln. Da sprach Nisani plötzlich, und ihre Stimme klang fremd in meinen Ohren.

»Warum wollt Ihr eine Jungfrau, wenn Ihr eine Frau mit Erfahrung haben könnt?«

Der lüsterne Blick verließ mich und legte sich auf Nisani, die langsam ihren Umhang öffnete, ihn abstreifte und dem Mann ihren Oberkörper entgegenstreckte. Entsetzen packte mich. Was tat sie da?

»Zu dir komme ich schon noch, Mädchen. Doch zuerst will ich sie.«

»Warum spart Ihr sie Euch nicht für später auf?«

»Sie zittert gerade so schön vor Angst.«

Nisani erhob sich und trat dicht vor Rodolphe. Fassungslos musste ich mit ansehen, wie meine Cousine die Schnürung ihres Kleides öffnete.

»Kommt schon, Herr. Mit mir werdet Ihr mehr Spaß haben.«

Ihr Versuch, ihn zu reizen, zeigte Erfolg. Gierig riss Rodolphe Nisani das Gewand herunter und betrachtete ihre Rundungen.

»Nun gut, wenn du dich so anbietest. Aber glaub nicht, dass du sie ewig davor bewahren kannst. Sobald ich wieder scharf schießen kann, ist sie dran. Vorerst jedoch soll es mir genügen, mich mit dir abzugeben. Dann soll die Kleine eben zusehen. Da lernt sie was!«

Sein Lachen klang höhnisch und lüstern zugleich. Er packte mich, zog mich auf die Füße und schleppte mich zur Kutsche hinüber. Er löste einen der Stricke, mit denen das Gepäck verschnürt war, schlang ihn mir erst um die Handgelenke, dann um den Leib und band mich an einem der Räder fest.

»Wenn ich sehe, dass du die Augen schließt, steche ich sie dir aus!«

Nisani war ihm gefolgt, nun wandte er sich ihr zu. An ihm vorbei warf sie mir einen Blick zu, aus dem der Ekel und die Verzweiflung sprachen, aber auch eine Entschlossenheit, für die ich ihr ewig dankbar sein würde. Zwar würde mich ihr Opfer nicht retten, doch es verschaffte mir Zeit. Nur wofür? Mich an den Gedanken zu gewöhnen, geschändet und vermutlich ermordet zu werden? Oder würde sich doch eine Gelegenheit ergeben, diesem Teufel zu entkommen?

Rodolphe warf Nisani zu Boden, öffnete seine Hose und beugte sich über sie. Sie spreizte die Beine, blickte aber noch immer über seine Schulter hinweg mich an. Ihre Augen wollten mir etwas sagen, nur was? Da fiel mir das Messerchen ein, das in meinem Ärmel steckte. Der Strick um meine Handgelenke war zum Glück nicht allzu fest gebunden. Meine Finger hatten genug Freiheit, um das Werkzeug zu erreichen, und obwohl sie sich eiskalt und unbeweglich anfühlten, gelang es mir, es herauszuzerren. In dem Moment drehte sich Rodolphe um.

»Siehst du auch brav zu, Jungfrau?«

Ich riss die Augen auf, um es ihm zu beweisen, und glücklicherweise sah er nur in mein Gesicht. Mit einem zufriedenen Grunzen wandte er sich wieder seinem Opfer zu. Meine Finger zitterten so sehr, dass mir das Messer beinahe aus der Hand glitt, doch dann zahlten sich die vielen Stunden aus, die ich mit dem winzigen Ding gearbeitet hatte. Ich bekam es gut in den Griff und begann zu schneiden, fühlte, wie die Klinge in die Fasern des Strickes fuhr und leider auch oft genug in meine Haut. Ich biss mir auf die Unterlippe, um nicht aufzustöhnen, machte trotz der Schmerzen weiter, sägte an dem Seil herum, bis es schließlich nachgab und zu Boden fiel. Ich wagte nicht, mich zu rühren. Rodolphe ließ sich viel Zeit mit Nisani, schien jeden Augenblick auskosten zu wollen. Mitleid und eine heillose Wut erfassten mich, die alle Angst verdrängten.

Als das Stöhnen des Ungeheuers lauter wurde, rannte ich los, stieß die Tür zur Hütte auf, griff nach der schweren, staubigen Eisenpfanne und war mit wenigen Schritten wieder bei den beiden. Als Rodolphe eben einen unmenschlichen Laut ausstieß und sein ganzer Körper zu zucken begann, schlug ich zu. Ich musste gut getroffen haben, denn er sackte augenblicklich auf Nisani zusammen. Meine Cousine wälzte den reglosen Leib von sich herunter und stand schwankend auf. Ich sah, dass sie bemüht war, nicht zu weinen, doch ihr Gesicht zeigte deutlich das Grauen, das sie soeben empfunden haben musste. Sie spie neben dem Mann aus, richtete ihre Kleidung und trat zu mir. Da kam Leben in den am Boden liegenden Körper. Rodolphe gab ein Stöhnen von sich und begann, sich zu bewegen.

»Schnell, wir müssen fort. Er kommt zu sich.«

Nisani beugte sich über den toten Philippe und zog das Messer aus seinem Gürtel. Ich sah, wie sie einige Augenblicke zögerte, so als überlege sie, ob sie es Rodolphe in den Leib rammen sollte. Kurz hatte ich dieselbe Idee gehabt, mich dann aber für die Bratpfanne entschieden. Ich wäre nicht fähig gewesen, einen Menschen zu erstechen, ganz gleich, was für ein Scheusal er war. Nisani schien zu demselben Entschluss zu kommen, denn sie steckte das Messer in ihren Gürtel, ergriff meine Hand und zog mich mit sich.

Wir liefen in den Wald. Durch den dicken Nebel hörten wir ein Grunzen hinter uns, dann gemurmelte Worte. Nisani rannte schneller, bis ich kaum noch mithalten konnte. Die Bäume um uns herum wurden dichter, der weiche Waldboden dämpfte die Geräusche unserer Schritte, nur ab und zu knackte es, wenn wir auf einen herabgefallenen Ast traten. Wir hetzten voran, ich stolperte, verlor Nisanis Griff und schlug auf dem Boden auf. Ich rappelte mich hoch, lief weiter. Immer weiter, fort von der Hütte, fort von dem Teufel.

Verfolgte er uns?

8

Saint-Vincent, Karibik, Dezember 1708

Nicolas stand mit René Lasalle an der Reling und starrte den Streifen Land an, dem sie sich unaufhaltsam näherten.

»Saint-Vincent, unser erstes Ziel«, erklärte der Kapitän. »Wir unterhalten hier hervorragende Handelsbeziehungen seit den Zeiten meines Vorgängers Jacquo Cartier. Wir werden alles besprechen, damit die Ware in drei Wochen für uns bereitsteht, wenn wir sie vor unserer Rückfahrt abholen.«

Nicolas nickte abwesend. Er hatte die Worte gehört, sie jedoch nicht richtig wahrgenommen. In der Zeit auf See hatte er sich in einer anderen Welt befunden, hatte sich einreden können, seine Schuld sei weit fort. Nur nachts hatten ihn die Gedanken an seine Schwester gequält, bei Tag hatte er seine Aufgaben erfüllt und mit den Männern gelebt, als sei er ihresgleichen. Nun jedoch sah er Land. Sie würden festen Boden unter den Füßen haben, das wirkliche Leben hatte ihn wieder. Er würde Menschen begegnen, darunter Frauen, und an Nisani denken müssen. Er schrak aus seinen Gedanken, als Lasalle ihn an der Schulter packte.

»Nun hast du die ganzen Wochen geschwiegen, Junge. Bald erreichen wir unser erstes Ziel, du bist längst weit genug entfernt von Frankreich. Ich sehe, dass dich noch immer etwas quält. Willst du mir nicht sagen, was es ist?«

»Ich weiß nicht, ob ich je weit genug fort sein kann für das, was ich getan habe.«

»Du klingst so düster, als habest du einen Menschen getötet. Ist es das?«

»Nein.«

»Dann kann es so schlimm nicht sein.«

»Oh doch.«

»Fass dir ein Herz und sag es mir. Es wird dein Gewissen erleichtern. Du kannst mir vertrauen, das weißt du sicherlich von Lianne.«

Nicolas wusste, wie viel seine Tante von ihrem Freund hielt. Er sah den Kapitän an, dann schloss er die Augen.

»Ich habe gesündigt«, sagte er leise.

»Ich bin kein Pfarrer, Junge, aber wenn du beichten möchtest, höre ich dir zu.«

»Ich begehre meine eigene Schwester und habe mich von meinen Gefühlen übermannen lassen. In der Nacht vor meiner Abreise haben Nisani und ich uns einander hingegeben.«

Nun waren die Worte ausgesprochen, die seit Wochen auf seiner Seele lasteten. Nicolas atmete auf, öffnete die Augen und sah auf dem Gesicht seines Gegenübers eine Mischung aus Verblüffung, Verstehen, Mitleid und – Belustigung? Das konnte nicht sein! Alles hätte er erwartet, Abscheu, Verdammung – aber dies?

»Seid Ihr nicht entsetzt? Es ist eine Sünde!«

René Lasalle schien für einen Augenblick nachzudenken, dann sprach er langsam: »So sagt man wohl. Doch nicht immer sind die Dinge, wie sie scheinen. Du wirst es verstehen. Und nun geh an deine Arbeit, wir legen an.«

Verwirrt sah Nicolas dem Kapitän nach, der mit knappen Befehlen die Mannschaft anwies, ihre Positionen zum Anlegen einzunehmen. Wie hatte Lasalle das gemeint? Was würde er verstehen? Er konnte sich keinen Reim darauf machen.

Seufzend befolgte er die Anweisung, denn inzwischen waren die Einzelheiten der Insel, die sie ansteuerten, klar erkennbar. Er sah dichte Wälder jenseits von flachen Stränden, hügeliges Hinterland unter einem strahlend blauen karibischen Himmel. Es hätte ein Paradies sein können, wäre seine Seele nicht auf ewig verflucht.

Wie er befürchtet hatte, wurden sie auf der Plantage nicht nur vom Besitzer und dessen Arbeitern, sondern auch von einigen Dienstmägden empfangen. Nicolas bemühte sich, nur keine der Frauen näher zu betrachten. Er hielt sich im Hintergrund, während sich die Seeleute und die Einheimischen lautstark begrüßten, ihr Wiedersehen feierten und der Kapitän mit dem Plantagenbesitzer die Einzelheiten des Geschäfts besprach.

Bald wurde ein Feuer unter einem Gitter aus Ästen entzündet, riesige Fleischstücke wurden darauf gelegt und im Rauch gegart. Nicolas blieb nichts anderes übrig, als sich mit den Männern niederzusetzen und Fröhlichkeit zu heucheln. Zwei große Becher Rum musste er leeren, bevor er sich besser fühlte. Nachdem Lasalle seinen Männern erklärt hatte, dass sie die Nacht auf der Plantage verbringen und dann erst einmal weitersegeln würden, trat er zu Nicolas.

»Komm mit mir, ich möchte dir etwas zeigen.«

Schwankend erhob sich Nicolas. Die ungewohnte Menge Rum machte seine Knie weich und ließ ihn straucheln. Der Kapitän packte ihn am Arm und hielt ihn aufrecht.

»Es kommt mir vor, als sei ich zwanzig Jahre in die Vergangenheit gereist. Leider bist du nicht so hübsch wie deine Tante Lianne, aber mit ihr und dem Rum verhielt es sich genauso.« Er lachte auf. »Und mit ihr bin ich denselben Weg gegangen, den wir zwei jetzt gehen werden.«

Er zog Nicolas voran und dann seitlich ins Gebüsch. Staunend stolperte er hinter seinem Kapitän her und vergaß sogar für einen Augenblick seine Sorgen, als er in die tiefgrüne Welt eintauchte, die sich vor und über ihm eröffnete. Hier gab es Pflanzen, wie er sie noch nie gesehen hatte, Büsche mit dicken, fleischigen Blättern und farbenprächtigen Blüten. Er hörte unbekannte Vogelstimmen und das ferne Jaulen eines Hundes.

»Wohin gehen wir?«

»Sei still und genieß den Weg, mein Junge.«

Nicolas gehorchte, lauschte dem Rauschen in den Blättern über ihm und ihren leisen Schritten auf dem weichen Boden. Und plötzlich erfasste ihn eine Ruhe, die er seit dem Zusammensein mit Nisani nicht mehr gespürt hatte. Es gelang ihm sogar, an sie zu denken, ohne dass sich ihm der Magen umdrehte so wie sonst.

Sie überquerten eine Lichtung, gingen einen schmalen Weg entlang und erreichten schließlich die ersten mit Blättern gedeckten Hütten eines Dorfes. Einige halbnackte Kinder spielten mit Strohbällen und betrachteten die Ankömmlinge neugierig. Da blitzte in einem der kleinen, dunklen Gesichter Erkennen auf. Der Junge rannte los, rief etwas in einer unbekannten Sprache, und plötzlich kamen aus allen Richtungen Männer und Frauen gelaufen, die ihnen zujubelten. Der Kapitän grüßte einen nach dem anderen freundlich.

Inzwischen waren sie mitten im Dorf angekommen. Man winkte sie vor eine Hütte, brachte zwei niedrige hölzerne Schemel und bedeutete ihnen, sich zu setzen. Nicolas erkannte, dass Lasalle nicht zum ersten Mal an diesem Ort war. Die Einheimischen hielten augenscheinlich viel von dem Kapitän, ebenso wie er von ihnen.

Eine Frau kam aus der Hütte. Sie ging langsam und leicht gebückt, ihr kurzes, lockiges Haar zeigte Spuren von Grau. Nicolas schätzte sie auf das Alter seiner Großmutter. Sie trat zu ihnen und lächelte, doch er glaubte zu erkennen, dass die Falten um ihre Augen nicht allein davon herrührten. In dem Blick der Einheimischen lag eine so tiefe, uralte Traurigkeit, dass ihm das Herz schwer wurde. Die Frau setzte sich neben Lasalle, ergriff seine Hand und küsste sie.

»René. Bringst du gute Neuigkeiten?«

»Du sprichst unsere Sprache jedes Jahr besser, Darina.«

»Immer mehr europäische Händler kommen.«

»Behandeln sie euch gut?«

»Die meisten. Wer ist das?« Sie wies auf Nicolas.

Er wusste nicht, warum, doch die Frau verunsicherte ihn. Er spürte, dass er rot wurde.

»Das ist Nicolas.«

Die Augen der Alten weiteten sich, sie nickte langsam, schwieg aber.

»Darf er sich deine Hütte ansehen?«

Etwas in Lasalles Tonfall ließ ihn stutzen. Und warum sollte er sich die Behausung einer vollkommen Fremden ansehen wollen? War es die Wirkung des Rums, oder warum kamen ihm dieser Tag und diese Menschen so seltsam vor?

Die Frau nickte, und der Kapitän deutete auf den Eingang der Hütte.

»Geh hinein, Nicolas, und du wirst verstehen.«

Zögernd erhob er sich und trat durch die niedrige Türöffnung in das Halbdunkel der Hütte. Zuerst sah er nichts außer einem schmalen Bett und einigen Regalen, einem kurzbeinigen Tisch und einem Schemel. Dann fiel sein Blick auf die Wände, die nicht von Möbeln verdeckt waren. An ihnen hingen Bilder, die eindeutig nach Werken seiner Tante Lianne aussahen. Sie hatte so eine besondere Art zu zeichnen ...

Nicolas trat näher an das erste Bild heran. Es zeigte das Gesicht einer jungen Frau, die große Ähnlichkeit mit der Bewohnerin dieser Hütte hatte. Sie trug ihr Haar kurz geschoren, dennoch war sie wunderschön.

Und dann erkannte er etwas. Sie glich nicht nur der Alten draußen, sondern – auch Nisani! Wie konnte das sein? Wieso sah seine Schwester aus wie eine Frau, deren Abbild einen ganzen Ozean entfernt in einer armseligen Hütte hing?

Da waren weitere Bilder. Atemlos sprang Nicolas hinüber zum nächsten. Dann gaben seine Beine nach, und er sank auf das Bett.

Nisani.

Die Zeichnung zeigte niemand anderen als sie. Das Gesicht, das er so liebte und das er hatte vergessen wollen, hing dort und blickte ihn aus schwarzen Augen an. Er hatte immer geglaubt, sie hätte wie er selbst das Aussehen ihres Vaters geerbt. Nun, da er sah, wie ähnlich sie der Frau auf dem ersten Bild und der Alten vor der Tür sah, zweifelte er. Nisanis Augen standen ein wenig schräger als die ihres Vaters und seine eigenen und glichen eher denen dieser Frauen.

Was hatte all das zu bedeuten?

Er erhob sich wieder, taumelte hinüber zu weiteren Zeichnungen an den Wänden. Alle zeigten Nisani in verschiedenen Altersstufen, und alle hatte seine Tante angefertigt. Offenbar hatte man der Alten alle paar Jahre ein Bild der heranwachsenden Nisani geschickt.

Er würde verstehen, hatte Lasalle gesagt. Im Augenblick verstand er nichts. Der Rum, sein Erschrecken über Nisanis Gesicht, die Schuld und das wieder aufflammende Begehren verwirrten seinen Geist und verhinderten jeden vernünftigen Gedanken. Er stürzte aus der Hütte.

»Was hat das zu bedeuten?«, fuhr er den Kapitän an. »Warum hängen Bilder meiner Schwester in dieser Hütte?«

Die Einheimische und Lasalle sahen sich an, dann nickten beide.

»Kannst du es dir nicht denken?«, fragte der Kapitän.

»Nein! Oder – ich weiß nicht. Sie sieht ihr ähnlich.« Er deutete auf die alte Frau.

»Natürlich«, sagte Lasalle ruhig. »Dies ist Nisanis Großmutter.«

»Nein! Wir sind Zwillinge, wir haben dieselben Eltern und Großeltern. Ich sehe kein bisschen so aus wie diese Dame.«

»Ihr seid als Geschwister aufgewachsen, doch Nisani ist nicht das leibliche Kind deiner Eltern. Sie haben sie angenommen, weil ihre Mutter bei der Geburt starb. Sie hätte anders nicht überlebt.«

In die Augen der alten Frau traten Tränen. »Ich bin deinen lieben Eltern und Lianne so dankbar dafür«, flüsterte sie. »Ich habe meine Tochter verloren, aber eine wunderschöne Enkeltochter bekommen.«

Nicolas schwieg, er brachte kein Wort heraus. Seine Gedanken rasten, schlugen Purzelbäume. Wenn Nisani nicht seine Schwester war, dann – ja, dann war es keine Sünde! Er durfte sie begehren, mit ihr zusammen sein! Doch warum hatten sie es ihm nicht gesagt?

»Ich bin sicher, du hast viele Fragen. Lass uns zurück ins Lager gehen. Wenn du bereit bist zu reden, bin ich für dich da.«

Lasalle verabschiedete sich herzlich von der alten Frau, und diese drückte auch Nicolas die Hand, doch noch immer vermochte er nicht zu sprechen. Er folgte seinem Kapitän wie im Traum. Im Lager angekommen, zog er sich sogleich auf den ihm zugewiesenen Schlafplatz zurück. Er fand jedoch keine Ruhe, seine Gedanken wirbelten, er wollte Fragen stellen, doch er konnte sie nicht in Worte fassen.

Irgendwann schlief er ein, und als er am Morgen erwachte, erstmals seit Wochen ohne das nagende Schuldgefühl, war sein Kopf endlich klar. Er suchte den Kapitän auf, der an Bord der *Liberté* stand, den Blick zurück nach Europa gerichtet, und trat neben ihn.

»Ich habe dich bereits erwartet, Nicolas«, sagte Lasalle und lächelte, wandte den Kopf jedoch nicht. »Stell deine Fragen.«

»Wie lange wisst Ihr schon, dass Nisani nicht meine Schwester ist?«

»Einige Monate nach eurer Geburt heirateten Lianne und dein Onkel Luc. Wir waren eingeladen, die ganze Besatzung der *Liberté*. Deine Eltern waren auch anwesend. Ich sehe sie noch vor mir, jeder mit einem Kind im Arm, beide strahlend vor Glück. Nach der Zeremonie, noch während der Feier, erzählte mir Lianne die Wahrheit. Wie viel weißt du von den damaligen Ereignissen in Paris?«

»Ich weiß nur, dass etwas Schlimmes geschehen ist, das mit dem ehemaligen Herrn meiner Tante zu tun hatte. Doch weder sie noch meine Eltern wollten darüber sprechen.«

Lasalle nickte langsam und sagte wie im Traum: »Dabei hätte sie es besser wissen sollen. Wer seine Vergangenheit und die seiner Vorfahren nicht kennt, wird eines Tages darunter leiden. Das hat sie doch selbst erlebt.«

»Wer, Tante Lianne?«

Nun wandte sich der Kapitän ihm zu.

»Ja, Nicolas. Lianne wusste nichts von ihrer Kindheit, kannte die Geschichte ihrer Mutter nicht. Das wäre für sie beinahe böse ausgegangen. Ich kann mir nur vorstellen, dass sie euch um jeden Preis beschützen wollte und deshalb das Geheimnis bewahrt hat.«

»Was gibt es denn so Schreckliches?«

»Es ist nicht an mir, dir das zu sagen. Es hat mit Nisanis leiblicher Mutter zu tun.«

»Nun habt Ihr mir schon die wichtigste Wahrheit offenbart. Es ist doch gleich, ob Ihr mir jetzt noch den Rest erzählt.«

Lasalle lachte auf. »Da könntest du recht haben, Junge. Nun gut. Nisanis Mutter Emeni hat in einem Anfall von Angst und Verwirrung nicht nur Liannes ehemaligen Herrn, sondern auch Luc schwer verletzt. Er wäre beinahe gestorben. Lianne und Emeni, die ihre Freundin und Vertraute war, wurden eingesperrt. In dieser Gefangenschaft gebar Emeni ihr Kind und starb dabei. Lianne hat Nisani gerettet und deiner Mutter gebracht, die eben dich entbunden hatte. Ihr saht euch so ähnlich, dass sie euch als Zwillinge ausgaben. Was ja auch lange gut ging.« Lasalle verzog das Gesicht zu einem schiefen Lächeln. »Doch die Natur lässt sich nicht überlisten. Die Liebe setzt sich schließlich durch.«

»Ich dachte, ich sei krank. Ich war so verzweifelt.«

»Und hast selbstverständlich mit niemandem darüber gesprochen.«

»Natürlich nicht!«

»So hast du geschwiegen wie deine Eltern, bist fortgelaufen und hast sie allein mit ihren Sorgen und Schuldgefühlen zurückgelassen.« Die Worte klangen wie ein Vorwurf, der Tonfall jedoch nicht. »Sie waren kaum älter als du jetzt, als sie diese Entscheidungen trafen, die euer aller Leben veränderten. Wirf ihnen das nicht vor.«

»Aber später hätten sie reden müssen! Denkt Ihr, sie haben Nisani inzwischen die Wahrheit gesagt?«

»Ich kenne das Mädchen nicht und weiß nicht, ob sie deinen Weggang nach eurer Liebesnacht ungerührt hinnehmen würde. Aber ich kenne deine Mutter.

Adelais trägt ihr Herz auf der Zunge, und obgleich sie
das Geheimnis so lange gehütet hat, wird sie es nun
nicht mehr geschafft haben. Nisani kennt die Wahrheit, da bin ich sicher.«

»Ich muss mich davon überzeugen. So schnell wie
möglich!«

»Und du willst herausfinden, ob deine Gefühle wahrhaftig sind, nicht wahr? Du möchtest sie in deine Arme
schließen und schauen, ob die Leidenschaft andauert.«

»Ja. Das möchte ich.« Nicolas sagte es ohne Scham,
und endlich fühlte er auch keine mehr. Wieder nickte
Lasalle.

»Da ich das wusste, habe ich dir bereits eine Fahrt zurück nach Frankreich beschafft. Die *Espérance* hat
heute früh hier angelegt und bleibt bis morgen. Dann
bricht sie in die Heimat auf. Ich habe dich gegen einen
ihrer Seemänner eingetauscht.« Lasalle sah Nicolas ungewohnt streng an. »Ich erwarte, dass du dich gut
führst, Junge. Keine Tagträume über Nisani! Du musst
fleißig arbeiten.«

»Ich werde Euch Ehre machen, Herr Kapitän. Habt
vielen Dank.«

Lasalle schlug Nicolas kameradschaftlich auf die
Schulter, dann schweifte sein Blick über das Meer.

»Du fährst um die halbe Welt, um vor deiner Liebe zu
fliehen. Und nun reist du genauso weit zurück, um sie
wiederzusehen.« Der Kapitän seufzte. »Und ich bringe
es nicht einmal fertig, zu meinen Gefühlen zu stehen.
Grüß mir meine Agnès, Junge. Wenn ich zurückkomme, wird alles anders.«

9

Im Nirgendwo zwischen Vendôme und Chartres

Ich wusste nicht, wie lange wir gerannt waren, ehe ich nicht mehr konnte und keuchend auf die Knie sank. Sofort war Nisani bei mir.

»Laure! Wir müssen weiter.«

»Glaubst du, er verfolgt uns noch?«, stieß ich hervor, bemüht, meine Stimme unter Kontrolle zu bringen. Das Stechen in meiner Brust wollte nicht nachlassen, und meine Beine fühlten sich an, als würden sie mir augenblicklich abfallen, so sehr hatte der Lauf über den glitschigen, vom Regen der vergangenen Nacht durchweichten Waldboden sie angestrengt.

Nisani lauschte. »Ja«, sagte sie knapp.

Da hörte ich es auch. Es waren eindeutig Rodolphes Flüche, die durch die dichten Bäume zu uns klangen. Nisani zog mich auf die Füße, obwohl ich noch immer nicht richtig atmen konnte. Ich schalt mich ein zimperliches kleines Mädchen und verbot mir, ohnmächtig zu werden, doch das Rauschen in meinen Ohren wurde stärker. Da stieß mich Nisani zu Boden, wir rutschten einen Abhang hinunter in eine Senke, in der sich große Mengen an Laub gesammelt hatten.

»Lieg still«, wisperte sie und begann, mich mit den braunen Blättern zu bedecken.

»Er wird uns sehen!« Die Angst und die Erschöpfung schnürten mir die Kehle zu.

»Wird er nicht«, gab Nisani entschieden zurück. Ich spürte, wie sie sich neben mich legte, und hörte die Blätter rascheln, die sie über sich selbst warf. Dann lagen wir beide unbeweglich da und lauschten.

Es dauerte nicht lange, bis das Keuchen des Mannes näher kam.

»Wo seid ihr, ihr Hexen? Kommt zu Rodolphe, der hat eine schöne Überraschung für euch! Ihr dürft meinem Bruder Gesellschaft leisten.«

Er brüllte, doch die Worte klangen dumpf durch das Laub über meinem Kopf. Es kribbelte mir an der Nase, und ich musste all meine Kraft aufbieten, mich nicht zu bewegen. Ich stellte mir vor, welche Tierchen in dem Blätterhaufen lebten, und bildete mir augenblicklich ein, die Beinchen von Spinnen und Wanzen auf mir zu fühlen. Ich biss mir auf die Unterlippe und horchte weiter. Die Stimme entfernte sich, und ich wollte schon aufstehen, doch Nisani ahnte meine Absicht.

»Bleib liegen, Laure. Wir müssen warten, bis er die Suche aufgibt und zurückkommt.«

Ich verstand ihre gemurmelten Worte kaum, blieb aber starr in meinem Versteck. Immerhin konnte ich wieder atmen, doch nun kroch mir die Feuchtigkeit des Bodens unter die Kleidung. Ich zitterte, obwohl die Decke aus Blättern sogar eine gewisse Wärme erzeugte, und fragte mich, warum zum Teufel wir auf diese Reise gegangen waren. Wir hatten unser behagliches Zuhause verlassen, nur weil Nisani nicht erwarten konnte, meine Eltern zur Rede zu stellen, und ich sie unbedingt früher wiedersehen wollte. Wie dumm von uns! Und auch Onkel Paul war zu vertrauensselig gewesen. Zwar hatte er mit Philippe den richtigen Mann ausgewählt, doch er hätte auch für unsere Sicherheit nach der Ankunft in Tours sorgen müssen. Er hätte ... Ach, es war unsinnig, solchen Gedanken nachzuhängen. Es war geschehen, und nun mussten wir damit leben. Oder sterben. Mir wurde übel. Tränen stiegen in meinen Augen auf.

Meine Mutter hatte uns Kindern wenig von ihrer Vergangenheit erzählt. Bevor sie meinen Vater kennengelernt hatte, war ihr Leben nicht leicht gewesen, so viel wusste ich. Sie war eine Dienstmagd bei einem unangenehmen Herrn gewesen, war geflohen und hatte einige Gefahren durchstehen müssen, ehe sie und Papa zusammen glücklich werden konnten. Genaueres hatten mir beide nicht berichtet. Ich wusste, sie hatten es nur gut gemeint, wollten mich unbelastet aufwachsen lassen. Nun jedoch wünschte ich mir, sie hätten mir mehr über das Leben beigebracht. Dann wäre ich vielleicht nicht wie ein dummes kleines Mädchen in die Falle getappt.

Je länger ich so dalag und meine Gedanken kreisten, desto wütender wurde ich auf meine Eltern. Sie behandelten mich noch immer wie ein Kind, von dem man die raue Wirklichkeit fernhalten musste. Wenn wir je aus dieser Lage entfliehen und Paris erreichen würden, waren auch von meiner Seite einige harte Worte fällig. War es tatsächlich besser, vor allem beschützt zu werden? Schließlich holte einen das Leben doch ein, und dann war man nicht vorbereitet.

Plötzlich näherten sich Geräusche. Ich hielt den Atem an. Der Mann klang erschöpft, sein Brüllen war einem stetigen, wütenden Gemurmel gewichen.

»Meinetwegen erfriert doch, ihr kleinen Huren!« Keuchen, Schnaufen, weitere hervorgepresste Worte. »Ihr werdet Paris nie erreichen, nicht einmal das nächste Dorf, und ich habe drei Pferde, eine Kutsche und jede Menge Münzen. Rodolphe wird sich ein schönes Leben machen und so viele Weiber nehmen, wie er will. Und von nun an dreht er ihnen die Hälse um, ehe noch eine zur Bratpfanne ...«

Dann war er an uns vorbei und nicht mehr zu hören. Ich schickte ein rasches Gebet zum Himmel, dass er die Suche nach uns wirklich aufgegeben hatte, und ein weiteres für die Seelen der armen Frauen, die dem Kerl bereits zum Opfer gefallen waren und ihm in Zukunft noch begegnen mussten. Bei dem Gedanken, wie viele solcher Männer es auf der Welt geben mochte, wurde mir erneut übel.

Ich wagte noch lange Zeit nicht, mich zu rühren. Erst als sich Nisani neben mir aus dem Blätterhaufen schälte, setzte auch ich mich auf, obwohl ich mich noch immer unsicher fühlte.

»Und wenn er sich nur versteckt und uns hinter der nächsten Ecke auflauert?«, wisperte ich.

Nisani schüttelte den Kopf. »So klug ist er nicht. Er geht zurück zu den Pferden und macht sich davon.«

»In welche Richtung? Denkst du, wir müssen befürchten, ihm wieder zu begegnen? Er wird doch gewiss nicht nach Tours zurückkehren.«

Es ärgerte mich, dass ich mich tatsächlich wie ein kleines Mädchen anhörte. Ständig fragte ich Nisani um

Rat und überließ ihr die Führung, doch ich konnte nicht anders. Ihre ganze Art war viel kaltblütiger als meine, trotz ihres aufbrausenden Wesens. Sie schien viele Dinge instinktiv zu wissen und richtig zu machen. Ich dagegen war so unsicher wie ein Blatt im Wind. Würde es mir je gelingen, für etwas einzutreten, Entscheidungen zu treffen? Oder würde ich stets die liebe, angepasste Laure bleiben, die niemandem Ärger bereitete?

»Nein, in Tours ist es zu gefährlich für ihn. Dort weiß man, dass er mit uns unterwegs war. Ich glaube, er geht in die nächste größere Stadt und verkauft zwei der Pferde und die Kutsche, vielleicht sogar die Kleider seines Bruders.«

»Wird er ihn begraben?«

Nisani lachte freudlos auf. »Das würde mich wundern.«

Mich grauste bei dem Gedanken daran, dass Philippes Leichnam nicht bestattet werden würde.

»Wir müssen uns darum kümmern, wenn ...«

»Zunächst kümmern wir uns um uns selbst«, schnitt Nisani mir das Wort ab. »Die nächste größere Stadt ist Vendôme, wenn ich mich richtig erinnere. Falls er sich dorthin wendet, sind wir sicher, denn wir haben die Stadt bereits vor Tagen hinter uns gelassen. Wenn er aber ein anderes Ziel wählt, vielleicht sogar nach Chartres geht wie wir, müssen wir achtgeben. Deshalb dürfen wir auch nicht auf der Straße gehen, sondern werden uns abseits halten.«

»Wenn wir denn je wieder zur Straße zurückfinden. Hast du eine Ahnung, in welche Richtung wir müssen?«

Nisani stand auf und klopfte sich den Dreck vom Kleid.

»Erst einmal hinaus aus diesem Wald.«

Sie ging voran, und ich folgte ihr, wie immer. Und mit jedem Schritt nahm ich mir vor, dass dies nicht so bleiben sollte.

Es mussten Stunden vergangen sein, als wir endlich einen Ausweg aus dem Gehölz fanden. Noch immer hüllte dichter Nebel die Felder und Wiesen ein. Beklommen stellte ich fest, dass man keine zehn Schritte weit sehen konnte. Hinter jeder Ecke mochte unser Angreifer lauern, und wir würden ihn nicht rechtzeitig erkennen. Dann fiel mir auf, dass auch wir für andere unsichtbar waren, und mir wurde ein wenig leichter ums Herz. Nisani blickte sich um und zeigte in die Ferne links von uns.

»Ich habe das Gefühl, dass wir dort entlang müssen. Was meinst du?«

Ich hatte in Wirklichkeit keine Meinung, doch ich nickte. Jede Richtung konnte die falsche sein, jeder Schritt uns wieder in Rodolphes Gewalt führen. Doch herumzustehen würde uns auch nicht helfen. Ich fror so sehr, dass ich froh war, mich bewegen zu können. Schweigend gingen wir voran. Meine Gedanken kreisten um unsere Zukunft. Wir besaßen kein Essen und nur die Kleidung, die wir auf dem Leib trugen. Trotz des voranschreitenden Tages wurde es nicht wärmer, sondern eher kälter. Weit und breit waren weder Wege noch Vieh oder gar Höfe zu sehen. Die Welt um uns herum schien verschwunden.

Als wir an ein Bächlein kamen, kniete Nisani nieder und trank, dann zog sie ihre Röcke hoch und wusch sich zwischen den Beinen.

»Ich muss die Spuren dieses Schweins loswerden«, murmelte sie.

»Ich habe mich noch gar nicht bei dir bedankt«, sagte ich.

»Das musst du nicht.«

»Oh doch! Du hast deine Jungfräulichkeit geopfert, um mir meine zu erhalten.«

Sie richtete sich auf und bedachte mich mit einem seltsamen Blick.

»Ich habe die Wahrheit gesagt. Ich war keine Jungfrau mehr.«

Ich glaubte, mich verhört zu haben.

»Du musst nicht lügen, damit ich mich besser fühle.«

»Ich lüge nicht.«

»Aber ... wann? Wer?«

»Nicolas. In der Nacht, bevor er verschwand. Ich bin der Grund dafür.«

Auf ihr Gesicht legte sich ein solcher Schmerz, dass mir das Herz wehtat. Dann erst kamen mir ihre Worte richtig zu Bewusstsein.

»Dein Bruder hat dich missbraucht?«

»Er ist nicht mein Bruder!«, fuhr sie mich an. »Und er würde niemals jemanden missbrauchen! Wie kannst du so etwas denken?«

»Dann wolltest du es? Obwohl du damals noch nicht wusstest ...«

»Ja, du dummes kleines Mädchen. Stell dir vor, ich wollte es. Und es war schön! Aber das wirst du nie erfahren, wenn du dich weiterhin weigerst, erwachsen zu werden.«

Sie wandte sich ab und ging voran, jeder Schritt ein wütendes Stampfen. Ich eilte ihr nach, ebenfalls verärgert.

»Es gibt keinen Grund, mich zu beleidigen.«

»Dann sei nicht so kindisch.«

»Was ist kindisch daran, zu fragen, wie du mit deinem vermeintlichen Bruder das Bett teilen konntest?«

Ihre Schritte verlangsamten sich, und auch ihr Tonfall war nicht länger böse.

»Vielleicht habe ich gespürt, dass wir nicht verwandt sind. Ich weiß es nicht. Es fühlte sich richtig an.«

»Für ihn auch?«

»Ich denke schon. Nur muss er sich furchtbar geschämt haben. Deshalb ist er fortgegangen.« Sie blieb stehen und blickte mich mit Tränen in den Augen an. »Er weiß bis heute nicht, dass wir keine Sünde begangen haben.«

Plötzlich wurde mir klar, woher Nisanis Wut gekommen war, mit der sie die ganze Familie wochenlang tyrannisiert hatte. Ich griff nach ihrer Hand.

»Nun verstehe ich, was du deinen und meinen Eltern vorwirfst. Ich bin nicht die Einzige, die bisher wie ein kleines Mädchen behandelt wurde.«

»Nein, Laure. Nur dass es für dich nicht solche Folgen hatte.«

»Eine Folge ist, dass wir nun hier sind. Wäre ich mit etwas mehr Einblick in die Wirklichkeit erzogen worden, hätte ich diese Reise nie angetreten.«

»Es nützt nichts, darüber jetzt nachzudenken. Wir müssen nach vorn schauen.«

Wir wandten uns um und schauten nach vorn. Weiterhin war nichts zu sehen außer den dichten weißen Schwaden.

»Ich hoffe, *nach vorn* ist tatsächlich dort, wo wir hingehen.«

»Wo auch immer wir hingehen – wir müssen weiter. Wir haben weder Essen noch die Möglichkeit, Feuer zu machen.« Nisani seufzte. »Du musst furchtbar hungrig sein. Du hast nichts gegessen gestern Abend.«

»Du doch auch nicht. Hör schon auf, ich bin kein Kind mehr! Ich halte durch.«

Meine Stimme klang überraschend fest, und als hätte ich mich selbst überzeugt, begannen meine Beine, sich zu bewegen. Daheim waren Nisani und ich oft zum Vergnügen stundenlang spazieren gegangen. Dies war jedoch etwas vollkommen anderes. Die beklemmend neblige Umgebung, die durchnässten Schuhe und das unwegsame Gelände erschwerten das Vorwärtskommen. Außerdem machte es mich verrückt, nicht zu wissen, wie spät es war. Erst als das helle Grau des Himmels einem dunkleren Farbton wich, erkannte ich, dass der Abend nahte.

»Wo sollen wir schlafen?«, fragte ich und fürchtete mich vor Nisanis Antwort. Sie hob nur die Schultern. Als uns erneut ein Bachlauf den Weg versperrte, wichen wir ein Stück nach rechts aus.

»Sieh doch, dort ist die Straße«, sagte Nisani plötzlich.

Tatsächlich zeigte nur einige Schritte von uns entfernt eine Spur von festgefahrener Erde, dass wir eine Straße gefunden hatten.

»Denkst du, es ist dieselbe, auf der wir gekommen sind?«

»Woher soll ich das wissen?«

Sie hatte ja recht, aber Nisanis patzige Antwort verärgerte mich dennoch. Ich wollte sie jedoch nicht schon wieder zurechtweisen, nachdem wir uns durch das Gespräch über Nicolas gerade ein wenig angenähert hatten.

»Gehen wir auf ihr weiter?«

»Das sollten wir. So besteht wenigstens ein bisschen Hoffnung, dass wir auf Menschen treffen.«

Oder auf Rodolphe, schoss es mir durch den Kopf, doch ich hatte nicht die Kraft, weiterhin durch das Gras und den Matsch zu laufen. Der feste Untergrund war so angenehm, dass mir die Gefahr gleichgültig wurde.

Bis Hufschlag ertönte.

Nisani hörte ihn ebenfalls, wandte ihren Kopf erst in die eine, dann in die andere Richtung.

»Ich kann nicht ausmachen, woher es kommt«, wisperte sie. »Schnell, zur Seite!«

Wir sprangen hinter ein nahes Gebüsch. Zwei Pferde tauchten aus dem Nebel auf wie Gestalten aus einem Albtraum. Da die beginnende Dämmerung alle Farben verschluckte, konnte ich nicht erkennen, ob es sich um unsere Kutschpferde handelte. Da waren sie auch schon vorbei, verschwanden in die Richtung, in die wir unterwegs waren.

»War er es?«, fragte Nisani, und ich schämte mich für das Gefühl, das ich verspürte, als ich das Zittern in ihrer Stimme vernahm. Doch es tat so gut, einmal nicht die Einzige zu sein, die Angst hatte.

»Ich konnte es nicht sehen«, sagte ich. »Doch wenn er es war, droht uns keine Gefahr mehr. Die Kutsche ist fort.«

»Vielleicht wartet er im nächsten Dorf.«

»Wir müssen eben vorsichtig sein.«

Schweigend gingen wir weiter, bis es zu dunkel wurde, um den Weg zu erkennen.

»Wir sollten uns schlafen legen«, sagte Nisani mit schleppender Stimme und zeigte auf eine schemenhaft links von uns auftauchende Baumgruppe. »Lass uns dort drüben nachsehen, ob wir zumindest ein wenig Schutz finden.«

Die blattlosen Bäume boten uns kein Dach über dem Kopf, doch das darunterliegende Laub wenigstens ein einigermaßen weiches Lager. Zwischen drei dicht zusammenstehenden Eichen legten wir uns nieder.

Der Schlaf kam rasch, doch mitten in der Nacht erwachte ich vom Zittern meines Körpers. Ich blickte in den Himmel und sah Sterne. Der Nebel hatte sich verzogen und war einer klaren, eiskalten Luft gewichen. Ich rüttelte Nisani an der Schulter. Als sie sich nicht rührte, fürchtete ich schon, sie sei erfroren. Dann jedoch regte sie sich.

»Was ist los?«

»Wir müssen aufstehen, Nisani. Es ist zu kalt, um länger liegen zu bleiben.«

Sie nickte, doch es dauerte eine Ewigkeit, bis sie endlich auf den Füßen stand. Ich wies in den Himmel, wo der Mond erschienen war. Vor wenigen Tagen war er voll gewesen, nun fehlte ihm bereits ein Stückchen, doch er strahlte kräftig in der wolkenlosen Nacht.

»Wir sollten genug Licht haben, um weiterzugehen.«

»Ich bin noch so müde, Laure.« Nun war sie es, die wie ein kleines Mädchen klang.

»Wenn wir nicht erfrieren wollen, müssen wir uns bewegen. Deshalb können wir ebenso gut weitergehen. Es ist doch ein Glück, dass der Nebel fort ist. Vielleicht finden wir etwas zu essen.«

»Was denn? Die Nüsse sind schon längst von den Eichhörnchen geerntet worden, und Früchte wachsen zu dieser Jahreszeit nicht mehr an den Bäumen.«

Ich antwortete nicht, da es mich zu viel Kraft kostete. Immerhin ließ das Schlottern meiner Glieder nach, nun, da wir uns bewegten. Die Straße war im schwachen Mondlicht gut zu erkennen. Zwar ängstigten mich die Schatten, die rechts und links von ihr auftauchten, doch ich biss mir auf die Unterlippe und zwang mich, vor meine Füße zu schauen.

Als der Morgen kam, war ich so müde, dass ich kaum noch einen Fuß vor den anderen setzen konnte, und mein Bauch fühlte sich an, als sei er vollkommen hohl. Zudem wurde es immer kälter. Auch Nisani taumelte bereits, ihre Miene zeigte einen Ausdruck völliger Gleichgültigkeit. Schließlich blieb sie stehen, setzte sich auf den Boden, zog die Knie an und verbarg ihr Gesicht in den Armen.

»Nisani! Komm schon, du kannst hier nicht sitzen bleiben. Wenn nun Rodolphe zurückkommt. Außerdem ...«

»Ich will nicht mehr.« Ihr Murmeln war kaum hörbar. Ich hockte mich neben sie und schüttelte sie.

»Du willst nicht mehr? Deinetwegen sind wir überhaupt in dieser Lage! Du hast auf dieser Reise bestanden, und nun gibst du auf?«

Sie hob den Kopf und sah mich böse an. »Meinetwegen? Das ist eine Lüge! Unsere Eltern sind schuld.«

Gut, es steckte doch noch Leben in ihr.

»Das mag sein. Es ändert aber nichts. Wir müssen jetzt weiter. Irgendwo muss es doch Menschen in der Nähe geben.«

Nisani nickte, rührte sich jedoch nicht. Mutlos blickte ich mich um, da sah ich plötzlich einen Hoffnungsschimmer. An den kahlen Ästen eines Baumes am gegenüberliegenden Straßenrand hingen drei leuchtend grüne Äpfel. Sah ich sie wirklich, oder waren sie ein Trugbild, weil ich so hungrig war? Ich rannte hinüber, so schnell es meine müden Beine erlaubten. Und tatsächlich, dort baumelten sie, drei einsame Überbleibsel des vergangenen Herbstes. Ein wenig schrumpelig, bereits von Vögeln angepickt, doch das war mir gleich. Ich brach einen der blattlosen Äste ab und angelte damit nach den Äpfeln, die außerhalb meiner Reichweite hingen. Zunächst wollte es mir nicht gelingen, sie herunterzuschlagen, doch schließlich konnte ich alle drei aus dem feuchten Gras sammeln. Stolz lief ich zurück zu Nisani.

»Sagtest du nicht, es wachsen keine Früchte mehr? Sieh mal.«

Sie hob den Kopf, und auf ihr Gesicht legte sich ein feines Lächeln. Gleichzeitig schlugen wir die Zähne in das Obst. Es war zwar unangenehm kalt, doch als die ersten Bissen in meinem Bauch waren, fühlte ich mich sogleich gestärkt. Den dritten Apfel teilten wir uns, und als wir fertig waren, stand Nisani auf.

»Es nützt ja nichts, jetzt aufzugeben.«

»Da hast du recht. Wenn wir einmal rechtzeitig Nahrung gefunden haben, wird es uns auch künftig gelingen.«

Nach einer weiteren Nacht und einem Tag, an dem wir trotz der Bewegung ohne Unterlass zitterten und unsere Füße immer wieder die dünne Eisschicht auf den Pfützen zerstießen, mussten wir uns eingestehen, dass sich unsere Zuversicht nicht bewahrheitet hatte. Noch immer war uns keine Menschenseele begegnet, kein Dorf hatte den Weg gesäumt. Wir glaubten uns am Ende der Welt, und es fiel mir immer schwerer, Nisani zum Vorangehen zu bewegen. Ich konnte mir nicht erklären, wo ihr Wille geblieben war. Was war aus ihrer trotzigen Entschlossenheit geworden, meine Eltern zu treffen, so schnell es ging? Hatte der Übergriff durch Rodolphe sie so erschüttert? Die Tatsache, dass sie keine Jungfrau mehr gewesen war, konnte die Schändung kaum erträglicher gemacht haben …

Als die nächste Nacht hereinbrach und ich mich fühlte, als seien meine Ohren und Finger schon erfroren, war auch ich bereit, mich an den Wegesrand zu setzen und mich dem Schicksal zu überlassen. Doch plötzlich packte Nisani meine Hand.

»Sieh doch, Laure. Dort hinten ist Licht!«

Ich machte mir nicht die Mühe, den Kopf in die Richtung zu wenden, in die sie zeigte.

»Was für ein Licht?«

»Ich weiß nicht. Vielleicht ist es ein Haus. Riech doch mal! Ist das Rauch?«

Ich schnupperte. Tatsächlich musste in der Nähe ein Feuer brennen. Ich seufzte und entschied, dass ich nun

doch einmal nachsehen sollte, aber jede Bewegung außer der, einen Fuß vor den anderen zu setzen, kostete
mich ungeheuerliche Kraft. Doch wirklich, als ich den
Blick hob, sah auch ich das Licht im Dunkel.

»Lass uns hinübergehen, Nisani. Schlimmer als hier
kann es dort nicht sein.«

»Wenn es ein Hof ist, wird es einen Weg von der
Straße aus dorthin geben.«

Wir taumelten weiter, bis wir im schwachen Mondlicht eine Abzweigung entdeckten. Bereits nach kurzer
Zeit erreichten wir das Häuschen, das von einigen
Scheunen umgeben war. Aus dem Schornstein stieg der
Rauch, den wir gerochen hatten, und durch die Fenster
schien warmes Licht. Ich fühlte Tränen in mir aufsteigen und schickte ein rasches Gebet in den Himmel, dass
die Bewohner gute Menschen sein mochten. Nisani
klopfte an die Tür. Ich hielt den Atem an.

Zuerst dachte ich, niemand würde uns öffnen. Dann
schwang die Tür auf, und wir standen einer schlanken
Frau mittleren Alters gegenüber. Sie hatte die Hände
um eine mächtige Mistgabel geklammert und starrte
uns an. Ihr Blick war nicht feindselig, sie schien lediglich ärgerlich über die späte Störung.

»Guten Abend, Madame«, brachte ich noch heraus,
dann gaben meine Beine nach und ich fiel auf die Türschwelle. Ich vernahm einen Schreckenslaut und
fühlte gleich darauf, wie ich ins Haus gezerrt und auf
ein Lager gelegt wurde.

»Leg dich dazu, ehe du auch noch zu Fall kommst«,
hörte ich die Frau sagen und spürte, dass sich Nisani
neben mich legte.

Die Hausherrin brüllte Anweisungen, und im Nu waren wir unter Fellen begraben und man hielt uns ein heißes, nach Kräutern duftendes Gebräu vor den Mund. Ich trank gierig, verbrannte mir die Zunge, doch es war mir gleich. Die Hitze, die sich in meinem Körper ausbreitete, war so angenehm nach den eisigen Tagen, dass ich bald fühlte, wie ich wieder zu Kräften kam. Vorsichtig setzte ich mich auf. Nisani dagegen war eingeschlafen, den leeren Becher noch in der Hand.

Ich blinzelte und sah in zwei neugierige Gesichter. Die Mädchen mochten so alt wie meine Geschwister sein, doch ihre Wangen waren weniger voll, und sie waren blasser. Schüchtern hielt mir eine der beiden eine Schüssel mit Eintopf und einen Löffel hin.

»Ich danke dir.« Ich begann zu essen, und noch nie in meinem Leben hatte mir eine Mahlzeit besser geschmeckt. Die Hausherrin zog einen Stuhl heran und sah mich forschend an.

»Was tut ihr Mädchen hier draußen, halb verhungert und erfroren?«

Ich erzählte in knappen Worten unsere Geschichte, und die Frau nickte.

»Paris. Da liegt noch ein langer Weg vor euch.«

»Dank Euch haben wir überhaupt noch etwas vor uns. Diese Nacht hätten wir nicht überstanden.«

»Man soll doch Gutes tun, damit einem selbst Gutes widerfährt.« Beinahe verlegen hob sie die mageren Schultern. »Ihr habt Glück, dass der Bauer nicht da ist. Er hätte euch fortgejagt.«

»Der Bauer?«

»Mein sogenannter Gatte.« Sie spie das Wort aus. »Der Vater meiner armen Mädchen. Er wollte schon seit zwei Tagen aus Chartres zurück sein. Jeden Abend bete ich, dass er auf dem Weg verunglückt ist. Auch wenn ich nicht weiß, wie es dann weitergehen würde. Aber alles ist besser als das hier.«

Sie machte eine ausholende Geste. Ich war zuerst entsetzt über die lästerlichen Worte, doch dann sah ich im Geiste Rodolphe vor mir. Wenn der Bauer ihm gleichkam, war es allzu verständlich, dass die Frau ihn tot sehen wollte. Und wenn er zurückkam, solange wir hier waren ...

»Chartres?«, fragte ich rasch. »In welcher Richtung liegt das, und wie weit ist es entfernt?«

Sie nahm mir die Schüssel ab und zog mich auf die Füße und zum Fenster.

»Dort entlang. Mit unserem alten Gaul und Karren braucht man zwei Tage.«

»Dann sind wir wenigstens in die richtige Richtung gegangen«, sagte ich erleichtert.

»Und gerade rechtzeitig auf meiner Schwelle gelandet.« Ihr Gesicht verzog sich zu einem ersten Lächeln, das die Sorgenfalten verblassen ließ. Ich konnte nicht anders, als sie in die Arme zu nehmen.

»Ihr ahnt nicht, wie dankbar ich Euch bin.«

»Und du ahnst nicht, wie dringend du dich waschen musst«, sagte die Bäuerin und lachte. »Mädchen, macht das Wasser heiß.«

Langsam tauten auch die schüchternen Kinder auf, und als Nisani erwachte und sich ebenfalls gestärkt und gewaschen hatte, setzten wir uns ans Feuer und unterhielten uns. Die Töchter der Bauersfrau fragten nach unserer Heimatstadt, und wir erzählten von La Rochelle, seinen Türmen, dem Hafen und den Kirchen.

Dabei überkam mich ein solch starkes Heimweh, dass mir die Tränen in die Augen traten. Wie hatten wir so wahnsinnig sein können, unser Zuhause zu verlassen? Ich sah Nisani an, dass sie die gleichen Gedanken hegte, und musste mich beherrschen, nicht erneut böse auf sie zu werden. Ohne ihren Trotz wären wir nicht in dieser Lage. Dann jedoch fiel mir wieder ein, was zwischen ihr und Nicolas geschehen war und dass sie jedes Recht hatte, Fragen zu stellen. Und schließlich war auch ich bereit für diese Unternehmung gewesen, neugierig auf die Welt. Dass sie ein solch grausames Gesicht zeigen würde, hatte ich nicht geahnt ...

Am Morgen suchte die Familie allerlei Nützliches für uns zusammen, damit wir unseren Weg bequemer fortsetzen konnten. Immer wieder warfen die Mädchen ängstliche Blicke aus dem Fenster, und auch der Bäuerin war anzumerken, dass sie die Rückkehr ihres Gatten von Augenblick zu Augenblick mehr fürchtete. Sie wollte uns eindeutig vom Hof haben, ehe er kam. Mir war das recht. Die Nacht war die angenehmste seit Wochen gewesen, ich hatte warm gelegen und gut geschlafen. Wir hatten Brot und Eier gefrühstückt, waren satt und ausgeruht.

Ausgerüstet mit wollenen Umhängen, Felldecken und Nahrung für mindestens die nächsten drei Tage verabschiedeten wir uns von unseren Gastgebern.

»Ich weiß, ihr möchtet die großen Städte am liebsten meiden.« Wir hatten ihr von Rodolphe und unserer Angst erzählt, dass er nach Chartres gegangen sein mochte. »Doch von dort aus habt ihr wenigstens eine kleine Chance, dass euch jemand in Richtung Paris mitnimmt. Zu Fuß werdet ihr kaum den ganzen Weg bewältigen, und es wird immer kälter.«

»Wir werden vorsichtig sein. Irgendwie schaffen wir es schon.« Ich versuchte, zuversichtlich zu klingen. »Leider müssen wir sparsam mit unserem Geld umgehen, da wir nicht wissen, ob wir vielleicht für eine Kutsche bezahlen müssen. Aber ich möchte Euch dennoch etwas geben – für Eure Güte und die Dinge, die wir erhalten haben.«

Die Augen der Mädchen wurden groß, als ich meinen Beutel unter dem Kleid hervorzog, einige Münzen entnahm und sie der Bauersfrau reichte.

»Mehr kann ich jetzt nicht erübrigen, denn der Rest unseres Weges ist noch lang.«

»Es ist mehr als ausreichend für die Decken und das Essen.«

»Aber bei Weitem nicht genug für Eure Herzlichkeit und Gastfreundschaft. Wenn wir wieder bei unserer Familie sind, werden wir Euch etwas schicken. Unsere Väter führen gut gehende Handelshäuser ...«

»Versprich nichts, was du nicht halten kannst, Kind. Du denkst, du hast das Leben kennengelernt, da du einmal fast verhungert wärest. Doch das hast du nicht.«

In dem Augenblick ertönten draußen Hufschlag und Gerumpel. Das Gesicht der Bauersfrau verzerrte sich zu einer Grimasse aus Furcht und Wut, und ich erkannte, wovon sie gesprochen hatte. Nein, ich wusste nichts vom Leben.

Sie schob uns zur Küche und flüsterte: »Rasch, durch die Hintertür hinaus mit euch. Mädchen, beseitigt die Spuren unseres Besuches.«

Nach einem letzten Blick in das verhärmte Gesicht machten wir uns davon. Nisani schloss die Hintertür, als eben die Vordertür polternd aufgestoßen wurde und eine herrische Stimme erklang. Ohne uns abzusprechen, rannten wir los. Nur nicht noch einem Kerl wie Rodolphe begegnen!

Ich wurde erst langsamer, als mir bewusst wurde, wie sehr die eisige Luft in meinen Lungen stach.

»Nisani! Warte ...« Ich schnaufte und blieb stehen. »Es ist zu kalt zum Laufen.«

»Das ist auch nicht mehr nötig. Der Bauer ist mit seiner Familie beschäftigt. Mir tun die Kleinen so leid!« Sie verzog das Gesicht. »Ich mag mir nicht ausmalen, wie sie leben müssen. Und ich dachte, die Welt würde untergehen, weil meine Eltern mich angelogen haben.«

»Man kann Schmerz nicht vergleichen. Es gibt nun einmal Unterschiede auf der Welt. Manche Menschen sind viel ärmer als wir, andere reicher.«

»Aber keine Familie war je glücklicher als unsere. Und ich habe sie zerstört.«

Ich fasste nach der Hand meiner Cousine. »Es ist doch nichts verloren. Alles wird sich fügen.«

»Nicolas ist fort.«

»Er kehrt zurück.«

»Wie kannst du das wissen, Laure?«

Ich schwieg, denn ich wusste selbst nicht, was mich so sicher machte.

»Ich habe ihn fortgetrieben. Als ich zu ihm kam, sagte er, ich solle gehen. Aber ich bin nicht gegangen.«

Mir stieg die Hitze ins Gesicht. Ich wollte mir nicht vorstellen, was an jenem Abend in Nicolas' Zimmer geschehen war.

»Es hat keinen Sinn, über Vergangenes zu grübeln«, sagte ich schnell. »Komm schon, lass uns weitergehen. Weißt du noch, was wir über Chartres gelernt haben?«

»Es hat eine prächtige Kathedrale, an so viel erinnere ich mich.«

»Richtig. Und bald werden wir diese sehen. Ist das nicht großartig?«

Nisani lächelte mich an, und forsch schritten wir aus. Der Tag zeigte sich kalt, aber freundlich, doch gegen Nachmittag bezog sich der Himmel. In der Dämmerung fielen die ersten Flocken. Der Mond vermochte die dichten Wolken nicht zu durchdringen, sodass wir nicht weitergehen konnten. Wir suchten den Wegesrand ab und entdeckten einen Unterschlupf, eine halb zusammengestürzte Hütte. Vorsichtig traten wir unter das schiefe Dach und fanden ein Plätzchen, das uns vor Wind und Schnee schützte. Die geschenkten Felldecken hielten meinen Körper angenehm warm, auch wenn sich mein Gesicht von der Kälte bereits taub anfühlte. Der Schlaf erlöste mich von den quälenden Gedanken, die um die beiden Mädchen in dem Bauernhaus kreisten.

Wir mussten lange geschlafen haben, denn es war sogar in unserem Unterstand schon taghell, als wir erwachten. Ich fühlte mich beinahe so ausgeruht wie nach der Nacht bei der Bauernfamilie. Wir frühstückten das letzte mitgebrachte Brot, das bereits hart und trocken geworden war und uns dennoch so gut schmeckte, als sei es frisch gebacken.

Als wir zurück auf die Straße treten wollten, war diese nicht zu sehen. Die Welt schien unter einer weißen Decke eingeschlafen zu sein. Es fiel uns schwer, nicht die Orientierung zu verlieren. Der Schnee war so tief, dass es die ganze Nacht geschneit haben musste, und er machte das Gehen anstrengend. Trotzdem fühlte ich mich wie in einem Traumland. Frischer Schnee hatte so einen besonderen Zauber. In La Rochelle war er immer rasch wieder verschwunden gewesen, wenn überhaupt einmal welcher gefallen war. Hier jedoch befanden wir uns viel weiter nördlich.

Ich war so in Gedanken vertieft, dass ich Nisanis Absicht erst erkannte, als es zu spät war. Schon traf mich ein Schneeball mitten im Gesicht. Erst wollte ich ärgerlich werden, doch dann fasste ich in den Schnee und warf eine Handvoll nach ihr. Sie wich lachend aus und griff mich ihrerseits wieder an.

»Du bist schlimmer als unsere Brüder!«

Ich konnte mich vor Lachen kaum halten, obwohl mir der Schnee unter die Kapuze und in den Nacken drang und dort ein solch eisiges Gefühl auslöste, dass ich mich schütteln musste. Wir tobten eine ganze Weile herum, ehe wir uns besannen und weitergingen. Ich war glücklich, endlich einmal wieder gemeinsam mit meiner Cousine diese Leichtigkeit gespürt zu haben, die unser Verhältnis früher ausgemacht hatte. Es stimmte mich froh, dass wir uns noch nicht völlig voneinander entfernt hatten.

Ich konnte aber nicht verhindern, dass meine Gedanken immer wieder zu ihr und Nicolas wanderten. Ich erinnerte mich, dass ich an jenem Abend bemerkt hatte, dass etwas zwischen ihnen in der Luft lag. Damals hätte ich mir nie ausmalen können, wie es enden würde. Offenbar war ich tatsächlich das dumme kleine Mädchen gewesen, als das mich alle behandelten. Doch allein die wenigen Wochen dieser Reise hatten mich verändert.

Was mich nun noch von meiner Cousine unterschied, war die Erfahrung mit Männern. Ich neidete sie ihr nicht, denn sie war nicht nur angenehm gewesen, doch ich fragte mich, ob ich bereit war, mich einem Mann hinzugeben, zunächst geistig, später dann ... Ich wusste es nicht. Alt genug war ich gewiss, und es hatte junge Männer gegeben, die mir gefielen. Doch nie hatte einer von ihnen mein Herz berührt. War ich fähig, zu lieben? Ich griff in den Schnee und presste meine Hand zusammen, bis ich einen gefrorenen Klumpen in den Fingern hielt. War so mein Herz, hart und eisig? Würde in meinen Augen je so viel Gefühl zu lesen sein, wenn ich von einem Mann sprach, wie bei Nisani, wenn sie an Nicolas dachte? Manchmal glaubte ich, die innige Beziehung meiner Eltern hatte etwas in mir zerstört. Ein Mann musste für mich mindestens so liebevoll sein wie mein Vater, meine Gefühle für ihn wenigstens so stark wie die meiner Mutter. Würde es je einen Mann geben, der diesen Ansprüchen gerecht wurde?

Und warum dachte ich plötzlich so viel an diese Dinge?

Im Laufe des Tages passierten mehrere Kutschen und Fuhrwerke die Straße, die dadurch endlich wieder zu sehen und leichter zu beschreiten war. Jedes Mal, wenn wir den Hufschlag hörten, versteckten wir uns aus Angst vor Rodolphe, doch es waren stets andere Pferde, fremde Menschen. Zum Glück. Ich fürchtete mich vor Chartres, konnte mir vorstellen, dass Rodolphe den Weg dorthin eingeschlagen hatte. Andererseits war ich aufgeregt, die Stadt zu sehen. Obwohl wir uns ihr näherten, säumten noch immer wenige Dörfer und Höfe den Weg.

Am Nachmittag entdeckten wir auf einer nahen Wiese einen verlassenen Unterstand, der wohl zu anderen Jahreszeiten Schafen als Zufluchtsort diente. Wir entschlossen uns, die Nacht über dort zu bleiben und am nächsten Tag das letzte Stück des Weges nach Chartres anzutreten. Der hölzerne Verschlag besaß drei Wände und ein Dach, das dicht zu sein schien. Nur an der offenen Seite war etwas Schnee eingedrungen, aber es gab genügend trockenen Platz zum Schlafen. Mit dieser schönen Aussicht setzten wir uns draußen auf unsere Felldecken und genossen das letzte Tageslicht.

Während ich so dasaß und meine Finger mit dem Schnee spielten, entdeckte ich plötzlich seine Möglichkeiten. Er ließ sich formen! So wie meine geliebte Tonerde. Ich knetete, schnitt mit dem kleinen Messer, das ich seit dem Vorfall mit Rodolphe immer im Ärmel trug, ritzte und modellierte, bis zuerst ein Pferd, dann ein Vogel und am Ende erneut Nisanis Gesicht entstanden waren. Meine Cousine sah mir zu.

»Du bist eine Künstlerin wie deine Mutter.« Sie ergriff ihr Abbild. »Leider ist diese Kunst vergänglich. Wenn die Sonne herauskommt, wird mein Gesicht zerschmelzen. Dann wird es so aussehen, wie ich mich fühle.«

»Wie fühlst du dich denn?«

Nisani seufzte. »Es ist schwer zu erklären. Ich habe meinen Zwillingsbruder verloren, auf mehr als eine Weise. Von da an war ich nur noch halb, bis ich erfahren habe, dass ich gar nicht mit euch allen verwandt bin. Seitdem ist von der Hälfte nur noch ein schwammiges Ding übrig. Ich fühle mich, als ob ich zerfließe, als ob ich in keine Form mehr passe, in keine Welt und in kein Leben. Deshalb war mir diese Reise so wichtig, Laure. Ich möchte wieder einen Halt haben. Ich muss wissen, wer meine Mutter war.«

»Ich verstehe«, sagte ich und meinte es auch. Obwohl ich nicht jedes ihrer Gefühle schon erlebt hatte, konnte ich alles daran nachvollziehen.

Ich kroch von meiner Decke herunter, ließ mich rücklings in den Schnee fallen und streckte Arme und Beine von mir. Dann stand ich auf.

»Sieh doch. Das ist mein Abbild. Wenn du dasselbe machst, wirst du auch deines sehen. Du bist genauso groß wie immer, genauso breit wie immer, du bist du. Versuch es.«

Nisani lachte und tat es mir nach, bis wir nebeneinanderstanden und die Abdrücke unserer Körper im Schnee betrachteten.

»Ich bin immer noch größer als du«, sagte Nisani.

»Das wirst du auch bleiben. Ich denke nicht, dass ich noch wachse.«

»Trotzdem bist du erwachsen geworden, meine Kleine.« Sie strich mir über den Kopf. »Es tut mir leid, dass ich dich in letzter Zeit so oft beleidigt habe.«

»Schon gut.« Ich war nicht sicher, ob es tatsächlich gut war, zumindest aber fühlte es sich gut an, dass sie es gesagt hatte.

»Allerdings bist du noch nicht mit dem Schulunterricht fertig, im Gegensatz zu mir.« Nisani zwinkerte mir zu. »Also, Schülerin, male einen Umriss des Landes in den Schnee und zeige mir, wo wir uns gerade befinden.«

Ich zeichnete Frankreichs Grenzen, so gut ich es vermochte, dann setzte ich ein Kreuz an die Stelle, wo ich La Rochelle wusste.

»Dort hat unsere Reise begonnen. Tours müsste«, ich machte ein zweites Kreuz, »etwa hier sein.«

»Fein. Und weiter?«

»Dort ist Paris. Mehr weiß ich nicht.«

Nisani sah mich tadelnd an, dann malte sie in meine Landkarte hinein.

»Das ist Chartres. Von da aus ist es nicht mehr weit bis Paris, etwa die Hälfte der Strecke zwischen La Rochelle und Tours. Und wir sind hier.«

»So nah an Chartres? Das ist ja großartig!«

»Ja! Wir werden es schon morgen Mittag erreichen, wenn wir uns beeilen.«

Mit diesem Vorsatz legten wir uns früh schlafen.

10

Saint-Vincent, Karibik

Die _Espérance_ war größer als die _Liberté_, dennoch fand sich Nicolas rasch zurecht. Er wusste nicht, was Kapitän Lasalle den Männern über den Tausch erzählt hatte, doch niemand stellte ihm Fragen. Das Bedauern, das er spürte, als sie die Westindischen Inseln hinter sich ließen, war nur ein leichtes Ziehen in seinem Bauch. Schließlich wollte er so schnell wie möglich zu Nisani. Unter anderen Umständen jedoch wäre er gern geblieben, hätte noch einmal mit Nisanis Großmutter gesprochen, mehr über sie, ihren Stamm und Emeni erfahren, um es seiner Geliebten zu erzählen. Auch der Weg durch die grüne Schönheit des Landes hin zu dem Dorf hatte ihn beeindruckt, ebenso wie die strahlend weißen Strände und der Himmel, den er von den Gemälden seiner Tante kannte. Nie hatte er geglaubt, dass seine Farbe tatsächlich von dem leuchtenden Blau war, das Lianne eigens dafür anmischte.

Er würde zurückkehren, um all dies noch einmal für länger als nur zwei Tage zu erleben. Und wenn Gott es wollte, würde er Nisani hierherbringen, damit auch sie erfuhr, woher ihre Vorfahren stammten. Er würde ihr diesen Himmel zu Füßen legen, ihr eine der herrlichen roten Blüten in das schwarze Haar stecken. Er sah sie im Geiste, wie sie dort stand, die nackten Füße im schneeweißen Sand vergraben, vor einer Sonne, die blutrot im Meer versank. Und dann würde er sie küssen, ohne Scham und ohne Sünde, und sie würde seine Frau sein, wie er es sich schon seit Jahren wünschte.

Immer weiter spann er seine Träumereien. Auch als er mit seiner Arbeit an den dicken Tauen, in der Takelage oder unter Deck beschäftigt war, war der Gedanke an Nisani stets bei ihm. Wie vollkommen anders diese Rückfahrt doch war als die Hinreise! Wenn er nun nachts in seiner Hängematte lag und ihn die Gedanken an Nisanis Körper überfielen, die Erinnerungen an ihr Zusammensein, dann verdrängte er sie nicht. Er ließ alle Gefühle zu, die Liebe, die Lust, und das Einzige, das ihm einen winzigen, schmerzhaften Stich versetzte, war die Frage, ob Nisani ihn ebenso wollte wie er sie. Er hatte sie allein gelassen. Würde sie ihm das verzeihen können?

11

Nahe Chartres

Ich erwachte, weil ich dachte, jemand würde mich schütteln. Es war jedoch der gesamte Unterstand, der schwankte. Der Wind pfiff durch die Bretter, und mittlerweile war der Boden in dem Verschlag fast vollständig mit Schnee bedeckt. Nisani stand an der Öffnung.

»Das Wetter ist schaurig«, sagte sie, als sie bemerkte, dass ich wach war. »Es stürmt wie an jenem Tag in La Rochelle, als wir beide unterwegs waren.« Ich sah an ihrem Gesichtsausdruck, dass sie den Gedanken weiterspann an das, was danach geschehen war. Rasch versuchte ich, sie abzulenken.

»Ist neuer Schnee gefallen?«

»Ich glaube nicht. Dafür ist es eisig. Wir sollten eine Weile abwarten, ehe wir hinausgehen.«

»Aber – Chartres!«

»Chartres läuft uns nicht weg.« Sie grinste mich unfroh an und setzte sich an die hinterste Wand, an der noch kein Schnee lag. Ich krabbelte zu ihr hinüber und zog meine Felldecke über uns beide.

»Na gut, dann lass uns erst einmal frühstücken. Hier ist noch ein Rest Wurst. Ohne Brot ist die zwar nicht so lecker, aber besser als gar nichts. Oh, und einen Apfel haben wir auch noch.«

Die Speisen waren so hart gefroren, dass wir sie kaum beißen konnten. Dennoch verspeisten wir alles, schließlich war Chartres nah, auch wenn es nun doch noch etwas dauern würde, ehe wir es erreichten. Nach dem Essen döste ich wieder ein, und als ich erwachte, hatte ich jegliches Zeitgefühl verloren. Draußen tobte weiterhin der eisige Wind, doch Nisani war nicht mehr drinnen bei mir. Mit müden, kalten Knochen erhob ich mich und sah hinaus. Sie stand ein paar Schritte vom Eingang entfernt und starrte auf die Straße hinüber.

»Meinst du, wir können es wagen?«, rief ich ihr gegen den Sturm zu. Sie drehte sich um.

»Ich glaube, es lässt langsam nach. Ja, lass uns gehen. Ich halte es nicht mehr aus, selbst im Unterstand wird es zu kalt.«

Wir legten uns die Felldecken um und machten uns auf den Weg. Wir mussten uns gegen den Wind stemmen, was sich als anstrengender erwies, als ich mir ausgemalt hatte. Die Strapazen der vergangenen Tage forderten ihren Preis. Gern wäre ich schneller gegangen, doch ich konnte nicht.

Der Sturm zerrte ebenso an unseren Kleidern wie an meinen Nerven. Die Decke um meine Schultern wurde schwer wie Stein. Bald hatte ich das dringende Bedürfnis, ihm zu entkommen, diesem elenden Wind, der das Atmen mühsam machte und an meinen Kräften zehrte. Mein Gesicht fühlte sich an, als würde es von eisigen Nadeln zerstochen. Mein Kopf schien platzen zu wollen, und meine Augen tränten und brannten. Doch Nisani ging forsch voran, und ich folge brav nach, um nicht wie ein weinerliches Kind dazustehen.

Schließlich war es später Abend, ehe wir Chartres erreichten. Der Sturm hatte ein wenig nachgelassen, doch windig war es noch immer. Der Mond war aufgegangen und erhellte die Nacht eben genug, um sehen zu können. Vor uns ragte die Stadtmauer auf und sah aus, als wäre sie unüberwindbar. Dann aber fanden wir einen Durchgang, der unbewacht und nur mit einer hölzernen Pforte gesichert war, die sich leicht aufschieben ließ. Unsere Freude währte jedoch nur kurz. Weitere Mauern taten sich vor uns auf, wir befanden uns nun auf einem dreieckigen, umschlossenen Platz. Vor uns lag das eigentliche Stadttor, zwei riesige Türflügel aus massivem, dunklem Holz, fest verschlossen und abweisend.

Ich lehnte mich an die eisige Steinwand. »Lass uns einfach hierbleiben und auf den Morgen warten«, murmelte ich. »Ich habe keine Kraft, um Einlass zu ersuchen.«

»Es ist zu kalt«, sagte meine Cousine entschieden und hämmerte mit beiden Fäusten gegen das Tor.

»Es ist viel weniger windig als jenseits der Mauern.«

Nisani fuhr herum. »Wirst du dich bitte zusammenreißen, Laure? Wir sind so kurz davor, die Nacht in einem warmen Bett zu verbringen. Komm jetzt!«

Auf wackligen Beinen trat ich neben sie, da wurde auch schon eine Luke im Tor aufgerissen.

»Wer stört die nächtliche Ruhe der Stadt?«

»Nur zwei Mädchen, die sich auf dem Nachhauseweg verlaufen haben«, sagte Nisani in ihrem unschuldigsten Tonfall. »Bitte lasst uns ein, unsere Mutter wird vor Sorge vergehen.«

»Soso, eure Mutter.« Jetzt öffnete sich ein Durchlass in dem Tor, der Wächter trat vor uns und leuchtete uns mit einer Fackel in die Gesichter. »Und wer ist die werte Dame? Wo wohnt ihr?«

Er kam so nah, dass ich einen Schritt zurückwich. Nisani blieb stehen, schwankte jedoch. Keine von uns brachte ein Wort heraus. Der Wachmann schnaufte, weinsaurer Atem schlug uns entgegen.

»Tretet ein, ich will euch genauer ansehen.«

Bei dieser Vorstellung erfasste mich eine solche Furcht, dass ich mich nicht rühren konnte. Zitternd griff ich nach Nisanis Arm und wollte sie fortziehen, doch sie schüttelte mich ab und nickte mir zu, ihr zu folgen. Ich sah, wie ihre rechte Hand unter ihren Umhang kroch und nach Philippes Messer tastete. Der Gedanke, dass zumindest sie bewaffnet war, beruhigte mich ein wenig. Ich atmete tief ein und trat hinter den beiden durch die Tür.

Aus einem kleinen Häuschen links des Tores drangen Feuerschein und Wärme zu uns heraus.

»Verfluchte Kälte heute Nacht«, sagte der Wächter und grunzte ungnädig. »Nun sagt schon, wer ihr seid, damit ich endlich hineingehen kann.«

In diesem Augenblick war aus der Wachstube mehrstimmiges Kichern zu vernehmen, dann eine verführerische Stimme.

»Wo bleibt Ihr denn, Herr? Wir langweilen uns!«

Der Blick des Wachmanns wanderte zwischen uns und seiner Behausung hin und her. Dann wurde der grimmige Gesichtsausdruck plötzlich lüstern, und er sprach: »Ach, was soll's. Lauft, Mädchen. Ich habe Besseres zu tun, als mich hier draußen mit euch abzugeben.«

Wir beeilten uns, der Aufforderung nachzukommen. Die Erleichterung, die ich verspürte, verflog jedoch rasch, als wir durch die stillen Straßen der Stadt liefen. Ich fühlte mich inzwischen so ausgelaugt, dass mich nicht einmal der Anblick der Kathedrale im bleichen Licht der schmaler werdenden Mondsichel erfreuen konnte. Am liebsten hätte ich mich auf den Stufen vor dem riesigen, verschlossenen Portal zusammengerollt und mich nicht mehr bewegt. Nisani jedoch trieb mich an.

»Wir müssen ein Gasthaus finden.«

»Ich weiß. Doch wo nur?«

»Gasthäuser gibt es in jeder Stadt. Komm schon, Laure.«

Ich riss mich zusammen und folgte Nisani durch die dunklen Gassen. Ich war sogar zu müde, um Angst zu empfinden, obwohl nicht zu sehen war, was sich womöglich in den Schatten verbarg.

»Sieh mal dort. Das sieht nach einem Wirtshaus aus.«

Meine Cousine hatte recht. Das geschmiedete Schild neben der Eingangstür zeigte ein Weinfass und zwei Kelche.

»Dann hoffe ich, dass sie auch Betten vermieten.«

Da ertönte von oben lautes Lachen zu uns herunter. Ich blickte auf und sah, wie sich zwei Damen aus ihrem jeweiligen Fenster beugten und sich über die Entfernung hinweg Scherze zuriefen. Die beiden trugen so weit ausgeschnittene Kleider, dass man nicht nur die

Ansätze ihrer Brüste sehen konnte. Schon trat ein Mann hinter eine der Frauen und zog sie ins Zimmer.

»Ich hoffe, sie vermieten auch Betten zum *Schlafen*«, murmelte Nisani.

»Wir müssen es versuchen, nicht wahr?«

Ich wandte mich dem Eingang des Wirtshauses zu, da fiel mein Blick auf eine Reihe angeleinter Pferde, die dösend an der Mauer standen und offenbar auf ihre Herren warteten. Mir wurde noch kälter, als mir durch die Temperaturen ohnehin schon war.

»Nisani! Ist das dort nicht Philippes Pferd?«

Sie brauchte nicht zu antworten, denn im selben Augenblick schwang die Tür auf, und vor uns stand Rodolphe. Ich erstarrte. Zunächst trat Überraschung auf das Gesicht des Mannes, dann verzog es sich zu einem höhnischen Grinsen.

»Ah, ihr seid mir gefolgt, meine Täubchen«, lallte er. »Warum seid ihr mir denn erst davongeflattert?« Er hustete bellend, spuckte aus und taumelte auf uns zu. »Du kannst es wohl gar nicht erwarten, mich wieder zwischen deinen Beinen zu haben, meine dunkle Schönheit! Ich war gut, was?«

Er ergriff Nisani, riss sie an sich und presste seine Lippen auf ihre. Ich hörte, wie sie würgte. Grob stieß er sie von sich und packte mich. Sein Atem roch nach Wein, er schlug mir entgegen wie eine Welle, als Rodolphe erneut röchelnd hustete.

»Aber du kleine Hexe, du blöde, vertrocknete Jungfrau, dir werde ich nicht vergessen, dass du mir die Pfanne übergezogen hast. Du bist jetzt fällig!«

Er stieß mich hart gegen die Mauer des Wirtshauses und bedeckte meinen Körper mit seinem. Ich wand mich, kämpfte um mein Leben, sah an Rodolphe vorbei zu Nisani, die wieder unter ihren Umhang griff, wo sie das Messer versteckte. In dem Augenblick ohrfeigte mich mein Angreifer.

»Willst du mir wohl deine Aufmerksamkeit schenken, du Biest?«

Er schlug noch einmal zu. Ich schrie vor Schmerz und Furcht, doch ich war nicht die Einzige. Gleichzeitig mit meinem Schrei ertönte ein zweiter, dann der schrille Ruf einer Frau.

»Das ist er!«

Rodolphe fuhr herum, ohne mich loszulassen. Über seine Schulter hinweg erblickte ich ein weiteres leicht bekleidetes Mädchen, das zitternd neben zwei bewaffneten Männern stand. Im Licht der Laterne, die einer der beiden trug, waren an dem weißen, schlanken Hals über der nur teilweise bedeckten Brust deutlich rote Striemen zu erkennen.

»Er war brutal, hat mich wie Vieh behandelt!« Die Stimme der Frau überschlug sich. »Dann hat er mich gewürgt. Ich wurde ohnmächtig, sicherlich hat er gedacht, ich sei tot. Für die ganze Nacht hat er bezahlt, damit niemand nach ihm mehr zu mir kommen würde. Und dann besäuft er sich seelenruhig unten in der Gaststube. Seht, nun hat er sich sein nächstes Opfer gesucht.«

»Das Weib lügt!«, brüllte Rodolphe. »Ich habe sie nie gesehen.«

»Tut sie nicht!«, rief eine Stimme aus einem der Fenster im oberen Stockwerk. »Ich sah ihn zu ihr gehen.«

»Die lügt auch!« Noch immer umklammerten mich Rodolphes Arme wie Schraubstöcke. »Und die hier ist kein Opfer. Wir sind Reisegefährten, nicht wahr, mein Täubchen?«

Er drehte mich herum und tätschelte mir die Wange, über die inzwischen die Tränen rannen. Dann legte er eine Hand von hinten in meinen Nacken. Ich war sicher, wenn ich jetzt nicht zustimmend nicken würde, würde er mir mit einem Griff das Genick brechen.

»Dann fragen wir sie doch.« Einer der Männer, die offenbar der Stadtwache angehörten, trat vor uns. »Nun, Mademoiselle? Ist jener Mann Euer Begleiter?«

Ich sah Nisani an, die noch immer die Hand unter dem Umhang hatte. Sie zwinkerte mir zu und deutete ein Lächeln an. Rodolphe sah es nicht, denn sein Blick fixierte den Ordnungshüter.

»Ja«, flüsterte ich in der Hoffnung, dass meine Cousine einen Plan hatte. Allein dieser Gedanke ließ mich auf den Beinen bleiben, die ansonsten mit Sicherheit nachgegeben hätten.

»Nun, dann haben wir hier ja kein Problem.«

Er wandte uns den Rücken zu. Rodolphes leises Hohnlachen drang in mein Ohr. Ich wunderte mich, warum die junge Dirne so ruhig blieb, schließlich sah es so aus, als würde ihre Anklage nicht beachtet werden. Sie stand jedoch nur da und hielt stumm die Laterne, die zuvor einer der Männer getragen hatte.

Dann geschahen mehrere Dinge zugleich. Der Ordnungshüter fuhr wieder herum, packte Rodolphes Arm und zog ihn von meinem Nacken. Sein Kamerad war im selben Augenblick an seiner anderen Seite und ergriff den zweiten Arm.

»Komm!«, schrie Nisani, und ich tauchte unter den Männern hinweg und sprang aus dem Gefahrenbereich. Sie zog mich an sich, und gemeinsam mit der Dirne beobachteten wir das Geschehen. Rodolphe wehrte sich nach Kräften, doch die beiden Männer waren stark und dazu nüchtern. Dennoch gelang es unserem Peiniger, einen Arm freizubekommen. Zwar keuchte er vor Anstrengung und hustete erneut so heftig, dass er kaum Luft bekam, aber er kämpfte. Als er anfing, um sich zu schlagen, zog ein Ordnungshüter seinen Degen.

»Ruhig jetzt, Kerl!«

Doch Rodolphe hatte sich in eine Raserei gesteigert, brüllte, hustete, schlug und trat, und als er einen der Männer am Kopf traf, stieß der andere zu.

Rodolphe Auguste stöhnte auf und ging zu Boden. Dort blieb er liegen, und um ihn herum färbte sich der Schnee rot.

»So stirbt er wie sein Bruder«, sagte Nisani verächtlich.

Einer der Wachmänner trat zu uns. »Was meint Ihr damit, Mademoiselle?«

»Wir waren tatsächlich Reisegefährten, sein Bruder war für uns verantwortlich. Er hat ihn getötet und uns mit dem Tode bedroht. Wir konnten fliehen und hatten gehofft, ihm nie wieder zu begegnen.«

»Dessen könnt Ihr nun sicher sein«, sagte der andere Wachmann und trat gegen Rodolphes schlaffen Körper. »Übrigens danke ich Euch für die Zeichen, die Ihr mir gabt.«

Nisani grinste. »Wie gut, dass Ihr sie verstanden habt. Und du auch«, sagte sie zu der jungen Dirne, die sich gedankenverloren den Hals rieb.

»Ich habe den Kerl erlebt. Niemand reist freiwillig mit so einem.«

»Deine Anzeige ist damit natürlich hinfällig, Camille.« Der Wachmann lächelte sie vertraulich an. »Ich hoffe, du hast keinen allzu argen Schaden davongetragen.«

»Damit Ihr bald wieder einmal zu mir kommen könnt?« Sie fuhr sich kokett durch das braune Haar und wickelte sich eine ihrer Locken um den Finger. »Nun, darüber muss ich erst noch nachdenken.«

Der junge Mann errötete und wandte sich rasch an seinen Gefährten. »Komm, wir tragen den Kerl fort und werfen ihn in den Fluss. Ein Begräbnis hat der nicht verdient.«

Sie entfernten sich, und so sahen wir Rodolphe Auguste zum letzten Mal, wie er durch Schnee und Straßendreck fortgeschleift wurde und nichts als eine rote Spur hinterließ. Nisani klatschte in die Hände.

»So. Das war das.«

Ich schluchzte auf und setzte mich an Ort und Stelle auf den Boden, da ich sonst umgefallen wäre. Die Erleichterung und der eben überstandene Schrecken lösten einen haltlosen Tränenstrom aus. Ich wollte es nicht, doch ich krümmte mich zusammen, mein Körper wurde vom Weinen geschüttelt, und ich vermochte mich nicht zu beruhigen. Nisani und das fremde Mädchen, das einer der Männer Camille genannt hatte, hockten sich neben mich und nahmen mich in die Arme. Dennoch dauerte es eine Ewigkeit, bis ich mich beruhigt hatte. Ein letztes Mal schluchzte ich, dann blieb ich still.

»Kommt mit hinein, es ist eisig.« Camille stand auf und reichte mir die Hand. Sie zog mich auf die Füße, und Nisani und ich folgten ihr in die Gaststube. Die seit Tagen vermisste Wärme umfing mich wie eine Decke, und obwohl die Luft stickig war und unangenehm roch, ging es mir sogleich besser. Ich war zu erschöpft, um Angst oder Abscheu darüber zu empfinden, dass wir uns in einem Hurenhaus befanden. Die anwesenden Männer und auch die wenigen Frauen – allesamt leicht bekleidet und den Herren gegenüber sehr anschmiegsam – äußerten frohe Wünsche, denn unser Erlebnis hatte sich inzwischen bis nach drinnen herumgesprochen. Uns wurde ein Platz angeboten, wir bekamen Becher mit warmem Wein gereicht, und der Wirt brachte eine riesige Platte mit Käse und Brot, die er vor uns auf den Tisch stellte. Nisani begann, gierig zu essen, Camille scherzte mit den männlichen Gästen, und ich fühlte mich vollkommen durcheinander. Ich wusste nicht, ob ich lachen oder weinen sollte, und dann wurde ich so müde, dass ich den letzten Bissen kaum zu schlucken vermochte.

»Ich möchte schlafen«, flüsterte ich und hörte mich sogar für meine eigenen Ohren wie ein Kind an.

»Ihr könnt in meinem Zimmer übernachten. Wie gesagt, der Kerl hat für die ganze Nacht bezahlt. Nun tut er euch nach dem Tod endlich etwas Gutes.« Sie lachte auf, doch es klang nicht froh. Wieder rieb sie sich den Hals. »Hier entlang.«

Nisani und ich stiegen hinter Camille die Treppe hinauf, und sie führte uns in ihr Zimmer, das – so hätte ich schwören können – noch immer nach Rodolphe roch. Mir wurde schwindelig.

»Ich habe nur diese beiden Betten, ihr könnt das dort teilen, es ist etwas breiter.« Sie wies auf das Lager, und rasch ließ ich mich darauf fallen.

»Warum denn zwei Betten?«

Camille lachte auf. »Du weißt nicht viel von Männern, oder? Manche mögen es, nicht nur mit einer Frau allein zu sein.«

Ich bereute bereits, gefragt zu haben, da platzte Nisani heraus: »Wie hältst du dieses Leben aus?«

Sie setzte sich neben mich und sah zu Camille auf, die sich um einen gleichmütigen Gesichtsausdruck bemühte. Dieser gelang ihr jedoch nicht, und die roten Striemen leuchteten im Licht der Kerzen. Als sie zu sprechen begann, war nichts mehr übrig von der selbstsicheren, gelassenen Frau von vorher.

»Bis heute dachte ich, es wäre halb so schlimm. Bis heute habe ich alles ausgehalten, mir sogar eingeredet, dass es mir Freude bereitet, die Männer glücklich zu machen. Es sind viele nette dabei, wie der Wachmann von vorhin. Manche sind gröber als andere, und es gab schon vor diesem Kerl welche, die mir wehgetan haben. Doch nie zuvor hatte ich Todesangst.« Sie ging im Zimmer auf und ab, wickelte sich gedankenverloren eine Haarlocke um den Finger. »Ich weiß nicht, ob ich weitermachen kann wie bisher. Bei jedem Besucher werde ich ab jetzt Angst haben. Dieser Mann hat alles zerstört. Wenn es doch nur eine andere Möglichkeit für mich gäbe, zu Geld zu kommen ...«

»Hast du keine Familie?«, fragte ich. Sie lächelte, ihre hellbraunen Augen blickten traurig.

»Doch, sicher. Aber ich habe das Dorf, aus dem ich stamme, vor mehr als einem Jahr verlassen. Mit einem Mann, der mich auf Händen tragen wollte und mich dann doch nur hier abgeladen und ein hübsches Sümmchen für mich kassiert hat. Ich kann unmöglich in Schimpf und Schande nach Hause zurückkehren.«

»Du könntest als trauernde Witwe heimkommen.«

Camille lachte auf. »Wer würde mir das abnehmen, in den Kleidern?«

»Kauf doch ein anderes.«

Ich wollte der Frau unbedingt helfen, da sie mir das Leben gerettet hatte.

»Ich habe kein Geld. Was ich verdiene, reicht eben für das Zimmer und mein Essen. Außerdem liegt Yvette – so heißt mein Heimatdorf – nahe Paris. Soll ich zu Fuß dorthin gehen?«

Nisani und ich sahen uns an.

»Warum nicht?«, sagte meine Cousine. »Wir müssen das auch tun. Du kannst uns begleiten. Und vorher kaufen wir dir ein Kleid.«

»Ihr habt Geld?«

»Ein wenig.«

»Und dann wollt ihr zu Fuß gehen? Ihr könnt doch eine Kutsche mieten.«

»Ich vertraue keinem Mann mehr, den ich nicht kenne«, entfuhr es mir, und Nisani nickte zustimmend.

»Wir laufen. Wir sind so weit gekommen, nun meistern wir die letzten Tage auch noch. Denk darüber nach, Camille. Zu dritt schaffen wir es noch leichter.«

»Ihr würdet mich wirklich nach Yvette begleiten? Und meinen Eltern vielleicht sogar sagen, dass mein Verlobter ums Leben kam?« Hoffnung legte sich auf das müde, schmale Gesicht. »Sie würden euch glauben. Ihr wirkt so wohlerzogen. Eure Familie ist gewiss sehr stolz auf euch.«

Wieder einmal zeichnete sich die Schuld so deutlich in der Miene meiner Cousine ab, als hätte ich sie in einen meiner Steine gemeißelt. Um sie abzulenken, sagte ich rasch: »Fein, dann gehen wir morgen einkaufen und brechen bald auf.«

»Ich habe nicht mehr daran geglaubt, meine Eltern je wiederzusehen.« Camille strahlte.

Ich sah Rodolphes Gesicht vor mir und sagte leise: »Ich auch nicht. Du bist heute Abend gerade noch rechtzeitig gekommen.«

»Ich weiß. Wäre ich nur einen Augenblick länger besinnungslos gewesen oder gar ...«

Sie musste nicht weitersprechen. Jede von uns wusste, dass wir beinahe allesamt von demselben Kerl getötet worden wären.

Unsere neue Freundin war von den Geschehnissen ebenso erschöpft wie wir, und so löschten wir bald die Kerzen und legten uns nieder. Obwohl die Geräusche aus den Nachbarzimmern so laut – und so beschämend – waren, dass ich befürchtete, nicht einschlafen zu können, fielen mir rasch die Augen zu.

Am Morgen dagegen war das Haus still. Wir schlichen die Treppe hinab, um niemanden aufzuwecken, schritten durch die Gaststube, in der nur noch ein übrig gebliebener Zecher lag und seinen Rausch ausschlief, und traten hinaus auf die Gasse. Ich hatte auf der Reise oft genug gefroren, dennoch erschrak ich über die unvermutete Kälte. Ich meinte, auf der Stelle zu Eis zu erstarren. Die Luft stach mir wie ein Messer in die Brust.

Ich keuchte auf und tat einen Schritt, da glitt ich aus und prallte hart mit dem Hinterteil auf dem Boden auf.

»Pass auf!«, rief Camille, doch viel zu spät. Der Schmerz nahm mir den Atem und trieb mir die Tränen in die Augen. Oder war es die Kälte?

»Geht es dir gut, Cousinchen?«

Ich brachte kein Wort heraus. Camille und Nisani hoben mich auf, doch ich konnte kaum stehen.

»Was für ein Dreckskerl!« Ich wusste nicht, was Camille meinte, bis sie weitersprach. »Selbst im Tod lässt er dich nicht in Ruhe. Sieh doch, du bist auf seinem Blut ausgerutscht.«

Über den Ekel vergaß ich sogar beinahe die Schmerzen. Ich wandte mich ab und machte einige vorsichtige Schritte. Meine Begleiterinnen folgten mir, und wir bewegten uns so langsam wie Schnecken vorwärts.

»Wenn wir in dieser Geschwindigkeit nach Paris gehen müssen, werden wir im Frühjahr ankommen«, schimpfte Nisani.

Sie hatte recht, dennoch erledigten wir unsere Einkäufe und machten uns auf den Weg in die Kathedrale, um für unsere Rettung vor Rodolphe zu danken. Jetzt, im Hellen, war der Bau prächtiger als alles, was ich bisher gesehen hatte. Er stellte sogar die Kathedrale von Tours in den Schatten, deren Türme mir schon gewaltig vorgekommen waren, die aber im Gegensatz zu diesen hier niedrig waren. Diese Turmspitzen, besonders die höhere linke, schienen geradewegs in den Himmel und zu Gott hinauf zu reichen.

Als wir auf das mittlere der drei Portale zutraten, konnte ich kaum den Blick von den fein gearbeiteten Statuen wenden, die es schmückten. Wie sehr wünschte ich mir, auch einmal solche Kunst erschaffen zu können, solch einfallsreiche Tierabbildungen und detailgenaue Gesichter. Jedes Gefühl stand in den Mienen dieser steinernen Könige geschrieben, als seien sie lebendig.

Dann waren wir hindurch, und im Halbdunkel des Innenraums sah ich als Erstes ein gewaltiges Labyrinth im Boden. Zögernd betrat ich den Weg aus hellen Steinen, der verschlungen über den dunklen Untergrund führte. Je länger ich ihm folgte, desto ruhiger wurde ich. Mit jedem Schritt fiel die Unsicherheit mehr von mir ab. Wie verwirrend unser Weg nach Paris auch sein würde, wie viele Umwege und Kurven wir gehen mussten – in diesem Augenblick wusste ich, wir würden ankommen.

Ich schritt langsam bis zur Mitte des Labyrinths, allein mit mir und meinem übervollen Herzen, und dort blieb ich stehen, sah mich um, betrachtete die herrlichen Glasfenster und den gewaltigen Altar, atmete tief die Luft ein, die einen Hauch von Weihrauch trug. Zu meinen Füßen glänzte eine Metallplatte, in die eine Kampfszene eingraviert war. Ein junger Krieger erhob sein Schwert gegen einen Mann mit Stierkopf, während eine Frau zusah, wie um dem Helden beizustehen. Ich lächelte. Er konnte nicht verlieren, würde das Untier sicher besiegen. So wie wir.

Wie durch Nebel nahm ich wahr, dass mich meine Gefährtinnen von außerhalb des Labyrinths halblaut ansprachen, doch ich antwortete nicht. Ich war in einer anderen Welt, gefangen in der Stille dieses Ortes, doch so frei und hoffnungsvoll wie nie. Am Ende meiner

Reise – wie verschlungen ihr Weg auch sein würde – wartete etwas auf mich. Was war es wohl?

Nisanis Stimme wurde nachdrücklicher, und ich riss mich mühsam von dem Zauber dieses Ortes los. Wir traten vor den Altar und baten um Beistand für unsere Reise. Dann brachen wir auf, überquerten den Fluss und ließen Chartres hinter uns. Wir stolperten, rutschten und glitten die Straße entlang, die uns in Richtung Paris führen würde. Bald taten uns die Beine weh, und wir kamen kaum voran.

»Wir hätten doch eine Kutsche nehmen sollen«, klagte Camille.

»Um uns wieder einem Kerl auszuliefern?« Nisani schnaubte. »Danke, nein.«

»Ist ja schon gut, ich verstehe euch. Ich habe nur Angst, dass wir es nicht schaffen.«

»Ach wo. Es wird gewiss morgen wärmer sein.«

Es wurde nicht wärmer, im Gegenteil. Camilles neues Wollkleid war ebenso dick wie unsere, und wir alle trugen Umhänge und noch dazu Felldecken um die Schultern, doch es fühlte sich an, als liefen wir nackt. Die Kälte kroch unter die vielen Lagen Stoff und brachte mich am ganzen Körper zum Zittern. Ich sprach nicht mehr mit meinen Gefährtinnen, denn ich hatte das Gefühl, meine Zunge würde am Gaumen festfrieren, falls ich den Mund öffnete.

Bald spürte ich meine Füße nicht mehr, und mein Hinterteil schmerzte so sehr, dass jeder Schritt zur Qual wurde. Mein Sturz vor der Tür des Gasthauses war nicht der einzige geblieben, immer wieder glitten

wir auf gefrorenen Pfützen oder steinharten Schnee-
resten aus. Die Entfernung bis Paris schien uns unüberwindbar, so langsam kamen wir voran.

Wir fanden nicht immer schützende Behausungen
für die Nächte, obwohl jetzt mehr Dörfer an unserem
Wegesrand lagen. Zunächst hatten wir Angst gehabt,
an fremde Türen zu klopfen, schließlich mochten sich
dahinter Männer wie Rodolphe oder der Bauer verbergen. Wir hatten jedoch keine Wahl, wenn wir nicht erfrieren wollten. So suchten wir uns Häuser aus, die ausreichend groß waren, um eine Familie zu beherbergen,
und hatten in der Hinsicht auch Glück. Doch die Menschen waren feindselig, ließen uns im besten Falle in
ihren Strohlagern schlafen, aber meist wurden wir
fortgejagt. »Wir haben genug zu tun, uns selbst über
diesen Winter zu bringen«, bekamen wir immer wieder
zu hören.

Bald wurde alles gleichgültig. Wir standen zwar am
Morgen auf und gingen weiter, immer weiter die
Straße entlang, doch unser Ziel schien sich in der weißen Unendlichkeit des Landes zu verlieren. Selten
blickte ich meinen Gefährtinnen in die Gesichter,
wollte nicht die gefrorenen Tränen darauf sehen, die
Nasen, die so rot waren wie die der ausdauerndsten Zecher im Wirtshaus, die ausdruckslosen Augen und die
zusammengekniffenen Lippen. Ich wusste, ich sah genauso aus. Stumpf und strähnig hingen unsere Haare
unter den Kapuzen heraus. Keine von uns machte sich
mehr die Mühe, ihre Zöpfe zu richten oder sich zu waschen. Nisani wiederholte wie ein Gebet jeden Abend
vor dem Schlafengehen denselben Satz.

»Es wird morgen gewiss wärmer sein.«

An manchen Tagen waren dies die einzigen Worte, die eine von uns sprach.

Um nicht zu verzweifeln, rief ich immer wieder die Erinnerung an das Labyrinth in der Kathedrale wach. Ich dachte an die Ruhe, die mich erfasst hatte, und beschwor die Hoffnung herauf, die mich dort bis ins Innerste erfüllt hatte. Doch mit jedem Tag fiel es mir schwerer, an ein gutes Ende unserer Unternehmung zu glauben. Unsere Vorräte waren bald aufgegessen, doch der nagende Hunger vermochte nicht, die Kälte als schlimmstes aller Gefühle abzulösen. Er verstärkte sie nur.

Und dann kam der Morgen, an dem Camille nicht mehr aufstehen wollte. Wir lagen in einem Schuppen, der zur Hälfte mit Brennholz gefüllt war, dem einzigen Platz, den uns die Bauersleute zugestanden hatten.

»Ihr seht doch, wie wenig Holz wir noch haben. Und durchfüttern können wir euch auch nicht. Der elende Winter hat eben erst begonnen. Wer weiß, wie lange er dauern wird?«

Wir hätten sagen können, dass es sie kein zusätzliches Holz kosten würde, wenn sie uns aufnähmen. Wir hätten erklären können, dass es auch für sie wärmer wurde, wenn sich mehr Menschen in einem Raum befanden. Wir hätten bitten können, betteln – doch wir taten nichts davon. Wir legten uns in den Schuppen für eine weitere Nacht, die uns das Mark in den Knochen gefrieren lassen würde.

Diese Nacht raubte Camille den letzten Mut. Vielleicht war ihr Körper einfach schon zu schwach. Sie hatte nie ein Leben geführt wie wir, hatte kein gutes, reichliches Essen genossen. Wie lange war es bei uns her? Es kam mir vor wie Jahre, und doch konnten es erst Tage sein, seit wir bei der Bauersfamilie den leckeren Eintopf verspeist hatten. Der Gedanke daran verstärkte das hohle Gefühl in meinem Bauch.

Wie jeden Morgen zog ich meine Schuhe aus, um mir meine Zehen anzusehen. Noch waren sie weiß und halbwegs beweglich. Ich zog mich schnell wieder an, stand auf und reichte erst Nisani die Hand, um ihr aufzuhelfen, und dann Camille. Diese rührte sich nicht, obwohl ich sah, dass sie wach war.

»Geht ohne mich weiter. Ich bin zu müde. Ich bleibe einfach hier liegen.«

»Das darfst du nicht. Komm, ich helfe dir.«

Camilles Gesicht nahm einen so starren Ausdruck an, dass ich befürchtete, sie wäre vor meinen Augen gestorben.

»Camille!«

Ich kniete nieder und schüttelte die junge Frau. Sie reagierte nicht. Erst als ich ihr mit aller Kraft ins Gesicht schlug, richtete sie ihren Blick auf mich.

»Willst du wohl jetzt nicht aufgeben? Los, hoch mit dir!« Meine Stimme klang krächzend wie die eines Raben, da ich tagelang so wenig gesprochen hatte. Doch sie zeigte Wirkung. Camille machte Anstalten, sich zu bewegen. Nisani half mir, sie auf die Füße zu ziehen, doch sie hing schlaff in unseren Armen.

»So müde«, wiederholte Camille und schloss die Augen.

»Das bin ich auch«, sagte ich, und es war die Wahrheit. Doch das letzte bisschen Hoffnung wollte ich nicht aufgeben. Auch in Nisanis Gesicht sah ich noch Leben.

»Halt sie aufrecht und warte auf mich«, sagte ich und drückte ihr Camille in die Arme. Dann nahm ich allen Mut zusammen, ging zum Bauernhaus und klopfte an die Tür. Der Hausherr öffnete.

»Ihr seid noch am Leben, obwohl diese Nacht die kälteste seit Langem war. Zähe kleine Mädchen. Was willst du?«

»Könnt Ihr mir sagen, wie weit es noch bis in das Dorf Yvette ist?«

Misstrauisch sah er mich an. »Warum fragst du?«

»Meine Freundin hat dort Familie. Ich möchte ihr begreiflich machen, dass wir es schaffen können. Doch dazu muss ich wissen, wie lange wir noch gehen müssen.«

Er runzelte die Stirn, dann antwortete er: »Ihr könnt es morgen erreichen, auch wenn ihr langsam geht.«

Es war nicht Freude, die sich bei diesen Worten in mir einstellte, wohl aber ein Anflug von Erleichterung.

»Vielleicht können wir sie lebend hinbringen. Sie will nicht mehr laufen. Sie sagt, sie sei müde.«

»Wenn man müde ist, obwohl man geschlafen hat, ist das ein Zeichen, dass die Kälte den Körper besiegt hat. Erfrieren ist wie Einschlafen. Am Ende fühlt man nicht einmal mehr Schmerzen. Man meint sogar, es sei einem warm.«

»Woher wisst Ihr das?«

Das alte Gesicht wurde traurig, und ich konnte ihm ansehen, dass er Erfahrungen gemacht haben musste, die er jedoch nicht mit mir teilen mochte. Ruckartig drehte er sich um und ging ins Haus, ließ die Tür aber offen. Ich wollte schon fortgehen, da kam er zurück. Er drückte mir einen halben Laib hartes Brot in die Hand.

»Ich habe gestern Abend nicht erkannt, wie jung und wie nahe am Erfrieren ihr seid. Viel Glück.« Damit verschwand er und schlug die Tür zu.

Manchmal fiel es mir schwer, die Menschen zu verstehen.

Wir brachten Camille dazu, einige Bissen Brot zu essen, dann nahmen wir sie in die Mitte und schleppten sie die Straße entlang. Sie konnte kaum mithelfen, doch seit ich ihr gesagt hatte, wie nah wir ihrem Elternhaus waren, hatte ihr Gesicht den totenstarren Ausdruck verloren.

Die Kälte war noch beißender als an den vergangenen Tagen, jeder Schritt fiel mir schwer, besonders wegen der zusätzlichen Last. Doch diese Frau hatte mich vor Rodolphe gerettet. Durch unsere Schuld war er überhaupt nach Chartres gekommen und hätte sie beinahe getötet. Ich fühlte mich verantwortlich und tat alles, damit wir das heimatliche Dorf unserer neuen Freundin erreichen würden. Ich bettelte an den Türen von Fremden, mutete meinem Körper mehr zu, als ich es je in meinem Leben gemusst hatte, wandte meine letzte Kraft auf, um zu sprechen und gute Laune zu verbreiten. Sogar Nisani öffnete ab und zu den Mund. Von der hoffnungsvollen Stimmung jedoch, mit der wir aus Chartres aufgebrochen waren, war nichts mehr übrig.

Als es wieder einmal Abend wurde und wir in einem winzigen Dorf, das nur aus vier Höfen bestand, nach einer Unterkunft fragten, bekamen wir von einer Frau mit versteinertem Gesicht eine Antwort, die uns stumm machte und auf die Straße zurücktrieb.

»Ihr könnt euch da drüben in den Schuppen legen, zu unseren Toten. Drei sind uns gestern auf dem Heimweg erfroren.«

Damit schlug sie die Tür zu.

Camille hatte den ganzen Tag noch nicht gesprochen. Nun flüsterte sie: »Und wenn meine Eltern auch tot sind?«

Weder Nisani noch ich mochten ihr antworten. Uns fehlte die Kraft, ihr Hoffnung zu geben.

Wir stolperten weiter, bis das letzte Tageslicht verschwunden war. Die Nacht war mondlos und damit so finster, dass wir die Straße nicht mehr sehen konnten. Inzwischen wusste ich nicht mehr, warum ich überhaupt einen Fuß vor den anderen setzte. Ich dachte an meine Eltern, fragte mich die wildesten Dinge. War es in Paris auch so kalt? Saßen sie an einem warmen Ofen, hielten sich in den Armen und dachten, ihre Familie in La Rochelle sei in Sicherheit? Was würden sie fühlen, wenn sie mich hier sehen könnten? Wären sie böse, dass Nisani und ich sie in ihrer trauten Welt störten?

Ich sah das Gesicht meiner Mutter vor mir. Alle sagten, wir sähen uns ähnlich, doch da war ich mir nicht so sicher. Meine Mutter besaß so ein Strahlen, eine Ruhe, die sie aussehen ließ wie ein Engel, aber mit einer Traurigkeit unter der Haut, die einen einfach berühren musste. Ich dagegen war nur ein schlichtes Ding, hatte zwar die gleichen Haare und Augen, dieselbe Größe und Figur. Dennoch fühlte ich mich meiner Mutter nicht ähnlich. Sie war schön, ich nur unauffällig, viel grober und gewöhnlicher als sie. Schon unsere Kunst zeigte das. Ich mochte Steine, matschige Tonerde, machte mir gern die Hände schmutzig. Sie hingegen hielt die feinsten Pinsel in der Hand und ließ Träume auf der Leinwand entstehen. Wenn sie malte, war sie in einer anderen Welt, als wäre sie in ihrem persönlichen Paradies. Und in dieses ließ sie nur meinen Vater ein. Als könne nur er ihr Herz berühren. Ich wusste, sie liebte uns Kinder, so sehr sie konnte. Doch es gab eine andere Liebe, die viel erlebt und durchlitten haben musste. Wieder einmal fühlte ich mich ausgeschlossen. Würden sie um mich trauern, wenn man mich eines Tages erfroren hier an der Überlandstraße entdeckte?

Was hatte der Bauer gesagt? *Erfrieren ist wie Einschlafen.* Einschlafen … Was für ein schöner Gedanke. Einfach hinsetzen, genau hier an den Straßenrand, nicht mehr gehen, nicht länger frieren, keine Schmerzen mehr. Ich ließ mich fallen. Camille glitt widerstandslos neben mich, nur Nisani war noch auf den Beinen. Ich sah ihre Silhouette in dem Licht, das hinter uns an der Straße auftauchte. Es stand auf einem kleinen Karren, den ein Esel zog, und schwankte hin und her, verlosch aber nicht. Ich schloss die Augen. Einschlafen …

Jemand kniete vor mir, rüttelte mich, bis ich ihn ansah. Sprach Worte. Rüttelte Camille. Sie rührte sich nicht. Hob mich auf, hob sie auf, warf uns auf den Karren. Dort saß schon Nisani. Es gab einen Ruck, alles bebte, wir wurden durchgeschüttelt, so sehr, dass ich nicht mehr schlafen konnte. Ärgerlich runzelte ich die Stirn. Was hatte dies zu bedeuten?

Ein Haus, helle Fenster, eine offene Tür, aus der Wärme strömte. Wärme … Das Gefühl hatte ich früher gekannt. In einem anderen Leben.

»Bring sie herein.« Eine Frauenstimme. Ich war erleichtert, wusste aber nicht mehr, warum. Wurde hochgehoben, die Wärme umfing mich, die ungewohnte Helligkeit stach in meinen Augen, ich fiel weich. Müde war ich immer noch, doch plötzlich überwog die Neugier. Ich sah mich um, erblickte Nisani, die am Arm einer Frau zu mir gewankt kam, immerhin noch auf ihren eigenen Beinen. Wie hatte das geschehen können, dass ich aufgab und sie nicht? Bereits vor Tagen hatte sie nicht mehr weitergehen wollen. Nun war sie stärker als ich. Wie früher. Ich nahm alle Kraft zusammen und setzte mich auf. Sie kam zu mir, ließ sich auf das Lager sinken und lehnte sich an mich.

Camille wurde zu uns herübergetragen. Sie hing wie ein Sack Mehl in den Armen eines kräftigen jungen Mannes. Vorsichtig legte er sie neben uns, wandte sich um und schloss die Haustür. Die Frau kam heran, betrachtete unsere Freundin und stieß einen Schrei aus.

»Camille! Damien, es ist Camille!«

Der junge Mann war mit einem Satz wieder bei uns und zog das Fell beiseite, das das Gesicht des Mädchens halb verdeckte.

»Tatsächlich«, flüsterte er. »Lebt sie, Maman?«

Die Frau rüttelte Camille, beugte sich dicht über sie, schlug ihr hart ins Gesicht. Camille stöhnte auf.

»Sie lebt«, sagte sie nüchtern. »Hol ihre Eltern.«

Der Mann, der Damien genannt wurde, rannte los. Meine Gedanken wirbelten. Man kannte Camille, ihre Eltern waren in der Nähe. Wir hatten es geschafft!

Bis hierhin.

Und nun? Es war warm, hier wurde offenbar noch nicht am Feuerholz gespart. Die Frau machte sich an einem Kessel zu schaffen, und bald roch es nach Zwiebeln und Speck.

Plötzlich war der Raum voller Menschen, voller Stimmen. Mich überkam wieder die Müdigkeit, trotz des Hungers, der durch den Geruch des Essens noch schlimmer wurde. Doch ich war auf eine andere Art schläfrig als zuvor. Es war kein Aufgeben mehr. Ich wollte nicht sterben, sondern schlafen. Warm werden, gesund werden. Ich schloss die Augen.

12

Julie Shaw starrte durch das vergitterte Fenster der Kammer, die sie mit vier anderen Schülerinnen teilte, hinaus in den grauen Tag. Viel sehen konnte sie nicht. Auf der Innenseite der kleinen Scheiben hatten sich Eisblumen gebildet. Sie rieb mit dem Ärmel daran herum, doch im Nu gefror ihr Atem erneut auf dem Glas. Julie zog die Felldecke enger um sich.

Diese Kälte! Und dazu die grässlichen Nonnen! Wie sollte sie das ertragen? Sie konnte sich nicht erinnern, je in ihrem Leben so wütend gewesen zu sein. Warum hatte sie nicht zu Hause bleiben dürfen, in Indien, ihrer herrlich warmen Heimat? Dort erreichten die Temperaturen niemals so niedrige Bereiche wie hier. Die Sommerhitze auszuhalten, war ihr stets leichtgefallen. Sie war ein Kind der Sonne, im Juni geboren, einem der heißesten Monate. Wie hatte ihre Mutter nur auf die Idee kommen können, sie hierher in dieses verfluchte Land bringen zu lassen?

Du sollst eine wohlerzogene junge Dame werden, äffte sie im Geiste die Stimme ihrer Mutter nach. *Dazu schicken wir dich nach Europa. Hier wächst du viel zu wild auf.*

Zu wild? Julie schnaubte. Wie hätte dies passieren sollen in dem umzäunten Anwesen ihrer Eltern? Nie war es ihr erlaubt gewesen, dieses allein zu verlassen, sie war behütet, beschützt, von allem Übel ferngehalten worden. Dennoch hatte sie ihr Zuhause geliebt, das geräumige Haus und die Gärten, in denen sie so gern gesessen hatte. Doch ihr Interesse an der Welt war im vergangenen Jahr gewachsen, und sie hatten sie fortgeschickt, sie, die schöne blonde Tochter, die ihrer Mutter so ähnlich sah. Sie hatten sie verstoßen.

Womit hatte sie das verdient? Nun war sie wieder eingesperrt, und schlimmer denn je! Erneut fand das Leben außerhalb der Mauern statt. Doch das würde sie nicht hinnehmen! Es war ihr gleich, was die Nonnen von ihr dachten. Was sollten sie schon tun? Sie fortschicken? Nur zu gern! Sie züchtigen? Das würde sie überstehen. Nein, es drohte ihr keine Gefahr, da war Julie sicher. Sie würde schon einen Ausweg finden, um nicht in diesem Kloster zu versauern.

Wenn nur der verfluchte Winter einem nicht in jeden Winkel des Körpers kriechen und alles vereisen würde. Die Kälte machte sie so träge, dass sie keinen Plan fassen konnte, wie sie ihrer Lage entfliehen sollte. Julie schloss die Augen und träumte sich zurück nach Hause in ihr gemütliches Zimmer. Als sie sich beinahe in den Gedanken verloren hatte, flog die Tür auf, und die anderen Schülerinnen traten schwatzend ein. Julie ballte die Fäuste und zwang sich, ruhig zu bleiben. Wie sie es hasste, die Schlafkammer teilen zu müssen! Sie hatte nie etwas teilen müssen, war die einzige Tochter ihrer Eltern, ihre Prinzessin.

Es ist ja nur für zwei Jahre, hatte ihr Vater beim Abschied gesagt. *Dann kommst du zu uns zurück.*

Zwei Jahre und zwei elendig lange Schiffsreisen. Sie hatte es bequem gehabt, gewiss. Ihre Kabine war die schönste und größte an Bord des riesigen Handelsschiffes gewesen. Von ihrem feinen Essen hatte die Mannschaft nur träumen können. Es hatte ausgereicht bis Amsterdam, welches der erste europäische Hafen gewesen war, den sie je gesehen hatte. Von Bord hatte man sie dort jedoch nur gelassen, um ein kleineres Schiff für die Weiterfahrt nach London zu besteigen, und auch jene Stadt hatte sie nicht besuchen dürfen. Erst in Paris war sie ausgestiegen.

Paris, ausgerechnet!

Damit du eine französische Dame wirst wie deine Mutter.

Sie konnte nicht verstehen, warum ihr Vater dies verlangte. Was war falsch daran, Engländer zu sein wie er? Natürlich verstand sie die Sprache ihrer Mutter – im Gegensatz zu ihm –, doch sie hasste sie! Wie diese Nonnen ihren Namen aussprachen. Jü-lie! So hieß sie nicht! Sie war Julie, die Tochter eines englischen Händlers in Madras und nicht gewillt, jemals etwas anderes zu sein. Warum hatten sie sie nicht wenigstens nach England geschickt? Warum das verfluchte Frankreich, aus dem ihre Familie hatte fliehen müssen? Und dann auch noch Paris!

Ihre Mutter ahnte nicht, dass sie wusste, was in dieser Stadt geschehen war. Sie selbst hatte ihr nie von der Vergangenheit erzählt.

Mein Leben hat erst begonnen, als ich deinen Vater traf, pflegte sie mit einem Ausdruck von Verzückung in den Augen zu sagen, auch nach mehr als siebzehn Ehejahren noch. Sie weigerte sich, über die Zeit davor zu sprechen.

Doch es hatte jemanden gegeben, der stets mit ihr geredet hatte, immer für sie da gewesen war. Jemanden, der ihr die Wahrheit gesagt hatte, ihr Dinge anvertraut hatte, die ihre Eltern ihr verheimlichten.

Ihren Großvater.

13

Yvette

Der Winter blieb ausgesperrt, schien nur noch ein ferner Albtraum zu sein. Im Haus herrschten Licht und Wärme, Schutz und Freundlichkeit. Camille wurde willkommen geheißen, ihre Eltern und Geschwister umschwirrten sie wie die Fliegen. Sie erzählte das Märchen von dem verstorbenen Verlobten, und Nisani und ich nickten dazu. Wir bestätigten jedes ihrer Worte, und das Mitleid, das aus den Gesichtern unserer Retter sprach, erzeugte bei mir nur ein winziges Schuldgefühl. Schließlich hatte Camille gelitten, ob nun auf die eine oder die andere Weise.

Damien, der uns auf der Überlandstraße gefunden und mitgenommen hatte, ohne zu wissen, dass er Camille kannte, wurde gefeiert wie ein Held. Und das war er auch, nachdem er in einer solchen Zeit uneigennützig drei Leben gerettet hatte. Er selbst schien am glücklichsten darüber zu sein, denn er suchte so auffällig Camilles Nähe, dass ich lächeln musste. Hatte das Schicksal ihm seine Jugendliebe zurückgebracht, die er bereits in den Armen eines anderen verloren geglaubt hatte? Mich beschlich der Eindruck, dass Camille nicht abgeneigt war, und so hatte sich unser Umweg gelohnt.

Als das Mädchen berichtete, wie wir sie geschleppt hatten, als sie nicht mehr gehen konnte, wurden auch wir gepriesen wie Gottesgeschenke. Die Verlegenheit darüber brachte meine Wangen zum Glühen. Viele Menschen trugen Essen herbei, das mit Lachen und Freundlichkeit zu einem Festtagsschmaus wurde, obwohl deutlich war, dass auch in diesem Dorf der Winter bereits seinen Preis gefordert hatte. Dennoch schmeckten mir die dünne, fleischlose Suppe und das trockene Brot besser als jedes Küchlein, das Großmutter Durand je gebacken hatte.

Am Tag nach unserer Rettung zogen wir in das Haus von Camilles Familie um. Auch hier war es warm, obwohl mit Feuerholz sparsam umgegangen wurde. Die Bewohner berichteten, dass der Sommer zu nass gewesen sei, um eine für einen harten Winter ausreichende Ernte einzubringen, und von ihrer Angst, dass sich der andauernde Frost der letzten Wochen noch länger fortsetzen würde. Das Holz hatte bei der herrschenden Witterung nicht anständig trocknen können, sodass es schlecht brannte. Wieder einmal wurde mir bewusst, welch angenehmes Leben ich bisher geführt hatte. Von den Sorgen der Bauern hatte mir zwar der Lehrer erzählt, war aber nicht näher darauf eingegangen. Und ohne Bauern persönlich zu kennen, war es ohnehin leicht, diese Dinge zu verdrängen.

Wir erholten uns zunächst alle drei rasch von den Strapazen der Reise. Doch sobald unsere Zehen aufgetaut und die wunden Stellen an den unangenehmsten Körperstellen durch das Auftragen von Salbe, die Camilles Mutter herstellte, verheilt waren, begann Nisani, immer häufiger und heftiger zu husten. Es klang hohl und keuchend, und ihr ganzer Körper wurde während der Anfälle geschüttelt. Auch Camille ging es von Tag zu Tag schlechter. Nur ich blieb verschont.

Camilles Mutter richtete ein Krankenlager für meine Freundinnen und scheuchte mich aus ihrer Nähe fort. »Du willst dich doch nicht auch noch anstecken!« Tiefe Sorgenfalten zeichneten das Gesicht unserer Gastgeberin. »Beide glühen vom Fieber. Ich muss versuchen, es zu senken.«

Es gelang ihr nicht. Die Mädchen zitterten vor Kälte, im nächsten Augenblick rissen sie sich die Decken herunter, da ihnen so heiß war. Ihr Husten wurde von Tag zu Tag stärker, klang bellend und schleimig. Einmal, als Nisani von einem besonders üblen Anfall gepeinigt wurde, hörte sie sich genau wie Rodolphe an. Ich erschauderte.

Bald reagierten meine Freundinnen nicht mehr auf Ansprache. Es wurde schwer, ihnen Suppe und Wasser einzuflößen. Camilles Mutter mühte sich nach Kräften, doch ich sah ihr an, dass sie der Verzweiflung nahe war. Sie schlief nicht mehr, blieb stets an der Seite ihrer Tochter. Ich durfte mich weiterhin nicht nähern. Von meinem Lager auf der anderen Seite des Raumes hörte ich, wie meine Freundinnen im Schlaf redeten. Oft genug schrien sie, und immer wieder sagten sie den Namen desjenigen, den auch ich nicht vergessen konnte. Rodolphe Auguste. Was er uns angetan hatte, würde noch lange in uns fortbestehen, obwohl er längst nicht mehr lebte.

Wenn ihre Angstträume sie endlich losgelassen hatten und sie still wurden, starrte ich ins Dunkel und lauschte auf ihre keuchenden Atemzüge. Und die Furcht, Nisani zu verlieren, wurde so übermächtig, dass ich mich Nacht für Nacht in den Schlaf weinte. Tagsüber verließ ich häufig das Bauernhaus, denn die Luft darin war so erfüllt von Krankheit und Sorge, dass mich auch das unangenehmste Wetter nicht davon abhielt, draußen herumzuwandern. Es war milder als während der Tage unserer Reise. Es regnete immer wieder heftig, dann begann es zu schneien, und der Boden verwandelte sich in matschigen, weißbraunen Schlamm. Im Schutz eines Vordaches am Hühnerstall beobachtete ich, wie die dicken, nassen Flocken fielen. Ich dachte an meine Eltern, die keine Ahnung hatten, wo ich mich aufhielt und welche Nöte mich plagten. Wenn sie es wüssten, würde es sie kümmern? Ich stellte mir vor, wie sie die Tage verbrachten, gemeinsam, zwar in Sorge um die alte Lehrmeisterin, aber glücklich, einander zu haben. Wenn Nisani diese Krankheit nicht überlebte, hatte ich niemanden mehr. Dann wäre ich allein, gestrandet in einem Dorf im Nirgendwo. Ich starrte in den Himmel und verfluchte den Winter und unser Schicksal, dann wieder betete ich, dass alles ein gutes Ende nehmen würde. Oft genug jedoch war ich der Verzweiflung nahe, und meine Tränen strömten im Gleichklang mit dem dichten Schneetreiben.

Nach vier qualvollen Tagen und Nächten erwachten beide Mädchen fieberfrei und bei klarem Verstand. Ich war so erleichtert wie selten zuvor in meinem Leben. Nisani lag bleich und ausgezehrt in ihren Kissen, und noch immer wurde sie von Hustenanfällen geschüttelt, doch sie konnte schon wieder lächeln.

Als Weihnachten kam, ging es den beiden besser. Camilles Mutter schlachtete eines der mageren Hühner und bereitete ein Festmahl zu. Es wurde eine fröhliche Feier, wenn ich auch immer wieder daran denken musste, dass ich sie eigentlich mit meinen Eltern hatte begehen wollen. Ich durfte nicht undankbar sein, doch die Zeit, die wir in Yvette verloren hatten, machte mir zu schaffen. Ich malte mir aus, wie meine Eltern in Paris am Feuer saßen und meine kleinen Brüder und Cousins in La Rochelle mit rot glühenden Wangen über die Naschereien herfielen, die Onkel Pauls Mutter gewiss gebacken hatte. Die Sehnsucht nach meiner Familie wurde übermächtig, als ich Camille dabei beobachtete, wie sie sich glücklich an ihre Mutter schmiegte. Nisani griff nach meiner Hand und drückte sie, und in ihrem Gesicht fand ich meine Gefühle gespiegelt. Doch da war noch mehr. Ich sah ihr an, dass die Schuld sie beinahe zerriss. Obwohl sie weder etwas für ihre Krankheit noch für Rodolphes Verhalten konnte – die beiden Dinge, die unsere Reise verzögert hatten –, so lag es doch in ihrer Verantwortung, dass wir überhaupt aufgebrochen waren. Ich bemühte mich, ihr dies nicht vorzuwerfen, aber es fiel mir nicht leicht. Manchmal fühlte ich mich wie ein entwurzeltes Kind, dann wieder wie eine erwachsene Frau. Was davon war ich? Das wusste ich nicht. Vielleicht beides zur Hälfte, vielleicht keins von beidem. Doch dieselbe Laure, die La Rochelle verlassen hatte, war ich mit Sicherheit nicht mehr.

Kaum hatte Nisani ihre Krankheit überstanden und war wieder bei Kräften, kehrte bei uns beiden die Ungeduld zurück. Nisani litt noch stärker darunter als ich. Jedes Mal, wenn Damien ins Haus kam und Camille verliebte Blicke zuwarf, wandte sie sich ab. Ich sah in ihrem Gesicht, dass sie an Nicolas dachte. Erst hatten der Frost und der Hunger, dann ihre Krankheit diese Gefühle wochenlang verdrängt, doch nun waren sie zurück und offenbar stärker als zuvor. Nisani wurde unwirsch unseren Gastgebern gegenüber, und auch ich bekam immer wieder harsche Worte ab. Es war nicht so, dass es mir Freude machte, diesen fremden Menschen ihre Vorräte wegzuessen, doch ich fürchtete mich vor der Weiterreise. Ich wusste nicht, wie sehr die Krankheit Nisani noch in den Knochen steckte. Was wäre, wenn sie unterwegs zusammenbrach? Dennoch sehnte auch ich mich danach, endlich anzukommen, meine Eltern wiederzusehen.

Es wurde wieder frostiger. Der zuletzt gefallene Schnee blieb und überzog das Land mit einer weißen Decke. Eines Morgens nach Weihnachten traten meine Cousine und ich vor die Tür. Die Luft war klirrend kalt, aber klar.

»Was meinst du, brechen wir heute auf?«

Nisani blickte in den Himmel und nickte.

Camille und ihre Familie widersprachen, baten uns zu bleiben, doch mein Entschluss war gefallen. Der letzte Teil unserer Reise sollte an diesem Morgen beginnen. Es konnte nicht mehr weit sein bis Paris. Damien war schon früher dort gewesen und sprach von drei Tagen mit dem Eselskarren. Er erklärte sich sogar bereit, uns ein Stück mit demselben zu begleiten. So verabschiedeten wir uns von unserer Freundin und unseren Rettern, kletterten in das hölzerne Gefährt und breiteten die Felldecken über uns. Damien nahm den Esel am Zügel, und wir ließen das Dorf hinter uns.

»Ich möchte euch nochmals danken, dass ihr mir Camille zurückgebracht habt«, sagte der junge Mann, kaum dass wir außer Sichtweite waren. »Vielleicht habe ich jetzt Glück bei ihr.«

»Du liebst sie schon lange, nicht wahr?«, fragte Nisani.

»Seit unserer Kindheit. Es hat mir das Herz gebrochen, dass sie mit dem Fremden fortging. War er wirklich ihr Verlobter und ist gestorben?«

Ich sah Nisani an, dass sie ihm die Wahrheit sagen wollte, deshalb antwortete ich schnell: »Ja, das war er.«

»Warum ist sie dann nicht trauriger?«

»Vielleicht war er zuletzt nicht mehr der Mann, mit dem sie das Dorf verlassen hatte. Menschen können sich ändern.«

»Du meinst, sie ist froh, dass es so gekommen ist?«

»Nicht dass er tot ist, das wäre eine Sünde. Doch dass sie zurück in ihrer Heimat ist, freut sie gewiss. Ihr beide könnt es schaffen.«

Auf Damiens Gesicht legte sich ein Ausdruck vollkommenen Glücks, und ich fühlte einen Messerstich in meinem Herzen. Wieder einmal fragte ich mich, ob je ein Mann mich so lieben würde. Ich wandte den Blick ab, er fiel auf Nisani. Sofort musste ich daran denken, wie Nicolas sie angesehen hatte, und das schmerzhafte Gefühl wurde stärker. Als dann noch meine Eltern vor mein inneres Auge traten, und Tante Adelais und Onkel Paul, fragte ich mich endgültig, ob denn außer mir alle Welt die Liebe kannte. Ich sprang vom Karren und stapfte voran durch den knirschenden, hart gefrorenen Schnee, immer weiter, und mit jedem Schritt wurde ich wütender, enttäuschter, verzweifelter. Wer sollte mich auch lieben, so ein unscheinbares kleines Mädchen?

Ich begann zu rennen. Von fern hörte ich Nisanis Rufe, doch ich lief, bis mein ganzer Körper schmerzte. Es war kindisch, nachdem wir beinahe gestorben wären, jetzt wegen fehlender Liebe zu einem Mann Trübsal zu blasen. Ich riss mich zusammen und blieb schnaufend stehen, trat noch einen Schneehaufen um, dann ging es mir besser. Wortlos kletterte ich zurück in den Wagen. Nisani musterte mich, doch sie sagte nichts.

Wir schliefen zu dritt im Karren am Wegesrand, und Damiens Nähe machte mich verlegen. Ich rückte so weit wie möglich von ihm fort. Unter den Decken und Fellen war es zwar nicht warm, aber auszuhalten. Selbst der Esel war, trotz seines dicken Winterfelles, in eine Decke gehüllt. Als wir am Morgen erwachten, hatte sich das Tier ein Stückchen Gras frei gescharrt und fraß ausgiebig. Unwillig schrie er, als er angeschirrt wurde, und das erste Stück des Weges musste Damien ihn ziehen. Dann ging er wieder brav voran, doch am Abend schließlich blieb er stehen, stemmte die Beine in den Boden und rührte sich keinen Fingerbreit mehr.

»Ich habe es befürchtet.« Damien seufzte. »Das störrische Ding hat genug. In der Frühe kehre ich mit ihm um.«

Ich hoffte, dass der Esel es sich bis zum Morgen anders überlegen würde, doch als wir erwachten, stand er bereits seinem Zuhause zugewandt und ließ sich nicht überreden, sich noch einmal umzudrehen. Wir verabschiedeten uns von Damien, nahmen unser Proviantbündel mit dem inzwischen wieder hart gewordenen Brot und der Räucherwurst und gingen zu Fuß weiter.

Nun konnte es nicht mehr weit sein bis Paris. Die Straße wurde belebter, doch es war kein schöner Anblick, was sich auf ihr tummelte. Ausgezehrte Menschen mit leeren Augen wankten dahin, alle auf dem Weg in die Hauptstadt, alle in der Hoffnung, dort etwas zu finden, was es in ihren Dörfern und Städten nicht mehr gab. Wir konnten nicht umhin, ihre Gespräche mit anzuhören.

»Der König sorgt nur für Versailles und Paris. Der Rest des Landes ist ihm gleich.«

»Sie haben dort alles im Überfluss. Halte durch, mein Sohn, bald sind wir da.«

Es war unerträglich, die weinenden Kinder zu sehen, die zitternden kleinen Körper, die sich an die Beine ihrer Eltern pressten. Bald befanden wir uns in einem Strom von Verzweifelten, denen die Ernte verregnet war oder die Feuchtigkeit des Sommers und der stürmische, nasse Oktober die Fäulnis in die Lager getrieben hatten. Alle Altersgruppen schlugen den Weg in die Hauptstadt ein, vom Greis bis zum Neugeborenen. Nicht alle schafften es. Als die erste Frau schreiend über ihrem toten Kind zusammenbrach, schossen mir die Tränen in die Augen. Ich hatte nur einen kurzen Blick auf das starre, bläuliche Gesichtchen geworfen, doch es hatte ausgereicht, um mir das Herz zu brechen. Ich sah meinen jüngsten Bruder René vor mir, der geboren worden war, als ich selbst neun Jahre alt gewesen war. Wie gut ich mich an seine Geburt erinnern konnte! Seine Wangen waren gleich am ersten Tag seines Lebens rosig gewesen, die Haut so zart und die winzigen Lippen feuerrot. So sollte ein Neugeborenes aussehen, nicht wie dieses magere, leblose Geschöpf.

»Nisani, ich halte das nicht aus! Diese verzweifelten Menschen ...«

»Ich weiß, Laure. Doch wir können nichts tun. Wir haben denselben Weg wie sie.«

Wir hielten uns abseits, und ich schämte mich für jeden Bissen Brot, den ich mir in den Mund schob. Einmal brach ich ein Stückchen ab und wollte es einem Kind reichen, doch Nisani hielt mich zurück.

»Du kannst sie nicht retten. Es sind zu viele.«

Leider hatte ich schon die Aufmerksamkeit einer Familie auf mich gezogen, und ehe ich es verhindern konnte, hatte mir eine Frau das Brot aus den Händen gerissen und ihren Kindern gegeben. Sie erinnerten mich an die Möwen in La Rochelle, wie sie über die Krumen herfielen. La Rochelle ... Erneut kamen mir die Tränen. Wie gern wäre ich zu Hause gewesen, in meinem warmen Zimmer oder in der Küche meiner Tante.

»Denkst du, es geht unseren Brüdern gut? Und den Eltern?«

Nisani sah mich an. »Auch in La Rochelle ist Winter. Doch sie haben ein Dach und Wände um sich, sie haben Geld.«

Ich deutete auf die Fliehenden. »Auch sie hatten Behausungen, und Geld kann man weder essen noch verbrennen. Ich mache mir Sorgen.«

»Ich mir auch. Doch das hilft uns nicht weiter.«

Ich wusste, sie hatte recht, doch es fiel mir unsagbar schwer, nicht zu verzweifeln.

»Paris!«

Die Rufe ertönten vielstimmig und so plötzlich, dass ich zusammenfuhr. Einige Menschen boten ihre letzten Kräfte auf und rannten los. Tatsächlich tauchten in der Ferne die ersten Ausläufer der Stadt auf, die breiten, baumbestandenen Straßen, von denen mir meine Mutter erzählt hatte. Sie waren anstelle der alten Stadtmauer errichtet worden. Ich wagte zu bezweifeln, dass der König jetzt noch froh darüber war. Angesichts der herannahenden Schar von Flüchtigen aus den umliegenden Dörfern hätte er wohl ein bewachtes Stadttor vorgezogen.

Nisanis Atem ging inzwischen keuchend, und die müde Wintersonne machte sich schon auf den Weg, die Welt zu verlassen. So entschieden wir uns, bis zum Morgen zu rasten und erst dann das letzte Stück des Weges anzugehen. Eng aneinandergelehnt setzten wir uns hinter ein hohes Gebüsch, das uns vor dem Wind und den Blicken von der Straße schützte. Dort aßen wir unsere letzten Vorräte. Nisani schlief rasch ein, denn die ungewohnte Anstrengung nach den Wochen der Untätigkeit in Yvette hatte sie geschwächt. Ich jedoch betrachtete noch lange die Lichter der Stadt, die vor uns lag. Was würde mich dort erwarten? Ich fühlte mich wieder wie im Labyrinth von Chartres, und das, was dort hinten leuchtete, war seine Mitte, das Ziel der Reise. Was hielt es für mich bereit?

Am Morgen war Nisani erholt, jedoch missgelaunt. Jeder Versuch, sie aufzuheitern, schlug fehl. Sie blieb einsilbig und verschlossen. Vielleicht dachte sie schon über die Begegnung mit meinen Eltern nach, formte im Geiste die Vorwürfe, mit denen sie sie überschütten würde. Ich ballte unter meinem Umhang die Fäuste. Sie sollte es nicht wagen, das Wiedersehen mit meinen Eltern zu zerstören!

Es war Mittag, als wir die ersten eng beieinander gebauten Häuser erreichten. Wir sahen uns an.

»Und jetzt, Laure? Wo finden wir deine Eltern?«

Ich hob die Schultern. »Der Brief mit ihrer Anschrift ist mit unserem übrigen Gepäck bei der Flucht vor Rodolphe zurückgeblieben. Ich weiß nicht, wo sie sich aufhalten.«

»Sie haben doch gewiss oft genug erzählt, wo diese Lehrmeisterin lebt.« Nisani funkelte mich an. »Hast du denn nicht zugehört?«

»Doch, natürlich! Irgendwo in einer großen Straße in der Nähe des Louvre-Palasts.« Der Name der Straße wollte mir nicht einfallen, und Nisani schnaubte.

»Großartig. Davon gibt es sicherlich nicht nur eine. Und wie sollen wir sie nun finden?«

»Wir könnten zu Vaters Kontor gehen«, schlug ich vor. »Dort haben meine Eltern gewohnt, bevor sie zu Madame Chemin gezogen sind. Vielleicht treffen wir dort jemanden an.«

»Weißt du, wo es sich befindet?«

»Ja, es ist immer noch in der *Rue des Lombards* wie zur Zeit der Geschäftsgründung. Nur hat Vater die Häuser nebenan inzwischen dazugekauft.«

»Dann hoffe ich, dass uns jemand den Weg dahin weisen kann, denn den hast du dir sicherlich auch nicht gemerkt«, entgegnete Nisani patzig.

»Du tust, als sei dies alles meine Schuld!«

Sie setzte zum Sprechen an, tat es jedoch nicht, was auch besser war. Wir hatten das Gespräch über die Schuld an dieser Reise bereits zu häufig geführt. Schweigend schritten wir durch die gepflasterten Straßen. Der Strom der Verzweifelten hatte sich verteilt, nur noch hier und da begegneten wir weinenden Menschen. Es war nicht mehr zu erkennen, ob es Bauern oder Stadtbewohner waren. Die Kälte machte alle gleich, jeder hatte sich mit so viel Stoff und Fell behängt, wie er finden konnte. Nur die Reichen hoben sich noch ab, wie sie in ihren feinen Kutschen vorbeirauschten. Es waren jedoch wenige.

Hätte mir nicht bereits die Kälte den Atem genommen, so hätte Paris es mit Sicherheit geschafft. Staunend blickte ich die prächtigen Gebäude an, die Kirchen, breiten Straßen und schmalen Gassen und die weitläufigen Parkanlagen, die im Sommer wundervoll aussehen mussten. Wir fragten uns durch, bis wir die *Rue des Lombards* fanden. Meine Freude jedoch verschwand schlagartig, als wir vor der versperrten Tür des Kontors von *Drapiers Lavie* ankamen. Ich wischte die dünne Eis- und Schmutzschicht von einer Fensterscheibe und spähte hinein.

»Es ist niemand da.«

Dennoch klopfte ich an die Tür und an eine weitere, hinter der ich den Aufgang zur oben gelegenen Wohnung meiner Eltern vermutete.

»Das hat keinen Sinn, Laure. Lass uns nach dem Louvre-Palast fragen«, sagte Nisani. »Tante Lianne stellt doch dort ihre Bilder aus, nicht wahr? Jemand wird wissen, wo sie sich aufhält.«

Wir sprachen den nächstbesten Menschen an. Der Weg, den er nannte, war einfach. Geradeaus bis zur nächsten Straßenecke, links herum bis zum Fluss und dann immer daran entlang. So würden wir rasch auf das gesuchte Gebäude stoßen.

Wir machten uns auf den Weg. In den Straßen brannten Feuer, an denen sich die Menschen wärmten. Der Geruch des Rauches erinnerte mich an daheim, und die Sehnsucht nach meinen Eltern wurde so stark, dass ich meine Schritte beschleunigte. Bald erreichten wir den Fluss. An seinen Rändern hatte sich bereits Eis gebildet, doch in der Mitte fuhren die Schiffe unbehelligt. Es knirschte nur leicht, wenn sie an die Eisränder stießen. Wir bogen rechts ab, schritten am Ufer entlang, vorbei an Reihen von Häusern, die bis zu sechs Stockwerke hoch waren, einer unbebauten Brücke, die auf eine Insel und wieder von ihr herunter führte, und einer mächtigen Kirche. Dann standen wir endlich vor dem eckigen Gebäude, das einmal der Wohnsitz der königlichen Familie gewesen war.

Vielleicht war es meiner Erschöpfung geschuldet, doch ich hätte mir einen Palast anders vorgestellt – herrschaftlicher, beeindruckender. Dieses Gebäude wirkte schlicht, nicht bemerkenswerter als die anderen Bauwerke in dieser riesigen Stadt. Es besaß nicht einmal Türme. Zumindest jedoch war es groß. Wir brauchten eine ganze Weile, um es zu umrunden und seinen Eingang zu finden. Erleichtert entflohen wir der eisigen Luft und fanden uns in einem lang gezogenen Flur wieder, der an unzähligen Türen vorbeiführte. War der Palast äußerlich vergleichsweise unscheinbar, so gelang es seinem Inneren schließlich doch, mich zu beeindrucken. Die edlen, aus Holz geschnitzten Wandverkleidungen ließen mein Herz höher schlagen. Diese detaillierten Gesichter, der feine Faltenwurf der Kleider! Ich wünschte mir, meine Steine auf dieselbe kunstvolle Weise bearbeiten zu können. Dafür jedoch würde ich viel üben müssen. Andere Wände waren über und über mit goldenen Ornamenten bemalt, die schweren, dunklen Türen so hoch, dass zwei Menschen übereinander hindurchgepasst hätten. Ein Schild mit einem Pfeil wies den Weg zur *Exposition*.

Wir betraten den ersten Raum und sahen uns einem kleinen Mann gegenüber, der stolz drei Besuchern seine Gemälde erklärte.

»Dieses Bild hat der Herzog von Vendôme in Auftrag gegeben. Es zeigt sein Schloss. Ich habe es zweimal für ihn gemalt, und er hat das andere gewählt, um es sich aufzuhängen. Deshalb bleibt mir dieses, um es nun Euch zu zeigen. Seht, die Schatten ...«

»Pardon!« Die lange Reise hatte meine anerzogene Höflichkeit schwinden lassen, denn ich unterbrach den Mann durchaus rüde. »Darf ich bitte eine kurze Frage stellen?«

Irritiert drehten sich alle vier Anwesenden zu uns um. Ich spürte, wie ich errötete.

»Ich bin die Tochter von Lianne Cartier-Lavie. Ist sie Euch bekannt? Könnt Ihr mir sagen, wo ich sie finde?«

Die verärgerte Miene des Malers verwandelte sich in einen Ausdruck von Interesse, und er trat zu mir.

»Nehmt die Kapuze ab, Kind, damit ich Euer Gesicht sehen kann.«

Ich tat es, und er nickte.

»Tatsächlich, Ihr seht ihr ähnlich. Warum wisst Ihr nicht, wo sich Eure eigene Mutter aufhält, Mademoiselle?«

»Wir kommen gerade aus La Rochelle«, platzte Nisani heraus. »Und wir hatten eine beschwerliche Reise. Wäret Ihr so freundlich, uns zu helfen?«

Der Mann zog eine buschige Augenbraue hoch, sagte jedoch nichts. Er entschuldigte sich bei seinem Publikum und winkte uns hinaus auf den Gang. Es war deutlich, dass er uns so schnell wie möglich loswerden wollte.

»Eure Eltern sind in der Wohnung von Madame Chemin, um deren Gesundheit es sehr schlecht bestellt ist. *Rue Saint-Honoré*, gleich an der Ecke gegenüber der Kirche *Saint-Roch*. Ihr geht rechts aus diesem Gebäude bis zu der breiten Straße, dann links herum und immer weiter. Es ist nicht schwer zu finden.«

»Vielen Dank, Monsieur.«

Ich nahm Nisani bei der Hand und zog sie aus dem Gebäude, hinaus auf die Straße, wo uns ein eisiger Wind entgegenschlug. Rasch setzte ich meine Kapuze wieder auf und schlang die Felldecke enger um mich. Dann rannten wir den Weg entlang, den uns der Maler beschrieben hatte. Bald erreichten wir die der Kirche gegenüberliegende Häuserreihe. Wir sahen das Haus von Madame Chemin bereits vor uns, als uns ein magerer Mann in den Weg trat.

»Mein Kind erfriert. Bitte gebt mir diese Decke.«

Das rot gefrorene, ausgezehrte Gesicht trug einen so verzweifelten Ausdruck, dass es mir einen Stich versetzte.

»Nein«, antwortete Nisani, ehe ich es tun konnte. »Wir brauchen unsere Decken selbst.«

»Bitte! Ihr seid erwachsen, mein Kind ist noch so klein.«

Ich musste an das erfrorene Neugeborene denken und begann, mich aus der Decke zu wickeln.

»Lass das«, fuhr Nisani mich an.

»Wir sind doch gleich bei meinen Eltern.«

»Und woher wissen wir, wie die Zustände dort sind? Vielleicht brauchen deine Mutter oder ihre alte Meisterin diese Decke. Wir können nicht allen Menschen helfen.«

»Aber wenn ich einem Kind helfen kann, tue ich es.«

Ich nahm die Decke ab. Da sah ich es. Im Gesicht des Mannes blitzte etwas auf, doch es war keine Dankbarkeit. Es war Gier. Ich trat einen Schritt zurück.

»Wo ist Euer Kind? Ich möchte ihm die Decke selbst geben.«

Unvermittelt packte der Mann das Fell und zog. »Nun gib schon her!«

»Siehst du? Er braucht es nicht für sich. Er will es verkaufen!«

Nisani kam mir zu Hilfe und hielt die Decke fest. Da stieß der Fremde sie grob zur Seite. Sie taumelte und ließ los. Ich bemühte mich nach Kräften, nicht ebenfalls aufzugeben, kämpfte um mein Eigentum. Die Kapuze flog mir vom Kopf, ich zerrte und zog. Dann jedoch sah ich mich einem blitzenden Messer gegenüber.

»Gibst du mir das Fell nun freiwillig?«

Ich fühlte mich, als sei ich Rodolphe erneut begegnet, zwar in anderer Gestalt, kleiner und magerer, doch ebenso gefährlich. Die Angst packte mich, und ich gab meinen Widerstand auf. Ehe der Kerl jedoch wegrennen konnte, näherte sich blitzschnell ein Schatten, entriss dem Dieb meine Decke und schlug ihm einmal kräftig mit der Faust gegen den Kiefer. Der Magere rannte davon, und ich sah mich einem hochgewachsenen Mann in einem schwarzen Umhang gegenüber. Wortlos reichte er mir die Decke, und ich wünschte, der

Boden würde sich auftun, so sehr schämte ich mich für meine Gutgläubigkeit.

Ich sah dem Mann ins Gesicht, das unter der tief herabgezogenen Kapuze und dem Wollschal um seinen Hals kaum auszumachen war. Ich erkannte nur, dass er trotz seines hohen Wuchses noch jung war. Dunkle Augen blickten mich an, der Ausdruck eine Mischung aus Überraschung und – Interesse?

»Ich danke Euch, Monsieur«, stammelte ich. »Vielen Dank.«

Er verneigte sich. »Wie ist Euer Name, Mademoiselle?« Seine Stimme klang warm und seltsam fremd.

»Ich heiße Laure Lavie, und dies ist Nisani Durand, meine Cousine.«

Er nickte in ihre Richtung, ohne den Blick von mir zu nehmen. Mein Retter musterte mich so eindringlich, dass mir trotz der Eiseskälte heiß wurde. Es war mir jedoch nicht unangenehm, so betrachtet zu werden. Auf unerklärliche Weise fühlte ich mich gut dabei.

Als er weitersprach, erkannte ich, warum mir sein Tonfall fremd vorgekommen war. Er wählte jedes Wort mit Bedacht, nicht wie die Männer, die mir auf der Reise und in der Stadt begegnet waren. Er erinnerte mich an Nicolas.

»Ich freue mich, Euch kennenzulernen, Mademoiselle Lavie. Mein Name ist Alexandre Victor.«

Ich wollte ihm die Hand reichen, doch Nisani packte mich am Arm.

»Genügt dir die Erfahrung von eben noch nicht?«, zischte sie. »*Ich vertraue keinem Mann mehr, den ich nicht kenne* – das hast du in Chartres behauptet. Alles nur leeres Geschwätz. Du bist und bleibst ein dummes, vertrauensseliges Kind, Laure!«

Da waren die Worte wieder, die ich so hasste. Hatte meine Cousine vergessen, dass sie diese Stadt ohne mich nie erreicht hätte? Heiß brannte die Scham in meinem Gesicht, und die Wut nahm mir den Atem. Wie konnte sie mich vor dem jungen Mann so bloßstellen? Am liebsten hätte ich sie geschlagen, doch diese Reaktion wäre nun wirklich kindisch gewesen. Also schob ich nur nachdrücklich ihre Hand von meinem Arm und straffte die Schultern.

»Ich weiß mich wenigstens zu bedanken, wenn mir geholfen wurde.«

»Das habe ich gern getan.« Er schien zu lächeln, was kaum zu sehen war, da sein Gesicht im Schatten der Kapuze lag. Plötzlich fühlte ich mich nackt ohne meine Kopfbedeckung und spürte den eisigen Wind überdeutlich in meinem Haar. Ich konnte mich jedoch nicht bewegen, war gefangen von dieser weichen Stimme, die mich wie in eine wollene Decke hüllte. »Kann ich sonst noch etwas für Euch tun?«

»Das wird nicht nötig sein«, unterbrach Nisani den Zauber, und der Wunsch, sie zu schlagen, wurde übermächtig.

»Wir sind tatsächlich bereits am Ziel unserer Reise angekommen, Monsieur Victor«, sagte ich und deutete auf das Haus von Madame Chemin.

Der junge Mann hob die Hände, schob seine Kapuze ein klein wenig zurück und gab so den Blick auf sein Gesicht frei. Unter einer schmalen, leicht gebogenen Nase sah ich fein geschwungene, volle Lippen. Nun erkannte ich deutlich, dass er lächelte.

»Das freut mich für Euch. Aber es ist schade, dass ich Euch nun nicht mehr helfen kann. Ich hätte es gern getan.« Er verneigte sich noch einmal, drehte sich um und verschwand zwischen den übrigen Passanten. Sein Weggehen hinterließ eine so plötzliche Kälte, dass ich am ganzen Körper zu zittern begann.

»Fehlte nur noch, dass er dir die Hand geküsst hätte.« Nisani schnaubte. »So ein Aufschneider.«

»Ich mochte ihn!« Die Antwort kam patziger als beabsichtigt.

»Offensichtlich«, gab meine Cousine zurück. »Dir sind ja beinahe die Augen aus dem Kopf gefallen. Außerdem ist dein Gesicht feuerrot geworden.«

»Ach ja? Und wenn schon!«

»Und wenn schon? Das ist beschämend. So verhält sich eine Frau nicht.«

»Du tust, als wüsstest du über alles Bescheid, nur weil du mit deinem Bruder ...« Weiter kam ich nicht, denn Nisanis flache Hand klatschte in mein Gesicht.

»Sei still, kleines Mädchen! Und nun lass uns endlich hineingehen. Ich will mir deine verfluchten Eltern vornehmen.«

Es war zu viel. Die Reise, all die Anstrengungen, die Überfälle, Nisanis ständige Stimmungswechsel, am Ende die Begegnung mit diesem Mann, dessen Blick meine Knie hatte weich werden lassen ... Als ich bemerkte, dass sich die Wut dieses Mal nicht zügeln ließ, lag Nisani bereits am Boden.

»Untersteh dich, das Wiedersehen mit meinen Eltern zu verderben. Wenn du das tust, bist du für mich gestorben!«

Sie erhob sich schweigend und vermied es, mich anzusehen. Ich ging zur Haustür und klopfte. Nach einigen Augenblicken, die mir wie eine Ewigkeit vorkamen, hörte ich Schritte, und die Tür öffnete sich einen Spalt. Zuerst sah ich nur einen langen Holzknüppel, dann polterte dieser zu Boden, die Tür flog auf, und ich fühlte mich in die Arme meines Vaters gerissen.

»Laure! Was tust du denn hier, Mädchen? Oh, Laure! Mein Kind!« Er blickte an mir vorbei. »Nisani. Was ist geschehen? Geht es meiner Schwester gut? Den Jungen? Paul?« Ich legte meinem Vater eine Hand auf den Mund.

»Alle sind wohlauf. Wir erklären es gleich.«

Er drückte mich noch einmal fest an sich, dann zog er mich ins Haus. Nisani folgte uns, schloss die Tür und sperrte den kalten Wind aus. Wohlige Wärme empfing uns dennoch nicht. Papa führte uns in einen Salon, in dem ein einzelnes Holzscheit müde im Ofen glimmte.

»Ich hole deine Mutter.« Er küsste mich auf die Stirn und verschwand.

Nisani schwieg weiterhin, und ich sah mich in dem Raum um. Die deckenhohen Gemälde von Tieren und Pflanzen riefen ein warmes Gefühl in mir wach, wie eine lange verschüttete Erinnerung. Ich war erst ein Jahr alt gewesen, als meine Eltern mit mir Paris verlassen hatten. Somit war es unmöglich, dass ich mich an diesen Raum erinnerte, obwohl ich gewiss oft hier gewesen war. Dennoch fühlte ich mich sogleich wohl und willkommen.

Die Tür flog auf, ein heller Schrei erklang, und meine Mutter Lianne fiel mir um den Hals.

»Du bist wirklich hier, meine Tochter.« Sie musterte mich mit ihrem geübten Malerblick, schien bis in mein Innerstes zu sehen. Mich überkam eine solche Freude, dass mir die Tränen kamen.

»Maman! Ich habe dich so vermisst.«

»Du hast mir auch schrecklich gefehlt.«

»Warum seid ihr dann nicht nach Hause gekommen, Papa und du?«

»Wir wollen uns erst einmal setzen. Nisani, wie schön, dich zu sehen, Kind.« Meine Mutter lächelte, doch Nisani verzog keine Miene. Ihre rechte Wange war angeschwollen, wie ich mit einer Mischung aus Schuldgefühl und Genugtuung erkannte.

Papa kam mit einem Tablett mit vier Bechern zurück, und wir setzten uns an den Tisch. Das Getränk war lauwarm und schmeckte nach verdünnter Milch mit einer Spur Honig. Ich sah meinen Eltern abwechselnd in die Gesichter. Beide waren von Sorgen gezeichnet, schmal und müde.

»Wir haben so viel zu besprechen, Maman. Wo sollen wir anfangen?«

»Ich wüsste schon, wo«, entfuhr es Nisani, doch mein Blick brachte sie zum Schweigen.

»Später. Erst einmal möchte ich wissen, wie es euch hier in Paris ergeht.«

Meine Eltern sahen sich an, verstanden sich wie immer ohne Worte.

»Es ist schwierig«, sagte mein Vater. »Die ganze Stadt leidet. Der Winter kam bereits im Oktober mit Eiseskälte und Schneefall. Als dann der November so mild war, haben sich die Menschen zu früh in Sicherheit gewähnt und zu viele ihrer Vorräte verbraucht. Dann kam der Dezember und mit ihm der wochenlange Frost. Zunächst haben wir gut verkauft, besonders die warmen Stoffe, doch dann ...« Er seufzte. »Wir mussten das Kontor schließen und die Lager räumen, nachdem mehrfach eingebrochen worden war. Ganze Stoffballen wurden mir gestohlen. Wir haben jetzt alles hier im Haus gelagert, meine Mitarbeiter sind verschwunden, Gott weiß wohin. Wir besitzen nur noch wenig Feuerholz und kaum Vorräte. Zum Glück hat Madame Chemin vorgesorgt, doch wenn es nicht bald wärmer wird, müssen wir anfangen, ihre schönen Möbel zu verbrennen.«

»Warum seid ihr nicht längst nach Hause gekommen?«

»Aber das weißt du doch, Laure. Oder ist mein Brief nicht angekommen?«

»Gewiss ist er das. Ich verstehe es nur nicht.« Und plötzlich, ganz und gar ungewollt, war ich doch wieder ein kleines Mädchen. »Warum lasst ihr mich und meine Brüder so lange allein? Nur wegen der alten Frau!«

»Sie stirbt, Laure. Sie ist schon jenseits alles Weltlichen. Wir können sie doch jetzt nicht verlassen. Es bricht mir das Herz, sie sterben zu sehen. Wir haben ihr so viel zu verdanken.« Tränen traten in die grauen Augen meiner Mutter.

»Deine Ausbildung, ich weiß.«

»Nicht nur das«, sagte mein Vater. »Auch unser beider Leben.«

Da war wieder dieser Blick zwischen meinen Eltern, diese Gemeinschaft, in die niemand eindringen konnte. Ich fühlte, wie das Kind in mir aufbegehrte. Ich wollte ein Teil von all diesen Geheimnissen sein, die die beiden verbanden.

»Dann sagt mir doch endlich, was damals geschehen ist! Immer schließt ihr mich aus. Ich bin kein kleines Mädchen mehr. Ich will jetzt die Wahrheit wissen, dafür bin ich hergekommen, und Nisani auch.« Mit jedem Wort wurde ich wütender, trauriger, ungeduldiger. Ich schlug mit beiden Händen auf den Tisch. »Ihr ahnt ja nicht, was in La Rochelle geschehen ist. Ihr denkt nur an euch selbst, wir anderen sind euch gleichgültig.«

Ich hörte nur auf zu sprechen, weil ich Atem schöpfen musste. Da legte Nisani ihre Hand auf meine und drückte sie. Es fühlte sich an wie eine Anerkennung, und ich wurde ruhiger. Dafür kämpften meine Eltern mit den Tränen, beide schien mein Ausbruch tief getroffen zu haben.

»Das ist nicht wahr«, sagte mein Vater mit erstickter Stimme. »Wir lieben euch alle sehr. Doch wir können eine sterbende Frau in einer dahinsiechenden Stadt nicht sich selbst überlassen.«

Er öffnete seinen dicken Wollmantel, hob weitere drei Schichten Stoff an, bis er seinen Bauch vor uns entblößt hatte. Die alten Narben glänzten im schwachen Tageslicht, das durch die hohen Fenster eindrang. Ich hielt den Atem an. Gleich würde ich erfahren, woher die Verletzungen stammten. Mein Leben lang hatte ich es mich gefragt.

»Madame Chemin hat nicht nur deine Mutter aus der Anstalt geholt, in die sie gesperrt worden war, sie hat auch mich gerettet, als ich an diesen Wunden beinahe verblutet wäre. Eigenhändig hat sie die Blutungen gestillt, bis der Arzt eintraf. Ohne ihr Handeln hätte ich nicht überlebt.«

»Warum habt ihr uns das nie erzählt? Was für eine Anstalt? Und wer hat dich verletzt?«

Mein Vater bedeckte seinen Bauch. »Wir konnten euch das nicht erzählen. Damit hätten wir etwas verraten, das unbedingt geheim bleiben musste.«

»Was denn? Die Wahrheit über meine Mutter?« Nisani hatte ohne jedes Gefühl gesprochen, und im Nachhall ihrer Stimme senkte sich eine so greifbare Stille über den Raum, dass ich kaum zu atmen wagte. Es war Maman, die zuerst sprach.

»Du hast es herausgefunden.«

»Sie haben es mir gesagt. Aber erst, als sie es mussten.«

»Was ist geschehen, dass sie es mussten?«

Nisani presste die Lippen aufeinander. Ich antwortete an ihrer Stelle.

»Nicolas ist fortgegangen, weil seine Gefühle für Nisani nicht mehr die eines Bruders waren.«

Meine Mutter sog scharf die Luft ein, dann war es wieder still. Nisani hielt noch immer meine Hand. Das verlöschende Feuer knisterte.

Dann erfuhren wir die ganze Geschichte, die reine Wahrheit über die Vergangenheit, endlich. Maman berichtete von ihrem ehemaligen Herrn Lexius Bellier, ihrer Flucht, der Zeit mit Emeni, von der Gefangenschaft, der Angst um ihren Geliebten und von dem großen Glück, das sie seitdem an seiner Seite erleben durfte. Nisani kam dazu, ihre Vorwürfe zu äußern, und auch ich offenbarte mich, meine Einsamkeit in dem vollen

Haus meiner Tante, mein lebenslanges Gefühl der Ausgeschlossenheit aus der Gemeinschaft meiner Eltern.
Es gab Streit, heftige Worte, Versöhnung, Fragen, Antworten, Tränen und Lachen. Und am Ende gab es eine
neue Familie, andere Menschen als zuvor, ohne Geheimnisse, jedoch mit dem festen Wissen, dass wir alle
uns liebten, dass wir es gemeinsam schaffen wollten,
diesen Winter und alle anderen Unglücke zu überstehen.

Erst als Sandrine, Madame Chemins Magd, ein ge-
kochtes Huhn auftrug und uns einen frohen Jahresbe-
ginn wünschte, wurde uns klar, dass wir genau am
Neujahrstag in Paris eingetroffen waren. Wir aßen das
magere Huhn mit so gutem Appetit, als sei es der
schönste Festtagsbraten, und um Mitternacht gingen
wir in die Kirche *Saint-Roch*, um Gott für unsere glückliche Ankunft zu danken.

14

Mit jedem Tag hinter den dicken Klostermauern wurde Julie ärgerlicher. Ihr fehlte die Weite des elterlichen Anwesens, die Freiheit, innerhalb der Zäune zu kommen und zu gehen, wann und wohin sie wollte. Sie hatte Luft zum Atmen gehabt und Sonne im Gesicht, sogar im Winter, zwischen den heftigen Regenschauern. Selbst nach einem solchen sehnte sie sich nun, hätte liebend gern das warme Prasseln auf ihrem Haar gespürt. Wie man doch Dinge erst zu schätzen wusste, wenn man sie verloren hatte ...

Julie seufzte und rieb wieder einmal die Eisblumen vom Fenster des immer gleichen Zimmers, sah hinaus in den trostlosen Garten und auf die Mauer, die das Kloster umgab. Hinter ihr wusste sie mehr Mauern, noch mehr Steine, Häuser dicht an dicht. Wenn ihr Vater daheim mit ihr ausgeritten war, an einem der Flüsse entlang bis hinunter zum Meer, hatte ihr Blick so weit schweifen können, wie sie es wollte. Sie meinte, es vor sich zu sehen, die sanften, tiefblauen Wellen, die an den gelben Sandstrand schwappten, die hochstämmigen Bäume mit den fedrigen, dunkelgrünen Blättern, die leuchtend rote Sonne, die über dem Meer unterging.

Sie spürte den warmen Körper ihres Pferdes unter sich und die Hand ihres Vaters auf ihrem Arm.

Dann war der Augenblick vorüber. Julie schnappte nach Luft, glaubte plötzlich, nicht mehr atmen zu können. Sie fühlte Tränen in ihren Augen aufsteigen und biss sich auf die Unterlippe. Verflucht wollte sie sein, wenn die anderen Mädchen sie weinen sahen! Doch die Sehnsucht machte ihr Herz so schwer, dass die Traurigkeit von allein kam. Sie schalt sich eine Närrin. Ihre jetzige Lage war kein Grund zu trauern, sondern wütend zu sein! Schließlich gab es Schuldige! Julie ballte die Fäuste. Ihre Eltern ahnten nicht, was sie ihr angetan hatten. Bitterböse Briefe hatte sie verfasst, doch sie war nicht sicher, dass die Nonnen sie abgeschickt hatten. Und es würde ohnehin zu lange dauern, bis Nachricht käme – wenn ihre Eltern sie denn überhaupt aus diesem Gefängnis befreien wollten.

Seit Wochen liefen die Tage immer gleich ab. Gottesdienste, Schulunterricht, Essen an dem langen Tisch im Speiseraum, dreimal am Tag all diese Dinge, dann Schlafengehen in Gesellschaft der anderen Mädchen, Aufwachen auf dieselbe Weise. Und wieder von vorn. Das Weihnachtsfest hatte für ein wenig Abwechslung gesorgt. Sie hatten gut gegessen – die Nonnen ließen sie nie vergessen, dass es ihnen besser ging als den übrigen Menschen in der Stadt –, und es hatte ihr tatsächlich Freude bereitet, den Essenstisch mit Kerzen geschmückt zu sehen.

Nun jedoch war das neue Jahr angebrochen, und es bestand keine Aussicht auf einen baldigen erneuten Ausbruch aus dem Einerlei. Auch eine Besserung des

Wetters blieb aus. Erst war es wochenlang eisig gewesen, um Weihnachten dann milder mit Regen und Schneefall, nun fror es abermals. Wieder einmal träumte sich Julie fort aus Paris, zurück nach Hause. Und wie jedes Mal sah sie im Geiste das Gesicht ihres geliebten Großvaters.

Das Verhältnis zwischen ihm und ihrer Mutter war nicht das beste gewesen. Oft genug hatte er Julie spüren lassen, dass sie für ihn ein Ersatz für die verlorene Tochter war. Es hatte ihr nichts ausgemacht. Auch nicht, dass er sie gelegentlich mit *Java* angesprochen hatte. Sie wusste, in diesen Momenten war er nicht ganz bei sich gewesen.

Erneut kamen ihr die Tränen, als sie an den Mann dachte, der für sie während ihrer gesamten Kindheit so wichtig gewesen war. Hätte es ihn noch gegeben, hätte sie sich niemals fortschicken lassen. Doch es gab ihn nicht mehr. Er war tot.

Dabei fühlte sie seine Gegenwart so deutlich, als sei er bei ihr. Sein Geist war hier mit ihr im kalten Paris, das wusste sie. Wenn sie einsam war, sprach er zu ihr und erzählte ihr Geschichten, so wie früher. Ihr Großvater hatte ihr oft stundenlang von der Vergangenheit berichtet, vom Leben in Frankreich und der Ankunft in Indien. Noch immer hörte sie seine Stimme im Geiste, die ihr all seine Sorgen und Geheimnisse offenbarte, Schönes und Schlimmes mit ihr teilte. Ihr Herz zog sich vor Mitleid zusammen, wenn sie daran dachte, was er ihr über sein Leben nach dem Unglück mit seinem Arm erzählt hatte.

»Nach den Geschehnissen und meiner Verletzung flohen deine Mutter und ich aus Paris und auf ein Schiff, das uns nach Indien brachte. Die ganze Zeit über plagten mich der Schmerz in meinem Arm und die Sorge, ihn nie wieder benutzen zu können. Wir gingen in dem Küstenstädtchen Pondichery an Land, das der französischen Ostindienkompanie angehörte. Dort versuchte ich, meine Erfahrungen als Handelsherr einzubringen und ein Geschäft aufzubauen, scheiterte jedoch. Die anderen Händler nahmen mich nicht ernst – mich, der ich in Frankreich so erfolgreich gewesen war! –, da ich nicht einmal meine Briefe selbst verfassen und unterzeichnen konnte. Ich war stets auf einen Schreiber angewiesen. Zunächst führte meine Tochter diese Aufgabe aus, doch bald ging sie eigene Wege. Sie traf deinen Vater, Julie, und wir zogen in die Stadt Madras, in der die Engländer regierten. Ich lernte rasch die englische Sprache und beherrschte sie vollkommen, dennoch bot mir dein Vater keinen Posten in seinem Handel an. Mir wurde dieses Holzhäuschen auf dem Grundstück der beiden errichtet, in dem ich leben darf – aber das ist auch schon alles.«

Von da an wusste Julie aus eigener Erfahrung, wie die Geschichte weiterging. Großvater war von Tag zu Tag trübsinniger geworden. Dies besserte sich nicht, als er sich endgültig eingestehen musste, von nun an auf die Unterstützung von Tochter und Schwiegersohn angewiesen zu sein. Niemand fragte ihn um Rat, niemand benötigte seine Hilfe. Er war nutzlos, und so fühlte er sich auch. Dies brachte jedoch mit sich, dass er Zeit im Überfluss hatte, vor allem für Julie. Sie war ihm stets willkommen, lauschte seinen spannenden Erzählungen, lachte mit ihm und genoss die Süßigkeiten, die er ihr heimlich zusteckte.

So erfuhr sie nach und nach, wie er seine Heimat, die Beweglichkeit seines Armes und somit seinen Lebensinhalt eingebüßt hatte. Sie spürte die Wut und die Trauer des Großvaters, als wären es ihre eigenen Gefühle. Und sie versuchte, ihn abzulenken, erzählte ihm fröhliche Geschichten über ihre Pferde, ihr Blumenbeet und die Dinge, die sie von ihrem Hauslehrer beigebracht bekam. Er konnte ihr zu beinahe jedem Unterrichtsfach helfen, berichtete ihr Einzelheiten, mit denen sie ihrem Lehrer gegenüber glänzen konnte.

Sie saß gern bei ihrem Großvater, lauschte seinen Worten und sah dabei zu, wie er die Opiumpfeife rauchte. Dies war der einzige Zug an ihm, den sie nicht mochte. Sie konnte ihm nicht böse sein, dass er diese Art von Ablenkung von seiner Trübsal wählte, doch das hieß nicht, dass es ihr gefiel. Der süße, schwere Duft der Schwaden verursachte ihr Übelkeit, obwohl sie bemüht war, nicht allzu tief einzuatmen. Die Einheimischen – ihre Hausdiener und Pferdeknechte – brachten ihm das Opium regelmäßig zur Vertreibung seiner Schwermut, und meist wirkte es gut, denn die Gespräche verliefen durchaus in fröhlicher Stimmung. So lange, bis er durch das Rauschmittel so schläfrig wurde, dass er zwar im Geiste noch bei ihr war – sie sah es an dem Ausdruck in seinen Augen –, jedoch keine Worte mehr herausbrachte. Kurz darauf konnte sie jedes Mal beobachten, dass auch seine Gedanken abschweiften. Das war stets der Moment, in dem sie seine Hütte verließ. Nur als sie zum allerersten Mal bewusst wahrgenommen hatte, wie er das Opium rauchte, war sie geblieben. Sie hatte ihn eine Weile in diesem Zustand zwischen Wachen und Schlafen betrachtet und schließlich mit ansehen müssen, wie sich seine Augen verdrehten, anfingen zu rollen, er stöhnende Laute von sich gab, wahnsinnige, unmenschliche Laute, und sich sein Gesicht verzerrte. Voller Angst war sie davongerannt und hatte sich im Pferdestall verkrochen. Zwar erklärte er ihr später, dass nichts Gefährliches mit ihm geschah, dass er im Gegenteil währenddessen schöne, glückliche Gedanken hatte und danach tief und fest schlafen konnte, was ihm ohne das Rauschmittel nicht möglich war. Doch für Julie war er in diesen Momenten ein Fremder gewesen, vor dem sie sich fürchtete. Von jenem Tag an hatte sie darauf geachtet, die Hütte rechtzeitig zu verlassen. Und immer hatte sie ihr Weg dann zu ihren Pferden geführt, auf die gegenüberliegende Seite des Anwesens, in die Ställe jenseits des Haupthauses. Deshalb hatte sie an dem verhängnisvollen Tag auch nicht sehen können, wie die Behausung ihres Großvaters in Flammen aufging ...

Sie schüttelte sich, um den Gedanken zu verscheuchen. Lieber dachte sie darüber nach, was ihr Großvater ihr von Frankreich und seiner Vertreibung berichtet hatte. Ihm war übel mitgespielt worden, unberechtigte Vorwürfe und dann ein Angriff durch eine Wilde von der anderen Seite der Welt hatten ihn seinen Arm und seine Existenz gekostet. Und die Schuld an all dem trug eine elende Schlange von Dienstmagd!

Und nun musste sie, Julie, in derselben Stadt leben, in der ihrem geliebten Großvater das schlimme Ungemach geschehen war. Er hatte Paris gehasst, das ganze Land, die Menschen, die sich gegen ihn verschworen hatten. Er hatte nie zurückkehren wollen, obwohl auch Indien ihn nicht freundlich aufgenommen hatte. Wie sie ihre Mutter dafür verabscheute, sie hierher geschickt zu haben! Hätte sie ihr sagen sollen, dass sie über die Vergangenheit Bescheid wusste? Hätte das etwas an der Entscheidung geändert? Doch sie hatte ihrem Großvater versprechen müssen, ihn nicht zu verraten. Sie hörte im Geiste seine Stimme, als stünde er neben ihr.

»Deine Mutter möchte nicht, dass du all diese Dinge erfährst. Doch ich meine, du musst sie wissen, um zu verstehen, wer du bist. Du bist die Enkelin von Lexius Bellier, und der war einmal jemand. Und auch du wirst jemand sein, dir steht eine große Zukunft bevor! Verschwende sie nicht, wie deine Mutter es getan hat.«

Nein, Großvater. Ich verspreche es. Ich weiß, wer ich bin. Ich bin Julie Shaw. Und dieses verdammte Land wird mich nicht brechen! Trotz der elenden Kälte.

Voller Wut schlug sie mit der flachen Hand gegen die Fensterscheibe, als könne sie so die Eisblumen entfernen. Die anderen Schülerinnen, die sich auf ihren Betten sitzend leise unterhalten hatten, schraken auf.

»Julie! Musst du uns so erschrecken?«

Nein, muss ich nicht, aber vielleicht möchte ich es, lag ihr auf der Zunge. Es hatte jedoch keinen Sinn, sich mit den dummen Gänsen zu streiten. So lächelte sie die vier Mädchen entschuldigend an und begann ein belangloses Gespräch mit ihnen. Doch ihr Geist hörte nicht auf, um die Erzählungen ihres Großvaters zu kreisen.

15

Paris, Januar 1709

Nisani schien in sich zusammenzufallen, nachdem die Wut über das verhängnisvolle Familiengeheimnis sie nicht länger aufrechterhielt. Sie klammerte sich an meine Mutter, stellte immer mehr Fragen über Emeni, wollte genau wissen, woher sie kam. Am Tag nach unserer Ankunft, als wir uns ausgeschlafen und gebadet hatten, wollten meine Eltern alles über unsere Reise erfahren. Erst versuchten wir, nicht von Rodolphe zu sprechen, doch schließlich brach das Grauen über ihre Schändung aus Nisani heraus, als Papa einmal nicht im Zimmer war. Maman nahm sie in die Arme, streichelte ihr tröstend das Haar, warf mir aber gleichzeitig über Nisanis Schulter hinweg einen Blick zu, der so voller Furcht war, dass ich rasch den Kopf schüttelte und sie beruhigend anlächelte. Ich sah ihr an, dass es ihr das Herz gebrochen hätte, wenn ich die Lügen über die Vergangenheit mit meiner Jungfräulichkeit bezahlt hätte. Das schlechte Gewissen Nisani gegenüber stand ihr überdeutlich ins Gesicht geschrieben, und so kümmerte sie sich rührend um meine Cousine, wann immer es Madame Chemins Zustand zuließ. Am liebsten hätte ich ihr gesagt, dass Nisani keine Jungfrau mehr gewesen war, aber ich wusste, dass Nisani dieses Geheimnis bewahren wollte. Außerdem hätte es die Schändung nicht besser gemacht und damit das Schuldgefühl meiner Mutter nicht gemindert.

Nisani begann, Maman bei der Pflege von Madame Chemin zur Hand zu gehen, während ich mehr Zeit mit meinem Vater verbrachte. Wir streiften durch die Straßen der Stadt auf der Suche nach Essbarem und Medizin. Wann immer eine Lieferung von Waren Paris erreichte, war sie auch schon wieder verteilt, zumeist an die Reichen, die noch bezahlen konnten. Am Geld scheiterte es auch bei meiner Familie nicht, doch die wenigsten Lebensmittel gelangten in die Markthallen, ohne bereits vorher geraubt oder zu überhöhten Preisen verkauft worden zu sein. So fiel es uns schwer, mehr als etwas Brot und Wurst zu ergattern. Als Papa und ich am zweiten Tag nach meiner Ankunft zum Haus zurückkehrten, sah ich in der Nähe eine hochgewachsene Gestalt in einem schwarzen Wollumhang stehen. Mein Herz tat einen gewaltigen Satz.

»Ich komme gleich, Papa«, brachte ich mühsam hervor. »Ich bleibe noch einen Augenblick hier draußen.«

»Ist dir noch nicht kalt genug, Laure?«, scherzte er, ging aber mit den Einkäufen ins Haus. Schüchtern sah ich zu dem jungen Mann hinüber. Er setzte sich sofort in Bewegung und kam auf mich zu, bis er vor mir stand. Sein Gesicht lag im Schatten wie bei unserer ersten Begegnung. Und erneut erzeugte seine Stimme wohlige Schauder in meinem Nacken.

»Mademoiselle Lavie. Es ist schön, Euch wiederzusehen.«

»Ich freue mich auch, Monsieur Victor.«

Diesmal reichte ich ihm ohne Störung die Hand, und er hielt sie einen Augenblick fest.

»Habt Ihr Euch von der Reise erholt?«

»Oh ja. Ich fühle mich viel besser.«

»Gefällt Euch Paris? Abgesehen von den widrigen Umständen, meine ich.«

Ich hätte ewig so stehen, hinauf in das dunkle Gesicht schauen und der tiefen, warmen Stimme lauschen mögen, doch Nisanis warnende Worte klangen mir in den Ohren. Also würde ich versuchen, etwas über diesen Mann herauszufinden, ehe ich ihm mein Vertrauen schenkte.

»Es ist eine beeindruckende Stadt. Lebt Ihr hier?«

»Zurzeit ja. Woher stammt Ihr?«

»Ich komme aus La Rochelle, meine Eltern sind vorübergehend nach Paris gezogen, deshalb besuche ich sie. Mein Vater ist Tuchhändler, und meine Mutter ist Malerin.« Ich biss mir auf die Zunge. Hatte ich nicht Informationen über ihn erhalten wollen? Warum gab ich nun alles von mir preis?

Mir blieb keine Zeit, darüber wütend zu sein, denn Alexandre antwortete: »Tuchhändler, ja? Ich versuche ebenfalls, einen Handel aufzubauen. In diesen Tagen ist es allerdings schwierig, Kunden zu finden, die an langfristigen Geschäftsbeziehungen interessiert sind.«

»Womit handelt Ihr?«

»Mit Kräutern und Gewürzen.«

»Ihr seid Gewürzhändler? Seid Ihr denn Holländer? Ich habe gelernt, dass diese den Gewürzhandel beherrschen.«

Ich musterte Alexandres Gesicht, so gut seine Kapuze es erlaubte. Die schwarzen Augen und die dunklen

Brauen waren deutlich zu erkennen, ebenso der kräftige Hautton. Zwar kannte ich keinen einzigen Holländer, hatte sie mir jedoch stets hellhäutig und -haarig vorgestellt.

Alexandre lachte. »Nein, ich bin Franzose. Mein ...« Er brach ab, zögerte, dann räusperte er sich. »Entschuldigt bitte. Die Kälte. Die Mutter meines Vaters ist Holländerin, daher hat er gute Beziehungen zu den Händlern dort. Oh, das erinnert mich an etwas.« Er zog ein Päckchen unter seinem Umhang hervor und reichte es mir. »Für Euch. Ein frohes neues Jahr wünsche ich.«

Ich wusste nicht, was ich sagen sollte. Er war meinetwegen hier, hatte in der Nähe gewartet, nur um mir ein Geschenk zu bringen? Ich war fassungslos. Konnte es sein, dass dieser junge Mann ehrliches Interesse an mir hatte?

Als ich mich nicht rührte, öffnete er das Stoffpäckchen ein Stück und hielt es mir vor das Gesicht. Ein scharfer Geruch stieg mir in die Nase, süß und herb gleichzeitig. So etwas hatte ich noch nie gerochen.

»Was ist das?«

»Es sind die Schalen einer Knolle, die sich Zingiber – oder Ingwer – nennt. Wenn Ihr sie in heißes Wasser gebt und ziehen lasst, erhaltet Ihr einen scharfen, aber schmackhaften Trank, der Euch die Seuchen der Stadt vom Halse hält.«

»Wirklich?« Vorsichtig nahm ich mein Geschenk an mich. »Ich danke Euch! Nur habe ich nichts, was ich Euch geben kann.«

»Es genügt, wenn Ihr mir Eure Freundschaft schenkt, Laure.«

Dummes, vertrauensseliges Kind. Nisanis Stimme klang so laut in meinem Kopf, als würde meine Cousine neben mir stehen. Ich verscheuchte sie und lächelte Alexandre an. Ein wenig Freundlichkeit würde schon nicht zu Ärger führen.

»Gern, Monsieur Victor.«

»Könnten wir denn die Förmlichkeiten ablegen, da wir nun Freunde sind?«

»Gern, Alexandre.« Es fühlte sich gut an, ihn mit dem Vornamen anzusprechen, da ich dies ohnehin im Geiste schon die ganze Zeit tat.

»Darf ich dich morgen wiedersehen, Laure?«

Jeden Tag, wenn du willst! Das hätte ich am liebsten gerufen, so sehr verzauberte mich der dunkle Blick. Er sah mich an, nur mich, nicht meine Cousine, nicht die anderen älteren Mädchen. Er wollte mein Freund sein, obwohl er bisher nur mein Gesicht gesehen hatte, mein langweiliges, fades Mädchengesicht. Unter den Massen von Fell und Wolle konnte er unmöglich erkannt haben, dass ich bereits den Körper einer Frau besaß. Dennoch sah er mich an, als hielte er mich für eine.

»Mein Vater und ich werden wieder ausgehen, um an Essen zu gelangen. Wir kehren gewiss um die gleiche Zeit zurück wie heute.«

»Ich werde hier sein.«

Er nahm meine Hand und führte sie an sein Gesicht, küsste sie jedoch nicht, sondern presste sie kurz an seine Wange. Er war glatt rasiert, dennoch war ein Schatten des Bartwuchses zu erkennen. Seine Haut war weich und eiskalt, und die Berührung durchfuhr mich wie ein Blitz. Als die Tür hinter mir aufging und mein Vater hinausschaute, war Alexandre längst verschwunden. Ich stand noch immer da und starrte die Straße hinunter, unfähig, mich zu bewegen. Inzwischen hatte ein eisiger Schneeregen eingesetzt.

»Was ist mit dir, Tochter? Kommst du nicht zum Essen? Denk dir, es gibt Wurst und Brot!«

Er lachte, und ich stimmte ein. Alexandres Zauber war gebrochen. Doch ich würde ihn wieder spüren, am nächsten Tag, und, wenn ich es geschickt anstellte, vielleicht noch viele weitere Tage.

»Woher hast du dieses ... Gewürz?« Mit angewidertem Gesicht musterte meine Mutter die trockenen, braunen Stückchen, die ich in eine Holzschale schüttete. Das duftende Stoffstück, in das sie eingewickelt gewesen waren, schob ich in den Ausschnitt meines Kleides.

»Von einem Freund.« Ich wusste bereits, als ich die Worte aussprach, dass sie sie nicht zufriedenstellen würden. Und tatsächlich traf mich der Blick der grauen Augen wie ein Hieb.

»Du bist gerade einmal zwei Tage in der Stadt, Laure. Woher willst du einen Freund haben?«

»Er hat uns kurz vor unserer Ankunft vor einem Überfall bewahrt.«

Ich hörte Nisanis spöttisches Auflachen, ließ den Blick meiner Mutter aber nicht los.

»Das genügt dir, um Freundschaft zu schließen?«

»Ich habe auf der Reise ebenso viele gute wie schlechte Menschen getroffen. Ja, ich denke, ich kann das unterscheiden.«

»Die Menschen sind nicht nur gut oder schlecht«, sagte meine Mutter. Ihr Ton klang liebevoll, doch ihre

Augen sprachen von alten Verletzungen. »Du bist zu jung, um dies zu wissen, Laure.«

»Was hat das mit dem Alter zu tun? Ich gebe dir recht. Wenn ich nie aus La Rochelle herausgekommen wäre, würde mir die Erfahrung fehlen. Doch die Reise hat mir vieles offenbart, das mir unbekannt war. Ich bin kein Kind mehr.«

Sie ging nicht auf meine Worte ein. »Wir haben dich zu lange allein gelassen«, murmelte sie nur. »Das müssen wir wiedergutmachen.«

Maman bestand darauf, dass wir den Zingiber in der Schale liegen ließen und keinen Trank daraus zubereiteten.

»Wir nehmen nichts zu uns, was uns ein Unbekannter gibt, ohne dass er etwas dafür verlangt.«

Am nächsten Tag ließ mich mein Vater nicht aus den Augen, und nach dem Einkauf schob er mich sogleich durch die Haustür hinein. Ich wehrte mich, doch er blieb unerbittlich. Über seine Schulter hinweg sah ich Alexandre an der Straßenecke stehen, hinter einem Schleier aus Schneeregen. Er hob die Hand zum Gruß. Wenigstens hatte er gesehen, dass ich nicht freiwillig das Treffen mit ihm versäumte.

Was er allerdings gesehen hatte, war, dass ich wie ein Kind behandelt wurde, und ich schämte mich furchtbar. Ich rannte die Treppe hinauf in mein Zimmer, das einmal das meiner Mutter gewesen war, und warf die Tür hinter mir zu. Dann stürzte ich zum Fenster und riss es auf. Hier oben befanden sich – anders als im unteren Geschoss – keine Gitter davor, sodass ich mich weit hinauslehnen konnte. Dicke, nasse Schneeflocken schlugen mir ins Gesicht. Alexandre war noch da, stand auf den Stufen vor der Kirche und starrte den Hauseingang an, als hoffe er, dass ich doch noch wieder herauskäme. Ich brach einen Eiszapfen vom Fenstersims ab und warf ihn auf die Straße in der Hoffnung, seine Aufmerksamkeit zu erregen. Ich hatte Erfolg. Alexandre sah zu mir herauf, und ich winkte. Ich wollte nicht zu ihm hinabbrüllen wie ein Marktschreier, also verlegte ich mich auf Zeichen, hob die Schultern, um ihm zu zeigen, dass es mir leidtat. Ich meinte, sogar über die Entfernung seinen Blick zu spüren.

Am nächsten Abend prasselte ein so heftiger Regen an die Fenster des Salons, dass wir uns kaum unterhalten konnten. Als Nisani und ich ins Bett gingen, verwandelten sich die harten Tropfen eben in das sanfte Rieseln von Schnee. Ich starrte aus dem Fenster, sah im dumpfen Schein irgendeines fernen Feuers die dicken Flocken fallen, bis ich so müde wurde, dass mir die Augen zufielen.

Am Morgen erwachte ich mit dem Gefühl, nicht in einem Bett unter der warmen Decke zu liegen, sondern auf der Straße inmitten eines Unwetters. Ich fror so sehr, dass meine Zähne aufeinander schlugen. Ich hatte mir nicht vorstellen können, dass die Kälte noch heftiger werden konnte, doch es war passiert. An diesem Tag kam Alexandre nicht, und auch mein Vater und ich gingen nicht aus. Er verbrachte den ganzen Tag damit, die Stühle im Salon zu Kleinholz zu verarbeiten. Wir hielten uns nur noch in der Küche auf, um das Feuer gleichzeitig zum Kochen und zum Wärmen benutzen zu können. Einzig Madame Chemin blieb in ihrem Zimmer, und wenn Maman von dort zu uns in die Küche kam, waren ihre Lippen blau gefroren.

»Madame will nicht mehr essen und trinken, sie schickt mich fort. Es geht zu Ende. Sie verbietet mir, ihr Schlafgemach zu heizen. Was soll ich nur tun?«

»Erfrieren ist wie Einschlafen, Maman. Vielleicht wählt die alte Dame einen gnädigeren Tod als den, der für sie vorgesehen war.«

Maman zog die Augenbrauen hoch, sagte aber nichts. Auf ihr Gesicht legte sich ein nachdenklicher Ausdruck. Sie nahm meine Hand und drückte sie.

Am folgenden Tag stapften mein Vater und ich durch den tiefen, hart gefrorenen Schnee zu den Markthallen. Ich fühlte mich wie ein Stoffballen und sah gewiss auch so aus. Wir hatten die aus dem Lager geretteten Stoffe zerschnitten und notdürftig Kleidungsstücke daraus gefertigt, um uns noch wärmer anziehen zu können. Nur so war der strenge Frost zu ertragen.

In den Hallen erwartete uns ein Schauspiel, das amüsant hätte sein können, wären wir nicht ein Teil davon gewesen. Tische wurden über den Haufen gerannt, Händlern die Ware aus den Händen gerissen, Münzen flogen umher, kreischende Frauen und Männerfäuste trafen aufeinander. Papa befahl mir, am Rande des Geschehens zu bleiben, und stürzte sich mitten hinein.

Eine Hand legte sich auf meine Schulter. Ich fuhr herum und sah mich Alexandre gegenüber, seinen schwarzen Augen und dem Lächeln, das mich mehr wärmte als jedes Stück Tuch. Er zog mich weiter von den Kämpfenden fort. In einer abgeschiedenen Ecke der Markthalle nahm er mich in die Arme.

»Ich konnte gestern nicht kommen.«

»Du hast mir gefehlt«, platzte ich heraus. Nisani hätte mich dafür geohrfeigt, Alexandres Gesicht jedoch zeigte keine Spur von Überheblichkeit aufgrund meiner Offenbarung, nur Freude. Mich überkam ein heftiger Drang, ihm den Umhang vom Leib zu reißen, um ihn ansehen zu können, seine Haare, seinen Körperbau, all die Dinge, die der Winter vor mir verbarg. Doch ich begnügte mich damit, ebenfalls meine Arme um ihn zu legen und meine Wange an seine Brust zu schmiegen. Er roch nach Minze und frischer Luft.

Als mir bewusst wurde, was ich tat, löste ich mich rasch von ihm, erschrocken über meine Kühnheit. Mit rasendem Herzen trat ich einen Schritt zurück. Alexandres Blick blieb liebevoll auf mich gerichtet.

»Du hast mir auch gefehlt, Laure. Aber meine Abwesenheit war notwendig. Ich habe ein Geschenk für dich.«

»Oh, sind es wieder Kräuter?« Ich hoffte, er würde mich nicht fragen, wie mir der Zingiber geschmeckt hatte. Schließlich hatte ich ihn nicht verwenden dürfen.

»Nein. Dieses ist etwas Besonderes.« Er zog eine tote Ente aus einem Beutel und hielt sie mir vor die Nase. Im ersten Augenblick überkam mich eine Welle des Ekels, dann jedoch malte ich mir aus, wie das Tier gebraten schmecken würde, und leckte mir die Lippen. Rasch ließ Alexandre die Ente wieder im Beutel verschwinden und reichte ihn mir. »Zeig sie niemandem, bevor du zu Hause bist. Du siehst ja, wozu die Menschen fähig sind.«

»Woher hast du die?«

»Ich ging im Wald spazieren, da lief sie mir über den Weg. Das war unklug von ihr.« Sein schelmisches Grinsen fuhr mir mitten ins Herz.

»Ist das nicht Wilderei?«

»Siehst du jemanden, der mich dessen anklagen wird? Der König sitzt in seinem warmen Schloss, frisst sich fett und wirft dem Volk Krumen in Form von öffentlichen Feuern und Suppenküchen zu. Gewiss werden die laschen Brühen aus den von ihm abgenagten Knochen gekocht.«

Trotz der harten Worte klang Alexandres Tonfall noch immer weich, fremd und außergewöhnlich in dem Gebrüll der Menschen um uns herum.

»Hast du selbst genug zu essen?«

»Oh ja, ich komme zurecht«, antwortete Alexandre und nahm seinen Blick von mir. Da erst fiel mir auf, dass ich keine Ahnung hatte, wo und wie mein Freund lebte.

»Möchtest du nicht zu uns zum Essen kommen? Die Ente reicht für uns alle.«

»Besser nicht. Ich habe das Gefühl, dass deine Eltern nicht erfreut wären. Sieh mal, dein Vater sucht dich schon. Bis bald.« Er küsste mich auf die Wange und verschwand in der Menge. Ich hielt meinen Beutel umklammert und bemühte mich, nicht in die Knie zu gehen.

Wie konnten Lippen so warm sein bei dieser Kälte?

Da erblickte mich mein Vater und kam herüber, das Gesicht grau vor Ärger und Enttäuschung.

»Ich habe nichts ergattert, nicht einmal ein Stückchen Brot. Wir werden heute hungern müssen.«

»Müssen wir nicht. Mir ist ganz unerwartet etwas zugeflogen. Ich zeige es dir, wenn wir zu Hause sind.«

Papa sah mich verwirrt an, dann nahm er mich am Arm und führte mich aus der Markthalle.

Die Ente wurde bejubelt, sogar Nisani lächelte. Meine Mutter schien ebenfalls ihre Abneigung gegen Lebensmittel fremder Herkunft abgelegt zu haben. Wir aßen an diesem Abend so gut wie schon lange nicht mehr, zwar nicht so viel, wie wir alle gern gewollt hätten, doch es reichte, um endlich einmal das hohle Gefühl aus dem Bauch zu vertreiben. Wir pickten jeden Krümel Fleisch von den Knochen und warfen die Brocken in die Töpfe, in die Sandrine das flüssige Entenfett gefüllt hatte. So würden wir für viele Tage sättigenden Brotaufstrich haben. Wenn wir denn Brot bekommen konnten.

16

Julie schrak aus ihrem Traum. Es war einer jener schrecklichen Träume gewesen, in denen sie ihren Großvater schreien hörte und sich nicht bewegen konnte, nichts zu tun vermochte, um ihm zu Hilfe zu kommen.

Sie setzte sich auf und rieb sich mit steifen Fingern über das Gesicht, doch die Bilder wollten nicht vergehen, die Erinnerungen an diesen letzten Nachmittag mit ihrem Großvater. An jenem Tag hatte er ihr den Namen der Schlange genannt, die ihn auf dem Gewissen hatte.

Lianne Cartier-Lavie.

Sie war seine Dienstmagd gewesen. Er hatte sie als mittelloses Kind in seinen Haushalt aufgenommen, doch von Anfang an war sie aufsässig gewesen. Sie hatte seine geliebte Tochter gequält, sich undankbar gezeigt und war am Ende fortgelaufen. Er hatte sie verfolgt und gesucht, schließlich war sie sein Eigentum. Jahrelang hatte er sie ernährt, ihr ein Dach über dem Kopf geboten, und sie lief ihm fort, lange bevor sie diese Schuld durch Arbeit beglichen hatte. Da war es doch sein gutes Recht, sie zurückzuholen. Doch inzwischen hatte sie Freunde. Eine dieser Vertrauten der elenden Magd – eine Wilde vom anderen Ende der Welt – hatte ihn so schwer verletzt, dass er die Beweglichkeit seines

Armes eingebüßt hatte. Sie hatten es so hingestellt, als sei er selbst dafür verantwortlich, und er und seine Tochter hatten fliehen müssen.

Das war der Anfang vom Ende seines Lebens gewesen.

Ihre Mutter gab dem Opium die Schuld, ihr Vater der Schwäche des Großvaters, dem es nicht gelungen war, sich einen neuen Lebensinhalt zu suchen.

Doch sie, Julie, wusste es besser. Die Magd war schuld, einzig und allein. Sogar daran, dass sie selbst jetzt hier war. Niemals hätte ihr Großvater erlaubt, dass sie fortgeschickt wurde!

Wenn doch nur an jenem Nachmittag nicht geschehen wäre, was geschehen war ... Julie wollte es nicht, doch die Szene spielte sich wieder und wieder in ihrem Geiste ab.

Sie saß wie so häufig in der Hütte des Großvaters. Sie unterhielten sich, er nannte ihr den Namen, beschrieb ihr die Magd, der nun ihr ganzer Hass galt. Er erzählte von einer weiteren Frau, seiner früheren Verlobten, der ersten, die ihn verletzt hatte. Sie sei die Mutter der Dienstmagd. Julie hörte mit großen Augen zu, als er berichtete, dass er ein verliebter junger Mann gewesen war, der der Frau die Welt zu Füßen gelegt hatte. Sie hatte ihn betrogen, und aus diesem Betrug war jene Lianne entstanden.

Voller Mitleid schmiegte sich Julie an ihren Großvater, obwohl die Opiumdämpfe ihr den Atem nahmen. Er weinte sogar, während er rauchte, überwältigt von dem Verrat, zog sie mit seinem gesunden Arm an sich und legte seinen Kopf an ihre Schulter. Er nannte sie Java, beschwor sie, bei ihm zu bleiben. Sie sei doch alles, was er habe. Beinahe wäre es ihr nicht gelungen, sich aus seiner Umarmung zu befreien, als sie gehen wollte, so fest hatte er sie gepackt. Da er seit Langem nur einen Arm benutzen konnte, war dieser über die Jahre muskulös und kräftig geworden. Sie wand sich, schob ihn von sich, kämpfte mit seinem eisernen Griff, machte sich endlich los, rannte blind hinaus und schlug die Tür hinter sich zu. Sie lief zum Pferdestall, sattelte ihre Stute und wollte reiten, nur noch den Wind spüren, die Tränen des Großvaters auf ihrem Kleid trocknen. Als sie den Stall verließ und das Tier sich in Bewegung setzte, sah sie den dicken, schwarzen Rauch aufsteigen. Sie trieb das Pferd zum Galopp an, raste über das Grundstück, hinüber zur Hütte ihres Großvaters. Mit Entsetzen sah sie die lodernden Flammen, hörte das Knistern, das Knacken, das Brechen von Balken, dann stürzte vor ihren Augen das Dach der Hütte ein. Und ihre Welt.

Ihr Vater hatte ihr erklärt, wie es zu dem Feuer gekommen war. Ihr Großvater musste im Rausch die Laterne umgeworfen haben. Mehr sagte er nicht, doch Julie wusste, was er verschwieg. Ihr war aus den jahrelangen Erfahrungen mit den Rauschzuständen ihres Großvaters klar, dass er noch nicht geschlafen haben konnte, als das Feuer ausbrach. Er war bei vollem Bewusstsein verbrannt, unfähig, sich zu rühren.

Sie wusste, dass ihr Vater log, um sie zu beschützen. Er war keineswegs sicher, dass sein Schwiegervater den Brand selbst verursacht hatte. Auch er kannte den Verlauf des Rausches, wenn nicht aus eigener Erfahrung, so doch aus der Beobachtung anderer Männer. In dem Zustand, in dem Julie ihn verlassen hatte, bewegte er sich gewöhnlich nicht mehr so stark, dass er eine Lampe umwerfen würde. Sie hatte ihren Eltern unter Tränen gestanden, dass sie kurz vor dem Feuer in der Hütte gewesen war. Sie hatten sie in die Arme genommen, beide, hatten sie fest an sich gedrückt und nicht gescholten. Dies war ein schlechtes Zeichen, denn ihre Mutter hatte es nicht gern gesehen, wenn Julie ihren Großvater außerhalb der Mahlzeiten im Haupthaus sah.

War sie selbst es gewesen? Lag das Feuer in ihrer Verantwortung? Sie hatte beim Hinauslaufen nicht achtgegeben, hatte nur fortgewollt, bevor der Anfall kam. Hatte sie mit ihrem Kleid die Laterne gestreift?

Wie oft hatte sie seitdem nachts wachgelegen und gegrübelt. Auch jetzt konnte Julie nicht wieder einschlafen, starrte in die Dunkelheit, bis der Morgen graute. Der inzwischen vertraute Anblick der Eisblumen auf den Fenstern überraschte sie nicht, verärgerte sie jedoch umso mehr. Es konnte doch nicht für immer so kalt bleiben! Sie warf einen Blick auf die übrigen Betten im Zimmer. Noch rührte sich nichts, doch bald schon würden die Nonnen hereinkommen und die Mädchen wecken. Und so geschah es. Schwester Agathe erschien in der Tür und klatschte in die Hände.

»Meine lieben Schülerinnen, aufstehen bitte!«, rief sie fröhlich.

Jeden Morgen dieselben Worte, jeden einzelnen Morgen in diesem elenden Gefängnis. Julie wurde übel vor Wut.

Dann jedoch änderte sich etwas. Die Nonne sprach weiter.

»Heute wird es keinen Unterricht geben.«

Aha, sie wollen Holz sparen. Julie verzog das Gesicht.

»Stattdessen machen wir einen Ausflug. Zieht euch warm an, wir gehen in eine Kunstausstellung!«

Murren hob an, doch keines der anderen Mädchen traute sich, den Mund aufzumachen. Julie seufzte.

»Wir sollen hinausgehen, bei der Kälte?«, fragte sie.

»Nun, wir haben entschieden, dass es euch guttun wird, wieder einmal draußen zu sein und andere Dinge zu sehen. Ihr kommt uns in den letzten Tagen ein wenig traurig vor.«

»Also gehen wir in die Stadt, um uns erfrierende Menschen anzusehen, beraubt zu werden und uns eine der Seuchen einzufangen?«

»Julie! Wie kommst du nur auf solche Geschichten? Wir werden selbstverständlich in Begleitung gehen und uns von den Kranken fernhalten. Und nun genug! Macht euch bereit.«

Julie erkannte mit heimlicher Freude, dass es ihr gelungen war, die Fröhlichkeit aus der Stimme der Nonne zu vertreiben.

Nach dem Frühstück, das auch im Kloster langsam kärger wurde, brachen die zwanzig jungen Mädchen auf. Ihre bewaffneten Wächter scheuchten sie wie eine Horde Vieh durch die Straßen, schirmten sie vor Blicken von Fremden ab und ihre eigenen Blicke vor dem Elend, das die Stadt im Griff hatte. Dennoch sah Julie genug. Zu viel eigentlich. Sie wollte kein Mitleid haben – wer hatte schließlich Mitleid mit ihr? Diese Stadt hatte alles Schlechte verdient, das ihr widerfuhr. Sie hatte ihren Großvater auf dem Gewissen!

In Zweierreihen betraten sie den massigen Bau des Louvre-Palasts, eine Gruppe sittsamer Klosterschülerinnen unter der Führung von Schwester Agathe, die mit verzücktem Gesicht die einstige Pracht der Innenräume musterte.

»Habt ihr so etwas schon einmal gesehen, Mädchen?«

Innerlich lachte Julie die Frau aus. Nichts an dem, was sie hier sah, beeindruckte sie. Alte Steine hatten nichts mit ihr zu tun, sie wollte Wärme, Licht, Leben! Man sah schließlich an Agathe, was geschah, wenn man zu lange hinter dicken Mauern verschwand. Das schwachsinnige Grinsen brachte Julie in Wut, doch sie zügelte sich und lief brav mit den anderen hinter ihr her.

Ein großer, dünner Mann, bekleidet mit einem fleckigen Kittel, trat auf sie zu.

»Ah, die Schülerinnen, wie schön. Ich bin Maurice Dupont, einer der Maler, die hier ausstellen. Ich werde euch durch die Exposition führen.«

Was war nur mit dieser Stadt, dass all ihre Bewohner so lächerlich waren? Nicht einen einzigen Menschen hatte Julie getroffen, den sie nicht verabscheute und im Stillen auslachte. Dieser Mann tat, als besuchten sie die größte Ausstellung der Welt und nicht einen armseligen *Salon*, der von den sogenannten Künstlern selbst betreut wurde, da es keinen Auftraggeber gab. Es war kaum wärmer hier drinnen als in den Straßen, die spärliche Beleuchtung aus zu wenigen Kerzen ließ die meisten der Gemälde in der Dunkelheit liegen. Julie war es gleich, sie warf ohnehin nur abfällige Blicke darauf. Was interessierten sie bemalte Stoffstücke, die an kalten Steinwänden hingen? Lustlos folgte sie der Gruppe durch die verschiedenen Räume.

»Nun kommen wir zu den Gemälden von Lianne Cartier.«

Julie schrak aus ihrer Teilnahmslosigkeit. Dieser Name ... Hatte sie sich verhört? Oder gab es ihn mehrmals? Sie trat dicht vor das erste Gemälde und kniff die Augen zusammen, um es besser sehen zu können. Das Bild zeigte eine fremdartige Landschaft, Bäume mit fedrigen Blättern, wie sie sie aus ihrer Heimat kannte, bunte Vögel und – ein dunkles Mädchen mit schrägen Augen.

Da sprach der dünne Mann weiter. »Madame Cartier ist eine Künstlerin aus La Rochelle, die in Paris die Malerei studiert hat. Schon in sehr jungen Jahren feierte sie große Erfolge und ist zu einem festen Bestandteil unserer Salons geworden.«

Nun war Julie sicher. Sie ballte die Hände zu Fäusten. Die elende Dienstmagd lebte, und sie malte das Weibsstück, das ihren Großvater verletzt hatte!

»Julie? Was hast du, Kind? Ist dir kalt?«

Am liebsten hätte sie Schwester Agathe ins Gesicht geschlagen. Selbstverständlich war ihr kalt, das war es wohl allen, aber das Eis, das ihr Herz befallen hatte, war von anderer Natur. Doch sie zwang sich zu einem Lächeln und wandte sich an den dünnen Mann.

»Diese Malerin – lebt sie noch in Paris?«

»Nein, doch zu den Ausstellungen kommt sie meistens her. Es ist schade, dass sie heute nicht im Louvre ist, um euch die Gemälde selbst zu erklären. Sie hat diese Länder bereist, die sie abbildet, müsst ihr wissen, und sie weiß äußerst interessant zu berichten. Leider ist ihre alte Lehrherrin erkrankt, sodass sie sich um sie kümmern muss. Folgt mir in den nächsten Raum, dort hängen die Bilder dieser Dame. Charlotte Chemin ist eine Meisterin der Naturmalerei. Sie hat lange Jahre im Louvre-Palast und in ihrer Wohnung in der *Rue Saint-Honoré* gemalt ...«

In ihrer Wohnung in der Rue Saint-Honoré ... Julie wiederholte den Namen im Stillen, bis sie sicher war, ihn nicht zu vergessen. In dieser Straße befand sich ihre Feindin, diejenige, die das Leben ihrer Familie zerstört hatte. Diejenige, die schuld war, dass sie nun hier in der Kälte leben musste, weit weg von ihren Pferden, ihren Blumen, all dem, was sie kannte und liebte.

Sie würde bezahlen.

Die elende Magd würde bereuen, dass sie je das Licht der Welt erblickt hatte!

Julie wusste nicht, wie sie es anstellen sollte, doch irgendwie würde es ihr gelingen. Sie würde ihren Großvater rächen! Ihre Gedanken rasten, wirbelten, drehten sich im Kreis. Rasches Handeln war notwendig, ehe das Weib abreiste. Julie musste es fertigbringen, das Kloster verlassen zu dürfen. Dann würde sie die Wohnung finden, sich von den Gegebenheiten dort überzeugen und ihren Plan schmieden. Es musste ein guter Plan sein, er musste gelingen.

In den folgenden Tagen war Julie ausgesprochen freundlich, überaus hilfsbereit, Worte der Dankbarkeit sprudelten aus ihr heraus.

»Es war so wundervoll, durch die Stadt gehen zu dürfen. Ich hatte sie mir ganz anders vorgestellt! Es ist ja gar nicht dreckig und gefährlich dort, und ich wünsche mir so sehr, dass ich wieder einmal hinausgehen darf.

Habt Ihr nicht etwas zu erledigen, das ich machen könnte?«

Große, runde Augen, ein liebenswürdiges Lächeln – Julie hatte den Blick vor dem Spiegel geübt, und er verfehlte seine Wirkung nicht. Schwester Agathe musste annehmen, dass ihre Erziehung endlich Erfolg zeigte. Sie nahm Julie bei den Händen.

»Du liebes Mädchen. Unsere Köchin freut sich gewiss über Hilfe bei ihren Besorgungen. Für den Schulunterricht ist es ohnehin zu eisig.« Sie seufzte unglücklich auf. »Außerdem ist der Einkauf in diesen Tagen keine Freude. Die Lebensmittel sind knapp, man muss beinahe durch die ganze Stadt laufen, um noch etwas zu bekommen, und die Preise! Es gibt zu viele Menschen, die aus der Not ein Geschäft machen wollen. Wenn die doch nur wüssten, was Gott für die guten Seelen bereithält. Sie würden gewiss anders handeln.«

Julie ließ das Lächeln auf ihrem Gesicht einfrieren, um ihre wahren Gedanken nicht zu verraten. Durch die ganze Stadt laufen – das klang vielversprechend!

»Ich gehe rasch zur Köchin und biete meine Hilfe an. *Merci beaucoup*, Schwester Agathe.«

Damit drehte sich Julie um und rannte davon.

17

Nisanis Stimmung besserte sich nicht. Sie litt unter der Enthüllung, dass ihre Mutter beinahe meinen Vater getötet hätte, ebenso wie unter ihrer Schändung und dem Verlust von Nicolas. Sie wurde stiller und stiller, und ich sah Maman an, dass sie sich nicht nur um das Leben der alten Hausherrin sorgte, sondern auch um das meiner Cousine.

Diese Umstände lenkten einen Teil ihrer Aufmerksamkeit von mir ab. So sagte sie nichts, als ich eines Abends den Zingiber aus der Schale mit warmem Wasser aufgoss und der Familie zu trinken gab. Der Löffel Honig, den ich hinzufügte, nahm dem Getränk ein wenig seiner Schärfe, doch es wärmte mich innerlich so auf, dass ich nicht genug davon bekommen konnte. War dies wahrhaftig die Wirkung des Gewürzes oder vielmehr der Gedanke an Alexandre, den ich beim Trinken die ganze Zeit vor Augen hatte?

Er kam jeden Tag, schenkte mir Blicke und Gewürze, die er als winzige Päckchen in eine Kerbe in der Hauswand steckte, sodass ich sie nach den Ausflügen mit meinem Vater unbemerkt an mich nehmen konnte. Immer wieder waren auch die scharfen, braunen Wurzelstücke dabei. Ich glaubte unerschütterlich an ihre heilsame Wirkung, und tatsächlich blieb meine Familie von den Seuchen der Stadt verschont.

Mein heimlicher Freund wurde zu einem festen Bestandteil meines Lebens, wie das karge Frühstück mit der Familie, der immer beschwerlichere Einkauf mit Papa und die abendlichen Gespräche in der Küche. Oft folgte Alexandre uns in die Markthallen und nahm mich unbemerkt zur Seite, während mein Vater im Getümmel um Nahrung kämpfte. Sie wurde täglich knapper. Nachrichten erreichten Paris, dass die Seine und ihre Zuflüsse so zugefroren seien, dass Schiffe sie nicht mehr befahren konnten. Innerhalb der Stadt sah man noch freie Stellen in der Mitte des Stroms. Nur an den Rändern und um die Brückenpfeiler herum war das Eis so dick, dass man darauf herumlaufen konnte. Außerhalb von Paris dagegen, so sagte man, war das Gewässer unpassierbar. Die Lebensmittellieferungen blieben aus, und damit wurde die Not in der Stadt immer größer. Alexandre jedoch steckte mir regelmäßig Rüben und anderes Gemüse zu, manchmal Brot oder sogar Fleisch, woher auch immer er es bekam. Ich fragte nicht, sondern nutzte die kurzen Augenblicke, um mich an ihn zu schmiegen und seiner Stimme zu lauschen, die von kommenden Sommern und Hoffnung sprach.

Papa wunderte sich bald nicht mehr über mein unerklärliches Glück, an Lebensmittel zu gelangen, während er keinen Erfolg hatte. Auch das Holz, das wie von Geisterhand vor unserer Tür abgelegt wurde, nahmen wir dankbar an, ohne Fragen zu stellen. Die Tage vergingen, und bald hatte ich mich so an das Frieren und das wenige Essen gewöhnt, dass ich mich kaum noch an einen anderen Zustand erinnern konnte. Ich war mit meinen Eltern zusammen, musste sie nicht länger vermissen, doch es brachte mir nicht das erhoffte Glücksgefühl. Sie schlossen mich weiterhin aus, sperrten mich ein, trauten mir nicht zu, Entscheidungen zu treffen. Ich nahm es ihnen übel, dass mir mit Alexandre nichts als geheime, gestohlene Augenblicke blieben. Etwas mehr Wärme und Freundlichkeit hätten in diesem Winter sicherlich nicht geschadet!

Das Wetter zeigte sich fortwährend eisig, die ganze Stadt lag unter einem dicken Nebel, der von den vereisten Brunnen und vor allem vom Fluss aufstieg. Trinkwasser war nur in gefrorenen Blöcken zu beschaffen, und oft mussten wir Durst leiden, ehe wir genug Wasser zum Trinken aufgetaut hatten. In die Lager am Kornhafen hatte sich die Fäulnis geschlichen, im Weinhafen waren unzählige gefüllte Fässer geborsten. Alle Kleidungsstücke waren klamm, der lange Winter kroch einem in die Knochen, die Tage hielten wenige Freuden bereit. Das Leben in Paris, wie meine Mutter es mir so oft beschrieben hatte, kam vollständig zum Erliegen. Die Kaffeehäuser und viele Geschäfte öffneten nicht mehr, es fanden weder Konzerte noch Aufführungen statt. Die Ausstellung im Louvre-Palast wurde trotzig aufrechterhalten, doch wenige Menschen besuchten sie.

Als wir eines Morgens in die Küche kamen, weinte Maman still am Tisch.

»Hat Madame Chemin es überstanden?«

»Sie sieht ganz starr und friedlich aus.«

»Dann ist es gut, Maman. Sie war doch alt.«

»Ja, es ist gut. Sie muss nicht mit ansehen, wie wir ihr Hab und Gut den Flammen zum Fraß vorwerfen.«

»Sie hätte es verstanden. Sie hat doch immer alles für dich und Papa getan.«

Maman lächelte unter Tränen, dann versank sie in die Welt der Erinnerung. Ich verließ die Küche, froh, dass Nisani bei meiner Mutter zurückblieb. Ich hörte meinen Vater im Salon Holz hacken, trat aus der Haustür und blickte die Straße entlang. Es war nicht die übliche Tageszeit, zu der ich Alexandre erwartete, doch ich hoffte so sehr, er wäre dort. Wir hatten weitere kurze Augenblicke miteinander gestohlen, in den Markthallen, im Vorbeigehen auf der Straße. Flüchtige Berührungen, wenige Worte, die doch so vieles sagten. Meine Sehnsucht nach seinen schwarzen Augen wurde immer stärker, ich wollte ihm nahe sein, ihn endlich küssen! Vor dem Einschlafen stellte ich mir sein Gesicht vor, die schmale Nase, das Kinn mit dem Schatten von Barthaaren, der trotz Rasur stets dort war, die vollen Lippen und die kräftigen Augenbrauen. Und dann träumte ich von ihm, so wirklich, als wäre er da. In diesen Träumen geschah viel mehr zwischen uns als das, was am Tag tatsächlich passierte. Manchmal schrak ich aus dem Schlaf, und das Zittern, das meinen Körper durchlief, rührte nicht von der Kälte her.

Selbstverständlich begann ich mich zu fragen, warum er so viel Zeit hatte, vor meiner Tür zu stehen, ob ich es nicht seltsam finden sollte, dass er mich zu beobachten schien. Ich konnte noch immer nicht glauben, dass sich jemand für mich interessierte. Aber er tat es, hörte mir aufmerksam zu, wenn ich von unserer Reise erzählte, tröstete mich über die Schrecken hinweg, die ich hatte erleben müssen. Seine Nähe gab mir eine Sicherheit, die ich seit dem Aufbruch aus La Rochelle nicht mehr gespürt hatte. Nein, eher seit der Abreise meiner Eltern im Sommer des vergangenen Jahres, dessen Wärme angesichts der herrschenden Umstände nur noch eine ferne Erinnerung war.

Ich konnte nicht anders. Ich vertraute diesem jungen Mann, von dem ich so wenig wusste. Er sei in seinem neunzehnten Lebensjahr, so viel hatte er mir verraten, und er wolle eine Nebenstelle des Geschäfts seines Vaters in Paris aufbauen. Damit war er ein Jahr jünger als Nisani und Nicolas, doch er kam mir viel reifer vor. Er wusste, was er wollte. Er würde nicht verschwinden, um sich seiner Verantwortung zu entziehen.

Das hoffte ich.

Nein, dessen war ich mir sicher!

Alexandre. Mein Retter. Der Mann, der mir Kräuter und Enten und flüchtige Gespräche brachte, Holzscheite und Brot und Geheimnisse.

Alexandre. Ich flüsterte seinen Namen, als könne ich damit den Mann heraufbeschwören.

Und da stand er plötzlich, an der Straßenecke, sah zu mir herüber, kam auf mich zu. Nahm mich in die Arme. Sah mir in die Augen. Ich hob ihm mein Gesicht entgegen, und er küsste mich auf den Mund. Ganz leicht, sanft, doch seine Lippen versprachen mehr.

»Meine Laure«, flüsterte er an meinem Ohr. »Nie zuvor hat mich jemand so verzaubert wie du. Mein tapferes Mädchen. Ich wünschte, ich könnte dich für immer beschützen.« Dann presste er erneut seinen Mund auf meinen, nicht länger zart, sondern stürmisch, und ich erwiderte den Kuss ohne jede Scham.

Ich wollte ihn ansehen, mehr von ihm berühren als nur die Lippen und die Kleidung, ich wollte meine Hände in seinem Haar vergraben. Die störende Kapuze musste verschwinden! Ich hob eine Hand und zog sie von seinem Kopf. Sein Haar war glänzend schwarz, dicht und wellig, kurz geschnitten, nicht lang wie das der anderen Männer. Er war nicht wie die anderen. Er war Alexandre, und mein Herz gehörte ihm.

Ich hatte ihn nie ohne die Kapuze gesehen, und erst jetzt fiel mir auf, dass etwas Besonderes an seinem Aussehen war, fremd und ebenso wenig greifbar wie die Andersartigkeit seines Tonfalls. Ich strich ihm über den Kopf, fühlte die Weichheit der schwarzen Wellen, er streichelte meinen Rücken. Hinter mir ein Geräusch, dann ein Schrei.

»Laure!«

Ich ließ Alexandre los, fuhr herum und sah mich Auge in Auge meiner Mutter gegenüber.

»Was tust du da?«

Ich wollte es erklären, mich nicht rechtfertigen, nein, ihr nur begreiflich machen, wer dieser Mann war, was er mir bedeutete. Doch da war der graue Blick schon weiter gewandert, hatte Alexandre gefunden, und ein erneuter Schrei ertönte, voller Schrecken und Fassungslosigkeit.

»Nein!«

Meine Mutter riss mich an sich, fort von meinem Freund, stieß mich in Richtung Haustür.

»Geh hinein, Laure.«

»Maman ...«

»Geh hinein! Und Ihr verschwindet von hier, Monsieur. Fort mit Euch!«

»Madame ...«

»Sprecht mich nicht an! Geht weg!«

Die Stimme meiner Mutter überschlug sich, Panik stand in ihr Gesicht geschrieben. Sie sah aus, als hätte sie einen Geist gesehen. Ich packte sie bei den Armen.

»Maman, was ist denn los? Das ist Alexandre, mein ...«

»Das ist mir gleichgültig!« Sie machte sich los, stieß die Haustür auf. »Luc. Luc!«

Es wurde zu viel für Alexandre, und ich verstand es. Bevor mein Vater erschien, hatte er mir einen entschuldigenden Blick zugeworfen und war verschwunden.

Da ich mir sicher war, ihn wiederzusehen, brach es mir nicht das Herz. Ich war nur so wütend wie noch nie zuvor in meinem Leben. Wie konnte meine Mutter es wagen, mich wie ein Kind zu behandeln? Immerhin hatte ich – mit Alexandres Hilfe – dafür gesorgt, dass die Familie in den letzten Wochen zu essen gehabt hatte! Ich hatte Nisani aufgerichtet, als sie nicht mehr weitergehen wollte. Ich hatte Camille nach Hause geschleppt, einen Mann niedergeschlagen, Sturm und Kälte getrotzt, und dennoch tat meine Mutter, als sei ich nicht fähig, eigene Entscheidungen zu treffen!

»Was ist geschehen, Lianne? Du bist totenbleich!« Papa beachtete mich nicht, schloss meine Mutter in die Arme. »Liebste, so sprich doch.«

Sie barg ihren Kopf an seiner Schulter, ich war wieder einmal ausgeschlossen. Gut, dann sollten sie doch allein bleiben! Ich schickte mich an, an ihnen vorbei- und die Straße hinabzugehen, Alexandres Fußspuren im Schnee zu folgen und ihn zu suchen. Doch der scharfe Ruf meiner Mutter brachte mich zum Stehen.

»Laure! Sofort ins Haus!«

»Nein!« Ich verschränkte die Arme vor der Brust.

»Kind, du siehst doch, dass deine Mutter vollkommen aufgelöst ist. Geh bitte hinein, lass uns reden.«

»Wozu soll das dienen? Sie hat sich wie eine Wahnsinnige verhalten.«

»Sprich nicht so über deine Mutter. Sie hat soeben einen geliebten Menschen verloren, hab doch etwas Mitgefühl! Was immer geschehen ist, ich bin sicher, es gibt einen Grund.«

»Ja, den gibt es. Ihr haltet mich für ein Kind und wollt nicht, dass ich erwachsen werde. Nun, dafür ist es zu spät.«

Maman sah mich an, die grauen Augen tränenerfüllt, mit zitternden Lippen, die nur stammeln konnten.

»Er sieht aus wie … Luc, er sieht genauso aus wie – *er*! Und er hatte unsere Tochter im Arm! Luc!«

»Wie wer?« Was erzählte meine Mutter da? Alexandre sah niemandem ähnlich, den wir kannten.

»Lasst uns doch hineingehen. Die Menschen bleiben schon stehen.« Papa nahm mich am Arm. »Bitte, Laure. Wenn du erwachsen sein möchtest, dann komm jetzt mit hinein. Und du, Lianne, beruhige dich.«

Ich gab nach, ging voran ins Haus und zur Treppe. Ich wollte in mein Zimmer gehen, allein sein, noch einmal an das Gefühl denken, das bei Alexandres Küssen meinen Körper erfüllt hatte. Doch meine Eltern ließen mich nicht. Sie schoben mich in die Küche und drückten mich auf die Bank.

»Ich dachte, du wolltest zum Priester, Tante Lianne?« Nisani sah von der Rübe auf, die sie klein schnitt. Auch ein Geschenk von Alexandre. Erneut ballte ich die

Fäuste. Nie und nimmer hätte ich erwartet, dass meine Eltern so ungerecht sein konnten!

»Das hatte ich vor.« Maman schluchzte noch einmal, dann hatte sie sich wieder gefasst. »Es ist etwas dazwischengekommen. Nisani, sei so gut und geh mit Sandrine zum Priester. Er soll rasch kommen und Madame Chemin die letzte Segnung erteilen. Vielleicht weiß er auch, was in diesen Zeiten mit ihrem Körper geschehen soll. In dem hart gefrorenen Boden kann er ja nicht begraben werden.«

Nisani nickte, ließ das Messer sinken und ging mit Sandrine aus der Küche.

»Seid vorsichtig!«, rief mein Vater ihnen nach, dann waren wir allein. Da meine Eltern schwiegen, ergriff ich das Wort. Meine Wut wollte endlich geäußert werden, doch ich bemühte mich um einen ruhigen Tonfall.

»Dir dürfte klar sein, dass du mich soeben bloßgestellt hast. Wie kommst du dazu, Maman?«

Meine Mutter sah mich an, als sei ich es, die verrückt geworden war, und nicht sie selbst.

»Wie ich dazu komme? Wie kommst *du* dazu, vor unserer Haustür einen Fremden zu umarmen?«

»Er ist kein Fremder, sondern mein Freund.«

»Ah, derjenige, der dir die Kräuter geschenkt hat?« Papas Stimme klang deutlich besonnener als die meiner Mutter.

»Ja. Die Kräuter, die Enten, diese Rübe dort. Und noch vieles mehr, ohne Gegenleistung. Allein, weil er mich mag. Das kannst du dir nicht vorstellen, oder? Dass ein Mann mich mögen könnte, deine langweilige Tochter?«

»So denkt deine Mutter nicht, Laure.«

»Ach nein? Warum verjagt sie ihn dann?« Die Wut wurde nicht geringer, im Gegenteil. Nun trieb sie mir auch noch die Tränen in die Augen.

»Erkläre es ihr bitte, Lianne, und mir auch. Du kannst ungehalten sein, wenn sich unsere Tochter schamlos verhält, doch wir hätten sicherlich mit dem jungen Mann und ihr sprechen können.«

»Als ob ihr je mit mir sprechen würdet! Ihr wollt doch gar nicht hören, was ich zu sagen habe!« Der Ärger ließ meine Stimme so schrill klingen, dass sie in meinen eigenen Ohren wehtat. »Nichts wollt ihr von mir hören, außer *Ja, natürlich, keine Sorge.* Und war ich nicht immer die gehorsame Tochter? Habe ich mich je beschwert? *Deine Mutter ist eine Künstlerin, Laure. Du musst verstehen, wenn sie tagelang keine Zeit für dich hat. Wir müssen nach Paris reisen, Kind. Ich muss meine Kunst ausstellen, das ist mein Leben.* Denkt ihr, das war leicht für mich? Doch ich habe nie etwas gesagt, egal wie einsam ich war. Immer ging es nur um euch, immer um Maman und was *sie* braucht. Warum habt ihr mich überhaupt bekommen? Ihr wolltet mich nie, und nun lasst mich in Ruhe!«

Natürlich ließen sie mich nicht. Papa packte mich bei den Schultern, ehe ich aus der Küche stürmen konnte. Inzwischen rannen die Tränen haltlos über meine Wangen.

»Laure! Bitte beruhige dich. Wir lieben dich sehr, das musst du uns glauben!« Papa klang verzweifelt, auch er war den Tränen nahe. »Lianne, so sag doch etwas. Wir verlieren unser Kind!«

»Was gibt es zu erklären? Ich habe dir doch gesagt, dass er aussah wie – Bellier.« Sie sprach den Namen aus wie eine Krankheit, spuckte ihn in den Raum.

Bellier. Der Name ließ mich augenblicklich erstarren. Sogar meine unbändige Wut verrauchte mit einem Schlag. Wir hatten viel über ihn gesprochen, Mamans ehemaligen Herrn, der ihr und auch meinem Vater so übel mitgespielt hatte. Und wie ein solches Schwein sollte mein Freund aussehen? Das konnte nicht sein!

»Wie heißt der junge Mann, Laure?«, fragte Papa. »Und wie alt ist er?«

»Alexandre Victor. Er ist fast neunzehn.«

»Woher kommt er? Wo lebt seine Familie?«

Ich wollte nicht eingestehen, dass ich es nicht wusste. Unabsichtlich kam mir meine Mutter zu Hilfe.

»Das ist gleichgültig, Luc. Sie wird ihn nicht wiedersehen.«

»Ich fürchte, das können wir nicht verhindern. Wir müssen mit ihm reden, sonst läuft sie uns fort. Erinnere dich, wir haben schon einmal versucht, sie von diesem Freund fernzuhalten. Dennoch ist es den beiden offenbar gelungen, sich zu sehen. Unter meinen Augen! Wirklich, Laure. Dass du so verwegen sein kannst ...« Mir war, als hörte ich Bewunderung in der Stimme meines Vaters. »Wir sollten ihn zu uns einladen, Lianne.«

»Niemals!«

»Liebste, wir haben zwanzig Jahre nichts mehr von Bellier gehört.«

»Richtig. Darum können wir auch nicht wissen, was für eine Brut er inzwischen in die Welt gesetzt hat.«

»Du glaubst, dieser Junge ist verwandt mit ihm?«

»Du hast ihn nicht gesehen. Der kräftige Wuchs, die schwarzen Augen, das Haar – genau wie Bellier.«

»Belliers grässliche Tochter sah kein bisschen aus wie er. Keines meiner Kinder ähnelt mir. Die Beschreibung, die du soeben geliefert hast, passt ebenso auf unsere Söhne wie auf Nicolas. Was soll das denn aussagen, Lianne? Ich weiß, du sorgst dich. Lass mich mit ihm reden.«

»Wenn er überhaupt zurückkommt, nachdem sich Maman wie eine Wilde gebärdet hat!« Ich rieb mir mit dem Ärmel über das Gesicht, um die Tränen zu trocknen.

Mein Vater lächelte mich an. »Wenn er dich will, wird er zurückkommen. Wenn er nicht kommt, will er dich nicht genug. Ich wäre für deine Mutter bis ans Ende der Welt gegangen.«

18

Le Havre

Als Nicolas die vertraute Hafeneinfahrt von Le Havre vor sich sah, erfasste ihn eine Aufregung, die stärker war als jede, die er bisher gespürt hatte. Nisani, seine Schwester, seine Liebe – wie war es ihr ergangen? Er konnte nicht erwarten, dass die *Espérance* endlich anlegte, und sprang von Bord, ohne sich zu verabschieden. Die ungewohnte Kälte nahm ihm den Atem, doch er rannte die Straßen entlang zum Haus von Kapitän Cartier. Er hoffte, von ihm Hilfe zu erhalten, um so schnell wie möglich nach La Rochelle zurückzukehren.

Agnès öffnete und machte große Augen.

»Ihr seid schon zurück?«

»Nur ich. Die *Liberté* ist noch auf den Westindischen Inseln unterwegs.« Als er ihr enttäuschtes Gesicht sah, fügte er schnell hinzu: »Es tut mir leid. Ich soll dich herzlich grüßen.«

Sie nickte, doch fröhlicher sah sie nicht aus. Als er sie genauer betrachtete, bemerkte er die dunklen Schatten um ihre Augen.

»Geht es dir und deinen Eltern gut, Agnès?«

Sie fuhr sich durch die blonden Ringellocken, die offen um ihren Kopf hingen.

»Du warst fort, du kannst es nicht wissen«, sagte sie wie in Gedanken und winkte ihn ins Haus. »Das ganze Land leidet unter dem Winter. Vater ist im Aufbruch begriffen, und Maman hilft bei der Versorgung der Armen und Kranken. Es gibt kaum Nahrung und Feuerholz, die ganze Stadt hustet und fiebert. Der Frost hat beinahe den gesamten Dezember angedauert, dann gab es kurz Tauwetter, doch seit einer Woche ist es so kalt, wie ich es nie zuvor erlebt habe.«

Nicolas konnte die Neuigkeiten nicht begreifen, hielt sich nur an einem von Agnès' Sätzen fest.

»Im Aufbruch? Wohin?«

»Nach Paris.«

Das verwirrte Nicolas noch mehr.

»Nach Paris?«

»Es gibt schlechte Nachrichten von dort. Die Stadt ist in einem Zustand vollkommener Überlastung, Hunger und Verbrechen nehmen überhand. Sprich am besten mit Vater, er wird es dir erklären.«

Sie führte ihn in Jacquo Cartiers Zimmer, an dessen Wänden Seekarten und Zeichnungen seiner Tante Lianne hingen. Der Mann saß an seinem Schreibtisch und verfasste einen Brief.

»Vater? Nicolas ist hier.«

Cartier hob den Kopf und sah ihn überrascht an.

»Schon zurück, Junge?«

»Ich habe von Saint-Vincent ein anderes Schiff genommen. Es gibt – Neuigkeiten, die es nötig machten.«

»Oh, die gibt es hier auch. Leider keine guten.«

»Ich hörte, Ihr wollt nach Paris?«

Jacquo nickte und fischte ein Papier aus dem Stapel, der vor ihm lag. »Da, lies.«

Nicolas faltete das Schreiben auseinander, und als er die Handschrift seiner Mutter erkannte, wurde ihm flau im Magen.

Lieber Herr Kapitän,
das Wetter wird immer schlechter. Eure Enkelin Laure und meine Tochter Nisani sind nach Paris aufgebrochen, um Lianne und Luc aufzusuchen, die dort aufgehalten wurden. Ich mache mir große Sorgen um sie, denn ich habe keine Nachricht von ihnen erhalten. Ein Angestellter meines Gatten, der sie in die Hauptstadt begleiten sollte, ist nicht nach La Rochelle zurückgekehrt. Es ist Paul und mir aus verschiedenen Gründen nicht möglich, den Mädchen nachzureisen, und auch unser Sohn Nicolas ist fortgegangen. Ich bitte Euch inständig um Eure Hilfe bei der Suche nach den beiden.
Eure Enkelsöhne sind wohlauf und lassen Euch grüßen.
In Verehrung
Adelais Durand

Nisani war in Paris? In der Hauptstadt, die Agnès ihm soeben als die reinste Hölle beschrieben hatte? Seine Gedanken rasten, es gelang ihm nicht, sie in Worte zu fassen.

Ich habe keine Nachricht von ihnen erhalten …
Eine Welle des Mitgefühls für seine Mutter überschwemmte ihn. Sie hatte stets nur das Beste für ihn und Nisani gewollt und musste sich nun um sie beide sorgen. Es zerriss ihn innerlich, nicht zu wissen, in welche Richtung er zuerst eilen sollte. Nach Hause, nach La Rochelle, um seiner Mutter wenigstens ein bisschen Seelenfrieden zu schenken? Oder nach Paris zu Nisani,

seiner Schwester und Geliebten, die vielleicht mit dem Tode kämpfte?

Nicolas spürte Jacquo Cartiers Blick auf sich.

»Du bist bleich geworden, Junge.«

»Es war so warm, dort, wo wir waren. Und hier erfrieren die Menschen?«

»Seit Wochen hält der Frost das ganze Land in seinem tödlichen Griff. Von überall kommen die Meldungen, und am schlimmsten sind die aus Paris. Das Feuerholz wird knapp, die Flüsse frieren zu, sogar die Seine ist unbefahrbar. Man berichtet von Vögeln, die gefroren vom Himmel fallen, das Vieh verendet in den Ställen. Seuchen greifen um sich.«

»Ich war gerade einmal drei Monate fort!«

»Nach dem nassen Sommer waren die Vorräte karg, und da der letzte Winter so mild war, wurde nicht vorgesorgt. Nun ist es zu spät, Bäume zu schlagen. Das Holz brennt schlecht, so kalt und feucht ist es.«

»Ihr wollt nach Paris reisen?«

»Von wollen kann keine Rede sein«, sagte Cartier und rieb sich die Augen. »Ich bin ein alter Mann, und Kutschen mochte ich noch nie. Ich bezweifle ohnehin, dass die Straßen passierbar sind. Doch ich muss es versuchen. Ich muss herausfinden, wie es Lianne und Laure geht. Seit der Brief deiner Mutter eintraf, kann ich nicht mehr schlafen, und dann die furchtbaren Gerüchte aus Paris.«

Da fiel Nicolas’ Entscheidung wie von allein.

»Lasst mich an Eurer Stelle nach Paris gehen. Mir macht die Reise nichts aus. Fahrt Ihr stattdessen nach La Rochelle und gebt meiner Familie Bescheid, dass es mir gut geht.«

»Ich könnte dir ein Pferd beschaffen. Einem jungen Mann wie dir wird der Ritt wenig anhaben können, und so kommst du am schnellsten in die Hauptstadt. Und auch ich bräuchte keine Kutsche, denn nach La Rochelle wird es immer ein Schiff geben. Dein Angebot gefällt mir.«

Cartier zog eine Schublade seines Schreibtisches auf, entnahm eine Schatulle und öffnete sie. Er schüttete die blitzenden Münzen auf den Tisch und zählte einige ab.

»Das sollte genügen. Ich gebe dir noch ein Empfehlungsschreiben mit, damit du an den Wechselstationen frische Pferde bekommst.«

Nicolas fragte sich, wie viel Einfluss ein ehemaliger Kapitän auf die Bediensteten der Postkutschstationen haben mochte, doch dann setzte Cartier das Siegel unter sein Schreiben.

»Da staunst du, mein Junge, nicht wahr? Unser geschätzter König hat es mir zum Abschied überlassen, da ich ihm so viele Jahre treu gedient habe. Das wird Eindruck machen, glaub mir. Und nun geh in die Küche. Agnès wird dich mit Essen ausstatten, für jetzt und für die Reise, und auch für die Familie wirst du so viel mitnehmen, wie das Pferd tragen kann.«

Nicolas nahm den Brief und die Münzen an sich.

»Ich danke Euch, Kapitän Cartier.«

Der Ältere sah ihn mit gerunzelter Stirn an.

»Es gibt etwas, das dich nach Paris zieht, was du mir nicht sagen willst, oder?«

»Meine Schwester ist dort«, sagte Nicolas und hoffte, seine Stimme würde ihn nicht verraten. »Mein Zwilling. Ich könnte nicht ertragen, wenn ihr etwas zustieße.«

»Dennoch hast du sie verlassen, als du vor drei Monaten hier aufgetaucht bist. Auch diese Reise hatte andere Gründe, nicht wahr? Doch ich will dich nicht quälen. Du brauchst alle Kraft für den Ritt.«

Nach einer Nacht, in der der Schlaf ein seltener Gast war, brach Nicolas am Morgen auf. Er meinte, die dicken Wollmäntel und Felle wollten ihn erdrücken, doch Agnès und Madame Cartier hatten ihn genötigt, so viele Schichten anzuziehen. Bald war er ihnen dankbar dafür, denn es war etwas anderes, kurz vor die Tür zu gehen oder lange Stunden ohne Pause in diesem Frost unterwegs zu sein. Trotz der warmen Kleidung und der ledernen Handschuhe brannte die Kälte in seinen Fingern, die die Zügel hielten. Er gönnte sich kaum Ruhe, ritt wie verrückt, trieb das Pferd immer weiter an, bis es nicht mehr konnte. Dann sehnte er die nächste Wechselstation herbei. Er erhielt ohne Mühe ein frisches Pferd, das er erneut zu hoher Geschwindigkeit antreiben konnte.

Alles wäre in Ordnung gewesen, hätte er nicht so viel Schreckliches auf der Reise sehen und hören müssen. Die Wachen vor den Stationen erzählten, wie Verzweifelte versucht hatten, ihnen die Pferde zu stehlen, um sie zu essen. Er sah Menschen, die sich mit letzter Kraft voranschleppten, gefrorene Äste hinter sich herziehend, um vielleicht noch einmal den heimatlichen

Ofen warm zu bekommen. Auf den Feldern lagen verendete Tiere – gerade so lange, bis sie entdeckt und fortgeschleppt wurden. Es war den Menschen gleichgültig, woran die Rehe oder Vögel gestorben waren, die sie fanden. Sie aßen sie dennoch auf.

Oft genug säumten auch tote Menschen seinen Weg. Der Boden war zu hart gefroren, um sie zu begraben, so wurden sie außerhalb der Dörfer abgelegt. Die Angst vor Seuchen war greifbar, der Hunger ebenfalls. Aus den meisten Schornsteinen, die er passierte, kam kein Rauch. Am zweiten Tag hörte Nicolas auf, nach links und rechts zu blicken. Nur noch geradeaus, allein sein Ziel vor Augen. Nisani. Laure. Seine Familie. Er hatte sie verlassen, nun musste er sie finden und ihnen helfen. Er wusste noch nicht, wie er das anstellen sollte, doch er würde schon einen Weg finden.

Er aß kaum von den mitgeführten Lebensmitteln, in der Hoffnung, so viel wie möglich von seinen Vorräten der Familie geben zu können. Wo immer er auf der Reise noch Essen kaufen konnte, tat er es. Er schlief in jeder Nacht nur wenige Stunden, das Messer in der Hand, sein Gepäck unter sich, stets auf Räuber gefasst. Im Morgengrauen ritt er weiter, kämpfte sich durch Wegstrecken, an denen der Schnee so tief war, dass sein Pferd bis zur Brust versank. Oft genug musste er absteigen und das Tier führen, wenn es nicht über einen gefrorenen Fluss oder an beängstigend aussehenden Verwehungen vorbeigehen wollte.

Doch Nicolas dachte nicht einen Augenblick daran, aufzugeben. Seine Gedanken kreisten um Nisani und den Grund ihrer Reise nach Paris. Hatten ihre Eltern ihr die Wahrheit gesagt? Er kannte Nisanis aufbrausende Art und mochte sich nicht vorstellen, wie ihre arme Mutter gelitten hatte. In ihrem Brief sprach sie lediglich davon, dass die Mädchen Lianne und Luc aufsuchen wollten. Hatte dies etwas mit ihm zu tun, mit dem, was zwischen Nisani und ihm geschehen war? Oder hatte Laure einfach nur ihre Eltern sehen wollen, die aufgehalten worden waren? Das musste es sein, redete er sich ein, denn sonst wäre es seine Schuld, dass die beiden aufgebrochen waren und sich nun in Gefahr befanden.

Kannte Nisani die Wahrheit? Wusste sie, dass sie keine Sünder waren? Er sehnte den Moment herbei, an dem sie sich gegenüberstehen würden, doch ebenso fürchtete er ihn. Er hatte sie ohne ein Wort verlassen, nachdem sie sich ihm hingegeben hatte. Hasste sie ihn? Würde er sie wiedersehen und sie dennoch nicht seine Geliebte werden?

Oder würde er sie nie wiedersehen? Die Angst, dass er zu spät kommen würde, dass sie und Laure es nicht nach Paris geschafft hatten, griff nach seinem Herzen und hielt es umklammert. Seine Unruhe wurde stärker und stärker. Er trieb das Pferd an.

19

Paris

Es dauerte zwei Tage, elend lange, einsame Tage, doch Alexandre kam zurück. Ich befürchtete schon, am Fensterbrett festzufrieren, so viele Stunden hatte ich dort in der Öffnung gelehnt und hinuntergestarrt. Ich hatte beobachtet, wie Madame Chemins Körper fortgetragen wurde und der Winter die Stadt weiter fest im Griff hatte, doch die hochgewachsene Gestalt im schwarzen Umhang war nicht aufgetaucht. Bis jetzt.

Ich flog die Stufen hinab, zog Papa mit mir und stürmte aus der Tür. Alexandre war weiter von meiner Haustür entfernt stehen geblieben als zuvor, und als er meinen Vater neben mir bemerkte, schickte er sich an, den Rückzug anzutreten. Rasch hob ich die Hand und winkte ihn herbei. Als er endlich vor mir stand, schlug mein Herz im Takt eines galoppierenden Pferdes.

Papa nickte ihm lächelnd zu. »Monsieur Victor, nicht wahr? Lucien Lavie, Laures Vater.«

»Sehr erfreut.«

»Entschuldigt das Verhalten meiner Gattin. Ihr habt sie an jemanden erinnert.«

»Das könnt Ihr mir nicht vorwerfen.« Alexandres Stimme klang wie immer, ernst, aber nicht verärgert.

»Natürlich nicht«, versicherte ich schnell. »Sie hatte Angst. Du siehst einem Mann ähnlich, mit dem sie schlimme Erfahrungen gemacht hat.«

Alexandre zog die Augenbrauen hoch. »Tatsächlich?«

Mein Vater räusperte sich. »Nur um sicherzugehen – Ihr seid doch nicht verwandt mit einem gewissen Lexius Bellier?«

»Ich kenne keinen Mann mit diesem Namen.«

Ich spürte, wie eine Welle der Erleichterung mich erfasste. Seine Worte hatten fest und sicher geklungen, der Tonfall ruhig. Ich hatte es mir nicht eingestehen wollen, doch Alexandres zweitägiges Fortbleiben hatte Zweifel an seiner Ehrlichkeit in mir wachgerufen. Nun jedoch war alles gut, und ich ärgerte mich, dass Maman es geschafft hatte, mich zu verunsichern. Ich lächelte Alexandre an, doch er beobachtete weiterhin meinen Vater.

»Gut«, sagte dieser. »Wollt Ihr mir jetzt noch erklären, was Eure Absichten bezüglich meiner Tochter sind?«

»Ich fühle mich für Laure verantwortlich, seit ich sie bei ihrer Ankunft in Paris vor einem Übergriff retten konnte. Ich habe sie gern und möchte ihr helfen.«

»Ich hörte, das habt Ihr bereits getan. Vielen Dank für das Fleisch und die Kräuter.«

»Kräuter konnte ich auch heute wieder mitbringen.« Er reichte meinem Vater das Päckchen. »Zwar verkaufen sich meine Mischungen aufgrund der Seuchen recht ordentlich, aber ich habe genügend dabei. Eigentlich sollten sie als Warenproben für neue Kunden dienen, aber nun wird ihre heilsame Wirkung vom Volk benötigt, und das ist mir wichtiger. Fleisch jedoch ist nicht länger zu bekommen.«

Papa nickte. »Ich weiß. Es dauert nicht mehr lange, dann müssen wir die öffentliche Suppenküche aufsuchen. Alles Geld ist nutzlos in diesen Zeiten.«

»Ja, denn die Flüsse sind gefroren, und es kommt keine Ware mehr in die Stadt hinein. Und nach einer unerfreulichen Begegnung mit einem königlichen Wildhüter sind auch die Enten unerreichbar geworden.« Sein Gesicht verzog sich zu einem freudlosen Grinsen. »Ich habe alles versucht. Auch meine Vorräte sind erschöpft. Sollte ich jedoch etwas erbeuten können, werde ich gern mit Eurer Familie teilen.«

Ich sah Vaters anerkennenden Blick, und mein Herz wurde leichter. Er mochte Alexandre, das war deutlich zu erkennen.

»Meine Füße sind schon gefühllos von der Kälte. Ich denke, ich werde hineingehen. Laure? Kommst du gleich nach?«

Er zwinkerte mir zu, klopfte Alexandre auf die Schulter und ging ins Haus. Sogleich zog mich mein Freund in seine Arme und küsste mich stürmisch. Ich wusste, unser Verhalten war ungehörig, doch ich konnte und wollte mich nicht dagegen wehren. Mein Innerstes wurde weich, ich fühlte mich, als würde ich zerfließen wie Butter in der Sonne. Meine Hände wanderten unter den schwarzen Wollumhang, fanden noch immer keine Haut, tasteten weiter, während mir Alexandres Lippen den Atem nahmen. Gerade rechtzeitig, ehe ich keine Luft mehr bekam, löste er sie von meinem Mund und ließ sie meinen Hals hinaufwandern.

»Meine Laure«, flüsterte er in mein Ohr. »Ich habe dich vermisst.« Sein Atem kitzelte mich und sandte Schauer durch meinen Körper. Wenn ich noch einen

Augenblick daran gezweifelt hatte, dass ich kein kleines Mädchen mehr war, so waren diese Gedanken jetzt vergessen. Ich spürte die eisige Hauswand im Rücken, doch Alexandres Leib wärmte mich, als er sich gegen mich lehnte, mich in seine Umarmung aufnahm, mich vollkommen umschloss, ganz nah, ganz fest. Wir küssten uns wieder und wieder, und ich verstand endlich, was Nisani gemeint hatte, als sie mir erklärt hatte, wie es zu der Liebesnacht mit Nicolas gekommen war.

Stell dir vor, ich wollte es.

Es fühlte sich richtig an.

In diesem Augenblick hätte ich mich Alexandre hingegeben, ganz gleich, wer er war, ein Fremder oder mein Freund, ein Lügner oder der wahrhaftigste Mensch der Welt.

Doch der Augenblick ging vorüber, denn wir waren nicht allein. Wir standen auf offener Straße, und irgendwann war es Alexandre, der den Zauber durchbrach und die Zärtlichkeiten zwischen uns beendete. Sanft küsste er mich ein letztes Mal.

»Ich gehe jetzt und suche nach etwas Essbarem. Pass auf dich auf, Liebste.«

Liebste. So nannte Papa meine Mutter. Und nun gab es jemanden, der mich so nannte. Ich hatte meine eigene undurchdringliche Gemeinschaft mit einem Menschen, und ich würde alles dafür geben, sie zu erhalten. Das Hochgefühl war so übermächtig, dass ich laut lachen musste. Liebste.

Ja, Liebster, ich werde auf mich aufpassen und auf dich warten.

Bei seinem nächsten Besuch durfte ich Alexandre ins Haus lassen. Meine Mutter wollte ihm nicht begegnen, sandte aber ihren Dank für das Brot, das er uns geschenkt hatte. Nisani brachte uns zwei Scheiben davon mit einem Rest Entenschmalz. Wir saßen im Salon auf dem Boden unter Felldecken und schmiegten uns aneinander. Der Blick, den mir meine Cousine zuwarf, bevor sie den Raum verließ, war so voller Neid und Gehässigkeit, dass es mir wehtat. Ich konnte verstehen, dass sie Nicolas vermisste, sich an meine Stelle wünschte, in den Arm ihres Geliebten. Doch war das ein Grund, mir mein Glück nicht zu gönnen?

»Deine Cousine mag mich nicht«, stellte Alexandre fest.

»Das hat nichts mit dir zu tun. Alle Welt hält mich für ein Kind, und es verunsichert sie, dass ich keines mehr bin.«

»Ein Kind bist du sicherlich nicht mehr. Wie alt bist du?«

»Sechzehn. In dem Alter haben andere Frauen längst eigene Familien.«

»Wieder andere sind allerdings tatsächlich noch Kinder.«

Er sagte es so, als wisse er, wovon er sprach. Doch ehe ich nachfragen konnte, verschloss sein Mund meinen, und dann wusste ich nicht mehr, was ich hatte sagen wollen. Ich verlor mich in seinen Augen, die er beim Küssen nicht schloss. Alles um mich herum wurde gleichgültig, der Salon ohne Möbel, die Eisblumen an den Glasscheiben, die Schreie der Verzweifelten auf der Straße vor den Fenstern. Inmitten all des Elends war Alexandre eine Insel aus Wärme und Zärtlichkeit.

Am nächsten Tag mussten wir zum ersten Mal ein öffentliches Feuer aufsuchen und um eine Schüssel

Suppe bitten. Ich sah meinem Vater die Scham an. Er war ein erfolgreicher Geschäftsmann, hatte jahrelang ein Unternehmen geführt, seine Familie ernährt. Und nun stand er in einer Reihe mit den Menschen, denen er sonst am Sonntag vor der Kirchentür eine Münze zusteckte. Maman nahm es leichter. Sie hatte Zeiten erlebt, in denen sie nicht genug zu essen gehabt hatte, und war sich nicht zu schade, darum zu betteln. Nisani war gleichgültig wie immer, und ich war nur froh, etwas Warmes in den Bauch zu bekommen.

20

»Mädchen, es hat doch keinen Sinn. Seit Tagen haben wir kaum frische Lebensmittel bekommen. Lass es gut sein. Das Kloster hat genügend Rüben, Kohl und Räucherwaren eingelagert, um noch mehrere Monate dieses Winters zu überstehen. Wir werden ein wenig sparsamer damit umgehen müssen, doch das schaffen wir schon.«

»Ach bitte, Schwester. Lasst es uns weiter versuchen. Stellt Euch vor, die anderen werden Augen machen, wenn wir ein Stück Fleisch nach Hause bringen!«

Julie hoffte, ihr großäugiger Blick würde die Köchin überzeugen. Noch nicht ein einziges Mal hatte sie es auf den Botengängen in die *Rue Saint-Honoré* geschafft, und langsam wurde sie ungeduldig. Sie wollte endlich die grässliche Magd sehen. Immerhin wusste sie inzwischen, in welcher Richtung die Straße lag, denn die Köchin war gebürtig aus Paris und eine äußerst redselige Stadtführerin. Wenn sie ihre täglichen Ausflüge allerdings für beendet erklärte, würde es schwer werden, sich aus dem Kloster fortzustehlen.

Die Köchin seufzte. »Nun gut, Kind. Aber nur noch heute. Wenn wir nichts bekommen, müssen wir es aufgeben.«

Julie nickte, wie sie hoffte, begeistert.

»Können wir dort entlang gehen?«

Resigniert hob die Köchin die Schultern. »Ach, warum eigentlich nicht.« Dann begann sie einen weiteren Vortrag über die Kirche an der Ecke und die schönen Gebäude in der ehrwürdigen *Rue Saint-Honoré*.

»Wohnt hier nicht auch die Malerin mit den wundervollen Tierbildern, die wir im Louvre-Palast gesehen haben?«

»Charlotte Chemin meinst du? Ja, ihr Haus ist gleich dort vorn.«

Sie gingen weiter, bis sie vor der Tür standen. Julie starrte die vergitterten Fenster an und ballte unter ihrem Umhang die steif gefrorenen Hände zu Fäusten. Ein Feuer loderte in ihrem Herzen auf, das alle Kälte vertrieb.

»Können wir einen Augenblick stehen bleiben?«, fragte Julie mit so leidender Stimme, dass die Köchin sie sogleich an den Schultern packte.

»Was ist dir, Kind?«

»Es geht gleich wieder. Ich fühle mich nur ein wenig schwindlig.« Sie lehnte sich an die Hauswand neben der Tür und schloss halb die Augen. Die Köchin stützte sie, sprach beruhigend auf sie ein und bemerkte nicht, dass Julie die Schwäche nur vortäuschte.

»Ich hätte so gern etwas zu trinken. Meint Ihr, Madame wäre so freundlich, mir etwas zu geben?«

»Ich werde fragen.« Die Nonne klopfte an die Tür, und Julie hielt den Atem an. Nach einer Weile öffnete ihr eine Frau, unter deren Wollkapuze schwarzes Haar hervorschaute. Die schräg stehenden Augen und die trotz des Winters bräunliche Hautfarbe erinnerten Julie an die Wilde auf den Gemälden der Dienstmagd.

Konnte es sein? War dies das Weib, das ihren Großvater verletzt hatte? Julie musste an sich halten, um ihr nicht sogleich an den Hals zu springen. Die Tür schloss sich wieder, und kurz darauf kam eine andere Frau mit einem Becher in der Hand heraus.

»Vielen Dank. Sagt, ist Madame Chemin wohlauf? Sie lebt doch hier, nicht wahr?«

»Leider nein. Sie ist vor drei Tagen verstorben.«

»Oh, das tut mir leid. Sie war eine große Künstlerin und ein besonderer Mensch.«

»Das war sie.« In den grauen Augen der Frau sammelten sich Tränen.

Die Köchin reichte Julie den Becher. Angewidert trank sie das lauwarme Wasser aus, gab das Gefäß zurück und knickste artig. »Nochmals herzlichen Dank, Madame ...«

»Lavie.«

»Oh, natürlich!«, rief die Köchin. »Ihr seid auch Malerin. Meine Mitschwester Agathe hat Eure Gemälde im Louvre-Palast gesehen, als sie kürzlich mit den Schülerinnen dort war. Sie hat sie mir ganz genau beschrieben.«

Die Frau lächelte, während in Julie der Hass aufloderte. Das war sie, die elende Magd, die Mörderin. Da stand sie, lieb, harmlos, hilfsbereit, unterhielt sich mit einer Nonne über Bilder, während ihr Großvater kalt in seinem Grab lag. Ehe Julie etwas unternehmen konnte, war die Tür schon wieder geschlossen. Was hätte sie auch tun wollen? Es war nicht genug, der verfluchten Frau den Hals umzudrehen. Sie musste auch die Wilde vernichten, die ganze Brut dieser Schlange.

»Geht es wieder, Julie?«

Sie sah, wie die Köchin zurückzuckte. Ihre Gedanken mussten sich in ihrem Gesicht abgezeichnet haben. Rasch setzte Julie ihr frommstes Lächeln auf.

»Es ist schon viel besser.« Sie sah sich um, auf der Suche nach etwas, womit sie die Nonne schnell ablenken konnte. »Wohin gehen all diese Menschen, Schwester?«

Tatsächlich liefen alle in dieselbe Richtung, Männer, Frauen und Kinder, Alte und Junge.

»Ich weiß es nicht, Mädchen. Zu einer Suppenküche möglicherweise.«

»Können wir nachsehen?«

»Wir sollten besser ins Kloster zurückkehren, Julie. Es geht dir nicht gut.«

»Ach bitte, ich möchte einmal eine Suppenküche sehen. Man hört so viel davon.«

»Also gut.« Sie folgten dem Strom der Menschen bis hinunter zum Fluss und über die Neue Brücke. Da sah Julie schon den Rauch aufsteigen.

»Ah, auf dem *Place Dauphine* muss es ein öffentliches Feuer geben«, sagte die Köchin. »Wir könnten uns kurz wärmen und dann nach Hause gehen.«

Sie traten zwischen zwei Gebäuden hindurch auf den Platz, auf dem sich bereits eine Menschenmenge befand. Tatsächlich loderte hier ein Feuer, an dem sich die Menschen wärmten und Frauen in Schwesterntracht Kessel erhitzten, um deren Inhalt ein Stück entfernt an die Leidenden auszugeben. Eine behelfsmäßige Absperrung war errichtet worden, damit die Hungrigen nicht die Schwestern anstoßen und die Suppe verschütten konnten. Die Menschen reckten leere Gefäße über die Barriere und ließen sie sich gefüllt zurückgeben. Manche traten nicht einmal zur

Seite, bevor sie gierig über die Nahrung herfielen, die meisten jedoch trugen ihre Schüsseln fort wie Schätze. Bewaffnete Soldaten und Ordnungshüter der Stadtpolizei bewachten die Ausgabe der Suppe.

»Weißt du, Kind, es gab vor einigen Jahren schon einmal einen harten Winter. Es kam zu Tumulten mit Todesopfern an den öffentlichen Öfen und Suppenküchen. Dies will man nun verhindern.« Die Köchin führte Julie an das Feuer. »Nun wärm dich auf.«

»Ich habe ein schlechtes Gewissen, wenn ich diese Menschen sehe. Im Kloster geht es uns so gut.« Julie sah die Köchin mit großen Augen an. Der Blick zeigte jedes Mal Erfolg, wie sie erfreut feststellte, denn die Schwester nahm ihr wieder einmal jedes erlogene Wort ab.

»Oh, das musst du nicht, Kind. Wir leben ja nicht verschwenderisch, sondern bescheiden. Wir helfen, wo wir können, doch wir müssen zuerst für uns und diejenigen sorgen, die uns anvertraut wurden. So wie du.« Die Nonne tätschelte ihr die Wange. Der Wollhandschuh kratzte, und Julie hätte am liebsten nach der Hand geschlagen. Wenn sie endlich ihre Rache genommen hatte, würde sie sich nie wieder so verstellen müssen!

Sie grübelte, wie sie es anstellen sollte, die verhasste Familie zu vernichten. Sie dachte mit einer solchen Heftigkeit an die Frau mit den grauen Augen, dass sie bald meinte, sie vor sich zu sehen.

Doch halt! Dort war sie tatsächlich, sie und die Wilde und drei weitere Menschen, in einer Reihe mit den anderen Wartenden. Julie beobachtete mit angehaltenem Atem, wie sie sich einen Topf füllen ließen, dann ans

Feuer traten und den Inhalt in kleine Schüsseln gossen, eine für jeden von ihnen.

Ein großer Topf, fünf kleine Schüsseln. Eine Familie, todgeweiht. Julie lachte in sich hinein. Sie hatte einen Plan. Doch es würde nicht einfach werden.

21

Auf dem Weg nach Paris

Seit zwei Tagen war es Nicolas nicht mehr gelungen, sein erschöpftes Pferd gegen ein frisches einzutauschen. Die Angestellten der Postkutschstationen schlugen ihm die Tür vor der Nase zu oder öffneten gar nicht erst. Post wurde längst nicht mehr regelmäßig ausgeliefert. Inzwischen konnte er das Tier kaum noch zu höherer Geschwindigkeit antreiben. Immer wieder musste er absteigen und es führen, sodass er schließlich einen Großteil des Weges zu Fuß zurücklegte. Die Menschen, denen er begegnete, hatten leere Augen und ausdruckslose Gesichter, waren abgemagert und sagten kein Wort, wenn er sie danach fragte, wie weit es noch bis Paris war. Seine innere Unruhe verstärkte sich mit dem Fortschreiten der Zeit. Er wusste nicht, warum, doch er spürte, dass es auf jeden Schritt ankam, dass jeder Augenblick, um den sich seine Ankunft in der Hauptstadt verzögerte, Unheil nach sich ziehen würde. Er konnte es sich nicht erklären, doch seine Sorge um Nisani und die Familie wuchs ins Unermessliche.

Dann, endlich, begegnete ihm ein Mann, der noch nicht halb tot aussah. Er saß auf dem zugefrorenen Fluss, hatte ein Loch in das Eis geschlagen und hielt eine Angel hinein. In seinem braunen Fellmantel sah er aus, wie sich Nicolas einen Bären vorstellte. Der Eindruck verstärkte sich noch, als der Mann einen Fisch aus dem Wasser zog und das zappelnde Ding mit einer riesigen Hand packte. Am Ufer neben ihm glimmte ein kleines Feuer, auf dem bereits ein köstlich duftender Flussbarsch röstete. Nicolas wurde vor Hunger flau im Magen. Er war so sparsam mit seinen Vorräten umgegangen, dass sich sein Bauch inzwischen vollkommen hohl anfühlte. Es fiel ihm schwer, an sich zu halten. Am liebsten hätte er den Fisch gepackt und verschlungen, aber er tat es nicht. Schließlich wollte er mit dem Angler sprechen.

Dieser hatte ihn bereits entdeckt. Das zweite Tier wurde mit einem kräftigen Schlag auf das Eis getötet, und der Mann kam zum Ufer geschlurft. Mit einem einzigen Schnitt entfernte er die Gedärme, dann ließ er das Messer so rasch über die Haut gleiten, dass die silbrigen Schuppen wie Eissplitter zu Boden fielen. Er spießte seinen glänzenden, gestreiften Fang auf einen Stock und hängte ihn ebenfalls über die Flammen.

»Gott zum Gruße, Reisender.«

Nicolas nickte dem Mann zu, konnte den Blick jedoch nicht von dem gebratenen Fisch lösen. Freundliches Lachen ertönte.

»Kann es sein, dass Ihr hungrig seid?« Der Mann packte den Barsch und brach ein Stück ab, das er Nicolas reichte. Ohne sich um Haut und Gräten zu scheren, verschlang dieser das köstliche weiße Fleisch.

»Ich danke Euch.«

Der Angler nickte nur, da er ebenfalls kaute. Schließlich zog er sich eine große Gräte aus den Zähnen, schnippte sie fort und sagte: »Ich hab unverschämtes Glück mit den Viechern. Andere fangen nie einen, ich dagegen mehrere am Tag.«

»Könnt Ihr mir sagen, wie weit es noch bis Paris ist?«

»Paris? Ich hörte, man solle die Stadt dieser Tage besser meiden. Seuchen und Hunger wüten dort, erzählt man sich.«

»Ich muss dennoch dorthin.«

»Ich verstehe. Was gebt Ihr mir, wenn ich es Euch erzähle?«

»Euer Essen teilt Ihr bereitwillig, für die Auskunft jedoch wollt Ihr bezahlt werden?« Nicolas spürte, wie er ärgerlich wurde. Die Ungeduld quälte ihn.

Der Angler lachte. »Wovon soll ich leben, wenn der Winter vorüber ist? Ich lasse niemanden verhungern, aber für die Auskunft will ich Münzen sehen. Ihr habt doch welche?«

Nicolas wich einige Schritte zurück, doch da blitzte schon das Messer des Mannes auf. Es klebten noch Schuppen daran.

»Mach es uns nicht so schwer, Junge. Gib mir deinen Beutel, dann lasse ich dich ziehen.«

Nicolas überlegte fieberhaft. Mit den Münzen konnte er ohnehin nichts anfangen, nicht hier auf der Straße. Doch was war in Paris? Würde seine Familie das Geld benötigen? Ehe er den Gedanken zu Ende gedacht hatte, war seine Hand schon wie von selbst unter seinen Umhang und zu seinem eigenen Messer gewandert. Da spürte er einen Schlag auf den Kopf und fiel. Wie durch Nebel drang die Stimme des Anglers an sein Ohr.

»Tut mir leid, Junge. Noch vier Tage bis Paris, wenn man deinen und den Zustand des Pferdes betrachtet.«

Er fühlte Hände an seinem Gürtel, hörte Klimpern, dann knirschende Schritte, die sich rasch entfernten. Nicolas wollte aufstehen, doch sein Kopf schmerzte, und er war zu erschöpft. Er schloss die Augen und blieb liegen.

Schlafen wäre jetzt schön. Einfach schlafen. Von Nisani träumen.

Nisani. Er riss die Augen auf. Er durfte nicht aufgeben, sie brauchte ihn! Er rappelte sich hoch und atmete auf, als er sah, dass das Pferd noch stand, wo er es angebunden hatte. Die Bündel waren nicht geöffnet worden, seine Vorräte vollständig vorhanden. Das Feuer brannte, der gestreifte Barsch auf seinem Stock duftete ebenso köstlich wie der erste. Nicolas begann zu lachen, ein irres, fassungsloses Lachen, das nicht wieder aufhören wollte. Erschöpfung, Ärger und Erleichterung schüttelten ihn gleichermaßen. Noch vier Tage bis Paris. Dieser Verrückte hatte tatsächlich nur seine Münzen gewollt, hätte ihm nichts zuleide getan, wenn er sie ihm freiwillig gegeben hätte. Selbst der Schlag auf den Kopf war vergleichsweise milde gewesen. Und den Fisch hatte er ihm auch gelassen. Nicolas prustete und schüttelte sich, lachte und lachte, ohne Unterlass. Dann verschlang er ein weiteres Stück des Fisches, packte den Rest zusammen und schwang sich auf sein Pferd.

Vier Tage.

22

Schließlich ging es einfacher als erwartet.

»Frau Oberin, es geht uns hier im Kloster so gut, ich möchte anderen Menschen helfen. Der Frost wird immer stärker. Bitte erlaubt es mir.«

Julie wunderte sich, dass ihr die Worte nicht im Halse stecken blieben. Wenn ihr etwas gleichgültig war, dann das Schicksal der Fremden, die in den Straßen erfroren.

»Du bist ein gutes Kind, Julie, doch es gibt genügend Helfer in den Suppenküchen, an die sich die Menschen wenden können.«

»Dort kommt man mit der Arbeit nicht hinterher. Ich habe es selbst gesehen. Auf dem *Place Dauphine* stehen die Notleidenden in Scharen, und die armen Schwestern, die dort helfen, müssen sich zerreißen, um allen gerecht zu werden. Bitte!«

Die Oberin stemmte die Hände in die Hüften. »Es war unverantwortlich von der Köchin, dich dorthin zu bringen!«

»Sie hat es nur gut gemeint. Mir war so kalt, und ich habe sie gebeten, mit mir das öffentliche Feuer aufzusuchen. Und da habe ich es erkannt. Meine Bestimmung ist es, dort Hilfe zu leisten.«

Julie riss ihre Augen auf, setzte das Gesicht auf, von dem sie wusste, dass wenige ihm widerstehen konnten.

Die alte Nonne seufzte. »Nun gut. Du darfst zum *Place Dauphine* gehen und die Schwestern unterstützen. Aber nicht jeden Tag! Ich lasse dich gleich hinbringen, doch morgen ruhst du dich aus.«

»Vielen Dank!« Julie strahlte. »Ich weiß, es ist nur ein kleiner Beitrag zum Wohle der Bürger, aber vielleicht wird es mich dem Himmelreich näher bringen.«

Sie bemühte sich um einen frommen Gesichtsausdruck, und die Oberin lächelte.

»Das wird es gewiss.«

So machte sich Julie daran, ihren Plan vorzubereiten, und der Gedanke an die bevorstehende Rache erfüllte sie mit boshafter Freude. Endlich würde sie ihrem Großvater Gerechtigkeit verschaffen, endlich! Nach all den Jahren! Es war ihr gelungen, dem Kloster zu entkommen, ohne sich verdächtig zu machen, und der Rest würde ihr auch noch gelingen. Ganz gewiss!

Sie spielte weiter das liebe Mädchen, zeigte sich allen Schwestern gegenüber hilfsbereit, tat ihren Dienst in der Suppenküche, wo sie die verhasste Familie fast täglich antraf. Sie musste sich beeilen, denn niemand wusste, wie lange der Winter anhalten würde, wie lange die Nahrungsmittel ausreichten, um die öffentliche Speisung aufrechtzuerhalten. Noch war es ihr nicht gelungen, an das geeignete Mittel zu kommen, um ihre Rache auszuführen. Sie suchte die Nähe zur Apothekerin des Klosters, die ihre Räume im Keller hatte. Wenn ihr jemand helfen konnte, dann diese. Willig unterhielt sie die einsame Frau mit fröhlichen Ge-

schichten aus ihrer Heimat und erledigte alle Boten-
gänge, die diese ihr auftrug. Auch wenn das geschäftliche Leben in der Stadt aufgrund des Winters beinahe
zum Erliegen gekommen war, waren zumindest die Zu-
taten für Arzneien weiterhin erhältlich. Es gelang Julie
sogar, die Schwester zu überzeugen, sie ohne Begleitung in die Stadt gehen zu lassen. Als sie spürte, wie sie
langsam das Vertrauen der alten Nonne erlangte,
wurde sie mit jedem Tag fröhlicher. Die Albträume ließen nach, nur noch selten schrak sie aus dem Schlaf,
den Geruch von Opium und Feuer in der Nase.

Bald, Großvater. Bald.

23

Das Horchen auf das Klopfen an der Tür wurde ein fester Bestandteil meines Tages. Und wie immer, wenn es erklang, sprang ich auch dieses Mal auf, rannte auf den Hauseingang zu, verlangsamte kurz vorher meine Schritte und atmete tief ein, um mich zu beruhigen. Dann öffnete ich und strahlte den Besucher an. Bisher hatte ich mich nie zum Narren gemacht, denn außer Alexandre besuchte uns niemand. Auch an diesem Tag war er es, der vor unserer Tür stand. Und den ersten Kuss gab er mir wie stets draußen auf offener Straße, wo wir uns weniger beobachtet fühlten als im Haus mit meiner Familie. Noch immer war ich fassungslos, dass ein Mann wie er – hübsch, klug und warmherzig – mich so ansah, wie er es tat. Sein dunkler Blick fesselte mich, und mit den Berührungen seiner großen Hände weckte er nie gekannte Gefühle und Sehnsüchte in mir. Wie immer umgab ihn der Duft nach Kräutern, und als sich unsere Lippen voneinander lösten, sagte er: »Ich liebe dich. Meine Laure.«

So deutlich hatte er die Worte noch nie ausgesprochen, und sie trafen mich geradewegs ins Herz. Wie sehr hatte ich mich danach gesehnt, sie von einem Mann zu hören! Der winzige Anflug von Traurigkeit, der in seiner Stimme mitschwang, verunsicherte mich nur einen Augenblick. Vielleicht hatte ich mich verhört, denn er lächelte. Ich fühlte mich, als würde ich schweben, als wir Hand in Hand das Haus betraten.

Das Brot, das Alexandre uns an diesem Tag mitbrachte, war ein steinhart gefrorener Klumpen, doch wir verheizten ein weiteres Stuhlbein und brachten ihn zum Auftauen. Inzwischen durfte mein Freund mit uns in der Küche essen. Meine Mutter hatte alle Vorbehalte abgelegt und zeigte sich aufrichtig dankbar, dass wir an diesem Tag nicht zur Suppenküche gehen mussten. Sie goss die mitgebrachten Kräuter mit warmem Wasser zu einem scharf schmeckenden Trank auf und reichte jedem von uns einen Becher. Während wir Schicht um Schicht des Brotlaibes abbrachen und aßen, bis das schlimmste Hungergefühl bekämpft war, sah ich, wie Maman immer wieder Alexandres Gesicht musterte. Schließlich ließ sie die Hände auf den Tisch sinken.

»Alexandre. Ich muss mich bei Euch entschuldigen. Ihr zeigt Euch als wahrer Freund.«

»Das mache ich gern«, antwortete er in seiner ruhigen Art und sah mich liebevoll an.

»In diesen Zeiten sind hilfsbereite Menschen selten«, fuhr Maman fort. »Ihr verhaltet Euch so edel. Und das, nachdem ich Euch zu Unrecht beschuldigt habe, verwandt mit einem der abscheulichsten Männer zu sein, denen ich je begegnete. Wie konnte ich so irren? Es tut mir leid.«

In Alexandres Gesicht veränderte sich etwas. Ich sah es deutlich, denn es war noch immer mir zugewandt. Seine sonst so offenen, ruhigen Augen begannen, rastlos zu werden. Sein Lächeln wirkte wie gefroren, die Mundwinkel zitterten. Mir wurde flau im Magen.

Nein!

Meine Mutter bemerkte es ebenfalls. Sie musterte Alexandre mit ihrem grauen Blick, der nicht nur Farben und Formen wahrnahm, sondern auch Gefühle. Alexandre senkte die Augen, starrte seine Hände an.

»Was verschweigt Ihr uns?« Die Stimme meiner Mutter klang noch immer sanft, doch in ihr lag ein gefährlicher Unterton. Alexandre atmete tief ein.

Nein! Sei still, Alexandre! Sag die Worte nicht!

Doch er öffnete den Mund.

Ich wollte schreien, ihm meine Hand auf die Lippen pressen, damit er nicht sprach, wollte nicht aufwachen aus meinem Traum. Doch ich rührte mich nicht. Und dann sagte er es. Die Worte legten sich auf den Raum wie eine Decke aus Eis.

»Lexius Bellier war mein Großvater.«

Meine Welt brach in Trümmer. Vor wenigen Tagen erst hatte ich erfahren, wer dieser Mann war, der Peiniger meiner Mutter, hatte von all dem Leid gehört, das er über meine Familie gebracht hatte. Und nun sollte Alexandre, der Mann, den ich soeben zu lieben begonnen hatte, ein Nachfahre jenes Monsters sein?

Ich wollte toben, ihn schlagen, doch nichts geschah. Ich erstarrte zu Eis, wie der Fluss, wie die Welt. Wie durch Nebel beobachtete ich, wie Maman zurückzuckte, Papa sie an sich zog, mit grimmigem Gesicht Alexandre ansah. Alles schien quälend langsam zu geschehen. Die Welt drehte sich nicht mehr, alles gefror.

»Und nun seid Ihr gekommen, seine Rache zu vollenden.«

Papas Stimme drang wie durch Wände zu mir, dicke Mauern aus Stein und Verzweiflung. Ich glaubte, zerspringen zu müssen.

»Nein!« Alexandre klang panisch.

»Lügt mich nicht an! Ihr wart doch nicht zufällig vor diesem Haus.«

»Nicht zufällig, aber ...«

Maman fiel ihm ins Wort, stand auf. »Ich hole die Ordnungshüter.«

»Lasst mich doch erklären!« Er sah mich an. Warum sah er mich an? Durfte er das? »Laure, bitte! Hör mich an!«

Ich wich zurück, so weit ich auf der kurzen Küchenbank konnte. Er sollte mich nicht ansehen, nie wieder mit mir sprechen. Nicht länger in einem Raum mit mir sein. Ich schloss die Augen.

»Verschwinde.«

Nur dieses eine Wort vermochte ich zu sagen, krächzend kam es aus meinem Mund, als sei ich ein Rabe und kein Mensch mehr. Ich wünschte mir, meine Flügel zu spreizen und mich in die Luft zu erheben, fortzuschweben, nur fort von diesem Mann, der nicht zufällig vor dem Haus gewesen war, der nicht zufällig mein Freund geworden war. In diesem Augenblick war mir gleich, warum er hier war, ob er uns alle töten wollte oder nicht. Es zählte allein, dass es nicht meinetwegen war. Er hatte mich getäuscht, seine Gefühle waren nie echt gewesen.

»Laure, bitte.«

Eine Hand auf meinem Arm. Ich riss die Augen auf. Er fasste mich an. Wie konnte er es wagen? Ich nahm alle Kraft zusammen, die mir geblieben war, und stieß ihn von mir. Ich drängte Nisani, die auf der anderen Seite neben mir saß, von der Bank und lief in die äußerste Ecke der Küche, neben das Herdfeuer. Alexandre folgte mir.

»Laure. Lass es mich erklären!«

Er kam näher.

»Geht von meiner Tochter weg!«

Maman stellte sich schützend vor mich, Papa kam hinzu. Die Welt drehte sich wieder, schnell und immer schneller. Die Hitze des Feuers in meinem Rücken taute sie auf, alles geschah plötzlich gleichzeitig.

Alexandres Hände fassten nach mir, Papas Hände nach Alexandre. Maman schrie, Nisani griff unter ihren Umhang. Zog das Messer heraus. Seit unserer Flucht vor Rodolphe trug sie es stets am Körper. Nun hielt sie es in der Hand, stieß es in Alexandres Richtung.

»Nisani! Nein!«

Papas Schrei gellte durch den Raum. Er ließ Alexandre los, sprang auf Nisani zu.

»Luc!« Meine Mutter, verzweifelt. »Nicht wieder! Nein! Emeni!«

Auch sie griff nach Nisani, doch niemand konnte sie davon abhalten, Alexandre das Messer in den Körper zu stoßen. Seine Hände lösten sich von meinen Armen, ich hörte sein Stöhnen, er schwankte, fiel auf die Knie, sank in sich zusammen. Das Messer steckte noch in seiner Seite. Nisani starrte ihm einen Augenblick hinterher, dann rannte sie aus der Küche.

Maman weinte jetzt haltlos, schluchzte wie von Sinnen. Immer wieder sagte sie diesen Namen – Emeni – und endlich ging mir auf, dass sie dieses Schauspiel schon einmal hatte mit ansehen müssen. Sie hatte es uns genau beschrieben. Bellier, der sie angriff. Emeni, die das Messer zog. Papa, der dazwischen ging.

Doch dieses Mal war es anders ausgegangen. Nicht Papa lag am Boden, sondern Bellier.

Alexandre.

Papa kniete neben ihm, sprach auf ihn ein. Ich konnte mich nicht bewegen. Maman presste mich an sich, weinte an meiner Schulter. Ich konnte nur starren, hinab auf den Mann, den ich geliebt hatte. Kein Gefühl durchdrang das Eis, zu dem ich geworden war, als er diesen Satz gesagt hatte.

Lexius Bellier war mein Großvater.

Warum hatte er es offenbart? Niemand hätte es ihm beweisen können. Er hätte weiter mit uns leben und irgendwann seinen Plan durchführen können. Was auch immer sein Plan gewesen war.

Meine Gedanken wollten sich nicht ordnen. Zu viel war geschehen. Nichts ergab mehr einen Sinn. Also stand ich nur da, hielt meine Mutter fest und beobachtete, wie Papa vorsichtig das Messer entfernte und Alexandres Umhang öffnete.

Ich fand es erstaunlich, wohin die Gedanken manchmal unabsichtlich wanderten. Als Papa Alexandres Kleidung hochschob, all die Schichten aus Wolle und Stoff, und seine Haut freilegte, konnte ich an nichts anderes denken als daran, wie sehr ich es genossen hatte, ihn zu berühren, seine Wärme zu fühlen. Doch die Erinnerung verschwand rasch, als ich die Wunde an der Seite seiner Brust sah, den langen, schrägen Schnitt, aus dem das Blut strömte. Es schlängelte sich wie ein roter Fluss über die hellbraune Haut.

Andere Erinnerungen kamen, an Philippe Auguste, dem der Degen noch im Leib gesteckt hatte, als er starb. Und nun wieder frisches, hellrotes Blut, das alles Leben aus dem Körper strömen ließ. Papa untersuchte die Wunde, dann presste er den Stoff von Alexandres Hemd darauf.

»Der Schnitt ist lang, aber nicht so tief, wie ich befürchtet hatte. Die vielen Schichten Kleidung haben das Messer abgelenkt. Lianne, hol Nadel und Faden. Laure, sieh nach Nisani und sag ihr, dass sie den jungen Mann nicht getötet hat. Dann komm zurück und hilf mir beim Nähen.«

Als Maman und ich uns nicht rührten, wurde Papas Ton schärfer.

»Reißt euch zusammen und tut, was ich sage! Wenn ihr wollt, dass uns dieser junge Mann Erklärungen liefert, dann helft mir, seine Blutung zu stillen.«

Mir blieb keine Zeit, darüber nachzudenken, ob ich Alexandres Erklärungen überhaupt hören wollte. Maman zog mich mit sich aus der Küche. Durch die offene Tür des Salons sahen wir Nisani am Fenster stehen und hinausstarren. Maman holte rasch das Nähzeug und gab es mir, dann gingen wir gemeinsam zu meiner Cousine. Als Maman ihr eine Hand auf die Schulter legte, zuckte sie zusammen. Sie drehte sich zu uns um. Ihre Wangen waren tränennass.

»Ich bin wie meine Mutter. Ich sollte auch eingesperrt werden.«

»Was redest du?« Maman ergriff Nisanis Hände. »Nicht du, sondern dieser Betrüger gehört weggeschlossen.«

Die schwarzen Augen meiner Cousine weiteten sich. »Lebt er noch?«

»Ja. Luc sagt, die Wunde ist nicht allzu tief.«

»Dennoch.« Sie verschränkte die Arme vor der Brust. »Ich habe zugestochen. Ich bin wie sie. Wie Emeni. Du hast es selbst gesagt, Tante Lianne.«

»Emeni war meine Freundin, bis zum Ende.«

»Aber sie hätte beinahe Onkel Luc getötet. Ich weiß, sie wollte helfen. Das wollte ich auch. Aber ... Etwas Böses muss doch in uns stecken, um tatsächlich zustechen zu können. Wie es auch in Rodolphe Auguste steckte.«

»Ihr seid nicht wie dieser Mann, deine Mutter und du. Emeni war verängstigt und von früheren Erlebnissen geprägt. Dazu ist sie anders aufgewachsen als du, in einer fremden Gesellschaft mit eigenen Regeln.«

»Dennoch.«

»Hör damit auf, Nisani. Du ähnelst deiner Mutter in vielem, doch selbst wenn sie eine Art von Gewalttätigkeit in sich getragen haben sollte: Du bist eine eigenständige Person, ein einzigartiger Mensch. Du kannst nicht von ihr auf dich schließen.«

»Warum schließt du dann von Bellier auf Alexandre?«

Schweigen. Maman ließ Nisani los und verschlang ihre Hände ineinander.

»Er hat gelogen«, sagte sie langsam.

»Laure! Wo bleibst du denn?«

Papas Ruf gellte durch das leere Haus, und ich erwachte aus meiner Erstarrung und rannte in die Küche. Alexandre lag noch immer mit schmerzverzerrtem Gesicht am Boden, doch er war wach und hatte die Augen geöffnet. Ich kniete mich neben meinen Vater und fädelte mit eiskalten, zitternden Fingern mühsam einen langen Faden auf die Nadel. Als Alexandre mich bemerkte, kam Bewegung in seinen Körper. Er versuchte, sich mir zuzuwenden.

»Laure ...«

»Bleibt liegen, junger Mann, sonst können wir Euch nicht nähen. Es gibt später genug Gelegenheit zum Reden.« Dann wandte er sich an mich. »Ich halte die Wundränder zusammen, und du nähst.«

»Was? Das kann ich nicht!«

»Doch, du kannst. Komm schon.«

Er nickte mir auffordernd zu, und ich beugte mich dichter über Alexandres Brust. So dicht, dass ich ihn riechen konnte, das Blut, die Kräuter, den Duft seiner Haut, der mir so vertraut war. Mich überkam der drängende Wunsch, mich an ihn zu schmiegen.

Dann wurde mir klar, was ich da dachte. Nie wieder würde ich diesen Mann berühren, außer um ihm wehzutun. Damit konnte ich sogleich beginnen. Härter als notwendig stieß ich die dicke Nadel in seine weiche Haut. Alexandre zuckte, gab jedoch keinen Laut von sich. Noch ein Stich. Der Mistkerl hatte mich angelogen! Noch ein Stich und noch einer. Alles nur Lug und Trug! Ich stach, zog fest, stach. Beim letzten Stich brachte ich ihn doch noch dazu, aufzuschreien. Voller Genugtuung erhob ich mich. Am liebsten hätte ich ihm noch einen Tritt versetzt.

»Gut gemacht, Laure«, lobte mein Vater und bedachte mich mit einem liebevollen Blick aus seinen himmelblauen Augen. Ich brachte kein Wort heraus, so heftig war die Müdigkeit, die mich unvermittelt überfiel. Ich konnte nicht mehr denken, mich kaum noch auf den Beinen halten. Maman kam in die Küche.

»Nisani hat sich hingelegt, Laure. Bitte geh auch schlafen. Es ist viel geschehen.«

Plötzlich sehnte ich mich unendlich nach meinem Bett. Es hatte zwar kein Holzgestell mehr, bestand nur noch aus einer dünnen Strohmatratze, langen Stoffbahnen aus Vaters Lager und jeder Menge Felldecken, würde mir aber hoffentlich den gnädigen Schlaf ermöglichen.

»Ist gut«, sagte ich leise, und meine Stimme klang wie die eines Kindes. Und war ich das nicht? Wieder das kleine Mädchen, keine *Liebste* mehr, keine erwachsene Frau. Ich hatte geglaubt, endlich einen Menschen gefunden zu haben, der nur mich wollte. Ich hatte mich vollständig gefühlt. Doch alles war nur ein Traum gewesen. Es gab für mich keine Gemeinschaft wie die meiner Eltern. Ich war nur ein einsames Kind, das ins Bett geschickt wurde.

Beim Hinausgehen hörte ich meine Mutter sagen: »Ich habe Euch ein Lager im Salon bereitet. Es ist kalt, doch es muss genügen. Wir helfen Euch jetzt auf. Wenn Euch Euer Leben lieb ist, seid Ihr morgen früh noch dort. Und dann verlange ich Antworten von Euch. Ich schwöre, ich hetze Euch durch das ganze Land, solltet Ihr versuchen zu verschwinden, Monsieur ...« Sie zögerte. »Victor? Oder war auch das eine Lüge? Heißt Ihr Bellier?«

Ich blieb am Treppenabsatz stehen. Alexandres Stimme war leise, kaum hörbar.

»Nicht mehr. Victor ist mein zweiter Vorname, und seit meine Mutter meinen britischen Stiefvater geheiratet hat, heißen wir alle Shaw.«

24

Julie konnte nicht fassen, was sie hatte beobachten müssen. Wie konnte ihr Bruder seine Familie auf diese Weise verraten?

Die Apothekerin des Klosters hatte sie an diesem Nachmittag zu ihrem Lieferanten geschickt, da sie selbst unter der Kälte litt, und Julie hatte die Gelegenheit genutzt, Alexandre aufzusuchen. Sie hatte gehofft, er würde ihr irgendein besonderes Gewürz geben, mit dem sie die alte Nonne beeindrucken konnte. Außerdem besuchte ihr Bruder sie so gut wie nie, sodass sie sich schon länger fragte, was er den ganzen Tag trieb.

Nun wusste sie es.

Den Botengang hatte sie eilig hinter sich gebracht und die ganze Zeit über ihren Schal nicht vom Gesicht genommen, denn der Geruch in der Apotheke verursachte ihr Übelkeit. Er erinnerte sie an den Rauch, den sie bei ihrem Großvater hatte riechen müssen. Dann war sie endlich bei Alexandres Unterkunft angekommen, hatte ihren Bruder jedoch nur noch von hinten gesehen, als dieser schnellen Schrittes durch die Straßen davoneilte. Sie war ihm gefolgt, und was hatte sie sehen müssen? Er traf sich mit ihren schlimmsten Feinden! Und diesem Verräter hatte sie heimlich die Tür zu den Vorratskammern des Klosters geöffnet, damit er sich dort bedienen konnte und nicht verhungern musste. Sie verfluchte sich für ihre Dummheit. Wahrscheinlich hatte er diese elende Brut mit ihren Lebensmitteln gefüttert!

Wie er dieses widerwärtige Mädchen ansah, es sogar berührte – und küsste! Julie hätte erbrechen mögen! Es wurde Zeit, dass sie dieser Teufelsbrut ein Ende bereitete, der gesamten Familie, die ihren Großvater auf dem Gewissen hatte, ihn verletzt und vertrieben und schließlich getötet hatte. Sie war den ganzen Weg zurück zum Kloster gerannt, durch das große Portal und in die Eingangshalle.

Ehe sie die Treppe zu den Kellerräumen hinunterstieg, hielt sie inne und rang nach Luft. Sie meinte, ihre Brust würde zerspringen, so sehr stach sie. Es war nicht gut gewesen, in der Eiseskälte zu rennen, doch ihr Entschluss duldete keinen Aufschub. Sie setzte ein fröhliches Gesicht auf und hopste die Stufen hinab zu den Räumen der Kräuterfrau.

»Schwester Apothekerin«, rief sie und klopfte gleichzeitig an die Tür. »Ich bin zurück!«

Sie trat ein, und die alte Frau, die in Felldecken gehüllt vor dem Ofen saß, lächelte, als Julie ihr die Kräuter überreichte.

»Ich danke dir, Kind.«

»Oh, es war mir eine Freude. Ihr ahnt ja nicht, wie aufregend es in der Apotheke war! All diese Arzneien, die den Menschen helfen können.« Julie hoffte, ihre Augen strahlten angemessen. Ihre Stimme zumindest klang überzeugend, befand sie. In das Gesicht der Älteren kam Bewegung.

»Wirklich? Du interessierst dich für die Kräuterkunde?«

»Sehr! Es wäre mein größtes Glück, wenn Ihr mir einmal Eure Arzneien zeigen würdet, und später vielleicht gar deren Herstellung? Wie Ihr wisst, ist mein Vater Gewürzhändler. Doch ihm geht es nur um den Geschmack, nicht um die Heilkraft. Dabei können die Kräuter so vieles mehr! Mein Bruder weiß um diese Dinge, doch er weigert sich, es mir zu erklären.«

Die Kälte schien vergessen, denn die alte Frau warf ihre Decken von sich und stand auf.

»Folge mir, Kind. Wir wollen gleich beginnen.«

Julie ahnte, dass sich wenige Menschen je für die Arbeit der Kräuterfrau begeisterten, und der nächste Satz der Alten bekräftigte dies.

»Weißt du, es ist nicht leicht, ein Lehrmädchen zu finden. Ich benötige bald eine Nachfolgerin, meine Augen werden allmählich schwach. Es ist zu gefährlich, bei dieser Tätigkeit nicht richtig sehen zu können. Schließlich gibt es hier unten Dinge, die nur in kleinen Mengen die Gesundheit fördern. Nimmt man zu viel davon, kann man einen Menschen töten.«

»Wirklich?« Julie riss die Augen auf. *Das hoffe ich doch*, dachte sie, sagte aber stattdessen: »Einen solch verantwortungsvollen Beruf übt Ihr aus? Oh, wenn ich doch jemals so etwas Großes erreichen könnte ...«

Die Nonne wurde nicht misstrauisch, obwohl Julie feststellte, dass sie es mittlerweile mit ihrer Heuchelei übertrieb. Nein, vielmehr setzte die Frau ein stolzes Lächeln auf und straffte die Schultern.

»Soll ich dir die wirklich gefährlichen Arzneien einmal zeigen?«

»Gern!« *Ihr ahnt ja nicht, wie gern!* Julie musste an sich halten, um nicht laut zu jubeln.

Als sie die Arzneikammer betraten, schlug Julie derselbe beißende Geruch entgegen wie in der Apotheke. Wieder trat ihr das Bild ihres Großvaters vor Augen, wie er hinter Rauchschwaden langsam den Bezug zur Wirklichkeit verlor.

Bald wird dein Schicksal gerächt sein!

Julie unterdrückte die Übelkeit.

»So viele Tiegel, Töpfe und Fläschchen!«, rief sie aus.

»Ja, und alle angefüllt mit wirkungsvollen Arzneien. Es gibt Salben, Tinkturen, Kräuter für Aufgüsse, für Wickel, all dies zur äußerlichen Anwendung. Hier drüben«, sie ging tiefer in den Raum hinein, »stehen die Arzneien, die eingenommen werden müssen. Wie du siehst, werden die Gefäße kleiner. Innerlich angewendet wirken die Kräuter und Elixiere viel stärker. Man benötigt nur winzige Mengen.«

»Woher wisst Ihr nur, wie viel Ihr nehmen müsst?«

»Das habe ich alles als junge Novizin bei der vorherigen Apothekerin gelernt.« Plötzlich drehte sich die Frau zu Julie um und sah sie forschend an. »Du bist aber keine Novizin, nur Schülerin. Hast du dich etwa für ein Leben im Kloster entschieden?«

»Bisher war ich unentschlossen, doch Ihr eröffnet mir soeben eine vollkommen neue Möglichkeit. Ich könnte für Gott leben und dennoch den Menschen helfen. Das wäre das Größte für mich!«

Zufrieden mit der Antwort fuhr die alte Nonne mit ihrer Führung fort.

»Hier hinten, in diesem verschlossenen Schrank, befinden sich die Arzneien, mit denen man sehr vorsichtig sein muss.« Sie fingerte einen Schlüssel von ihrem Gürtel und schloss das Schränkchen auf. Julie trat nah heran und zeigte auf einige gleich große Fläschchen, die säuberlich aufgereiht dastanden.

»Wofür sind diese? Nimmt man sie ein?«

»Gott bewahre, nein!«

»Was dann?«

»Diesen Kräutersaft darf man nur äußerlich anwenden, denn er ist sehr giftig. Ich darf ihn in diesem Zustand nicht aus der Hand geben, nur angerührt als Salbe. Es gibt seit fünfundzwanzig Jahren strenge Gesetze im Lande, was die Weitergabe von Gift angeht. Du bist zu jung, um davon zu wissen, doch es gab eine Giftaffäre ...«

Julie hörte nicht mehr zu, starrte nur auf die Fläschchen. Wenn sie schnell handelte, konnte sie eines davon greifen und die anderen so zurechtrücken, dass es nicht auffiel. Immerhin waren die Augen der Nonne nicht die besten, wie sie selbst zugegeben hatte. Während sie nickte und so tat, als folge sie den Worten der Frau aufmerksam, ließ sie langsam ihre Hand höher gleiten. Wie in Gedanken rieb sie sich über die Wange – und als sich die Nonne für einen Augenblick bückte, um sich am Bein zu kratzen, schnellte ihre Hand nach vorn. Sie packte eines der Fläschchen und ließ den Ärmel ihres Kleides darüber fallen. Als sich die alte Frau aufrichtete, trat Julie einen Schritt zurück und stieß mit voller Absicht gegen das Schränkchen, sodass der Inhalt zu schwanken begann.

»Oh nein, wie ungeschickt von mir!« Mit der freien Hand griff Julie hinein und tat so, als wolle sie die Fläschchen vor dem Fallen bewahren. Stattdessen rückte sie die Reihe gerade, um die Lücke zu verbergen, die die gestohlene Flasche hinterlassen hatte. »So, alles wieder gut.«

Die Nonne warf einen prüfenden Blick in den Schrank, kniff die Augen zusammen und nickte. Dann schloss sie die Schranktür, drehte den Schlüssel herum und band ihn wieder an ihren Gürtel.

»Liebes Kind, ich würde dir zu gern weiter von meiner Tätigkeit berichten. Doch wenn du eine Novizin werden möchtest, musst du lernen, dich an die Zeiten im Kloster zu halten. Geh schnell hinauf, sonst versäumst du das Vespergebet. Aber komm mich bald wieder besuchen.«

»Gern, Frau Apothekerin.« Julie strahlte die Alte noch einmal an und hüpfte davon.

Als sie die steinerne Treppe hinaufstieg, durchströmte sie ein solch heftiges Glücksgefühl, dass ihr schon nach wenigen Stufen der Atem ausblieb. Keuchend blieb sie stehen. Welch eine großartige Lügnerin sie doch war, eine Meisterin der Täuschung! Die Alte glaubte wirklich, sie hätte in ihr eine Nachfolgerin gefunden. Julie juchzte verhalten, dennoch wurde der Laut von den Steinwänden zurückgeworfen und hallte hohl durch das Gemäuer. Julie presste sich eine Hand auf den Mund, mit der anderen umklammerte sie ihren Schatz.

Denk dir nur, Großvater. Bald wirst du in Frieden ruhen, wenn ich dich gerächt habe.

Gemessenen Schrittes ging sie die Treppe weiter hinauf. Sie dachte jedoch nicht daran, geradewegs in die Kapelle zur Vesper zu gehen, sondern verschwand in ihrem Zimmer, wo sie das Fläschchen unter ihrer Matratze verbarg. Erst dann machte sie sich auf, wieder die

gelehrige Schülerin darzustellen, die sie in den vergangenen Tagen gespielt hatte. Und sie wunderte sich, wie
leicht die Klosterfrauen zu täuschen waren. Sie trugen
ihr das aufsässige, patzige Verhalten der ersten Monate
nicht nach, sondern empfingen sie mit offenen Armen.

Sie wusste, sie hätte sich schlecht fühlen sollen. Doch
sie tat es nicht. Im Gegenteil.

25

Die Nacht brachte mir nicht die erhoffte Ruhe. Erst wälzte ich mich stundenlang hin und her, zitternd gleichermaßen vor Kälte und der Erinnerung an das Geschehene. Als ich endlich müde genug zum Einschlafen war, begann Nisani, im Zimmer auf und ab zu gehen. Gegen Morgen fiel ich in einen leichten, unruhigen Schlaf, der von üblen Träumen erfüllt war. Da war Blut, der sterbende Philippe Auguste, dessen verzerrtes Gesicht sich in das von Alexandre verwandelte. Nisani wurde zu Rodolphe, dann wieder zu Nisani, nur dunkler, wilder. Ich träumte von Messern, erst einem großen, dann dem winzigen, mit dem ich meine Steine bearbeitete. Plötzlich sah ich mir dabei zu, wie ich damit schnitzte, Alexandres Gesicht aus einem – Stein? Nein! Ich schnitt nicht in hartes Material, sondern in weiche, duftende, blutige Haut, bis Alexandre aufschrie.

Der Schrei hallte noch in meinem Kopf nach, als ich aus dem Schlaf auffuhr. Mein Herz raste, und es dauerte Ewigkeiten, bis ich mich beruhigen konnte. Ich lauschte in die Dunkelheit. Nisani schien endlich eingeschlafen zu sein, denn ihr Atem ging regelmäßig. Mit starren Gliedern erhob ich mich von meinem Lager, trat zu der Waschschüssel hinüber und legte die Hände auf den darin befindlichen Eisblock. Als meine Finger feucht geworden waren, fuhr ich mir damit durch das

Gesicht, doch das Gefühl der Schwere wollte nicht weichen.

Ich ging steifbeinig nach unten, vorbei am Salon, dessen Tür geschlossen war. Lag Alexandre dahinter und träumte ebenfalls schreckliche Dinge? Wie von Zauberhand fühlte ich mich von dem Raum angezogen. Ich musste wissen, was die Wahrheit gewesen war und was Lüge. Doch wollte ich das wirklich? Wusste ich nicht bereits, dass Alexandres Gefühle nur Täuschung gewesen waren? Ich stellte mir vor, wie ich die nackten Tatsachen ausgesprochen hören würde, aus diesem Mund, der mich so oft, so zärtlich geküsst hatte. Und das nicht nur auf die Lippen, sondern auf den Hals, das Dekolleté, und tiefer ... Wut, Trauer und Sehnsucht ergriffen von mir Besitz und kämpften miteinander um meine Seele. Währenddessen starrte ich die Tür an, hinter der der Mann lag, den ich lieben und zugleich töten wollte.

Schließlich wagte ich es doch nicht, den Salon zu betreten, sondern ging weiter in die Küche, aus der matter Feuerschein und ein aromatischer Duft in den Flur drangen. Mein Vater stand am Herd und rührte in einem Topf.

»Papa?«

»Laure! Warum schläfst du nicht mehr?«

»Ich kann nicht.« Ich trat zu ihm, sah in den Topf und schnupperte. »Was ist das?«

»Minze, Salbei und Thymian. Alexandre hatte diese Kräuter gestern für uns mitgebracht, da ihr Aufguss wohltuend bei der Kälte ist. Zufällig bewirken sie außerdem, dass Wunden nicht brandig werden. Als ich vorhin bei Alexandre war, bat er mich darum, ihm einen Wickel damit zu machen.«

»Du verschwendest unser kostbares Feuerholz für diesen Lügner?«

Papa nahm den Topf vom Herd und warf einen Stoffstreifen hinein, dann zog er mich zur Küchenbank und setzte sich mit mir hin.

»Manchmal sind die Dinge nicht, wie sie scheinen, Tochter.«

»Oh, das habe ich gestern bereits festgestellt.« Ich schmeckte die Bitterkeit meiner Worte auf der Zunge.

»Du bist enttäuscht, das ist verständlich. Die erste Liebe, und dann stellt sich heraus ...«

»Lass es gut sein, Papa. Du musst es nicht noch einmal aussprechen.«

Er lächelte mich an, doch seine strahlend blauen Augen blickten traurig.

»Weißt du, Laure, auch ich wurde schon schlimmer Dinge beschuldigt, und nie war es am Ende so, wie es schien. Gib dem Jungen die Gelegenheit, es zu erklären, bevor du die wildesten Gedanken in deinem Kopf hin und her bewegst.«

»Das habe ich bereits die halbe Nacht getan.«

»Das kann ich mir vorstellen. Doch gestern waren wir alle zu aufgewühlt, um uns Alexandres Erklärungen anzuhören. Heute ist ein guter Tag dafür. Er wird uns Rede und Antwort stehen müssen. Dir im Besonderen.«

»Ich weiß nicht, ob ich die Wahrheit hören möchte.«

»Da bist du wie deine Mutter. Ich hätte sie zweimal beinahe verloren, weil sie mir nicht die Gelegenheit geben wollte, die Dinge geradezurücken. Beide Male war es die Schuld dieses Bellier und seiner Tochter. Glaub mir, auch ich könnte mir Besseres vorstellen, als ausgerechnet mit Javas Sohn in einem Raum zu sein. Dann wieder sehe ich den jungen Mann an und denke, dies hätte mein eigener Sohn sein können.«

»Ich verstehe nicht ...«

»Natürlich nicht. Wir haben euch Mädchen bisher nur von den Ereignissen nach der Rückkehr deiner Mutter aus der Karibik berichtet, nicht davon, was vorher hier in Paris geschah.«

Und dann erzählte mir mein Vater eine abenteuerliche Geschichte über Bellier und Großvater Lavie, eine geschäftliche Verbindung, eine Absprache, die beinahe zu einer Ehe geführt hätte. Ich konnte nichts sagen, starrte ihn nur an. Wieder lächelte er.

»Du siehst, die Dinge sind manchmal nicht, wie sie scheinen. Und es gibt Augenblicke, in denen man Entscheidungen trifft, die einem so schwerfallen, dass man innerlich zerreißt. Wäre deine Mutter nicht rechtzeitig zurückgekehrt, wäre ich Javas Ehemann geworden und dieser Junge drüben im Salon mein Sohn. Seit er gestern diese Worte sagte, kann ich an nichts anderes denken. Ich kann ihn nicht verurteilen, ehe wir die Wahrheit kennen.«

Plötzlich sehnte ich mich so nach La Rochelle, dass es wehtat. Ich wollte die Zeit zurückdrehen, noch einmal den vergangenen Sommer erleben – so nass und ungemütlich er auch gewesen war –, an dem wir alle zusammen dort gelebt hatten. Und an diesem verfluchten Oktobertag würden Nisani und ich rechtzeitig vor dem Unwetter nach Hause zurückkehren. Dann wäre all dies nicht geschehen. Ich hatte Dinge erlebt und erfahren, die mich so erschütterten, dass ich nicht mehr wusste, wer ich war. Ich hatte es verabscheut, wie ein Kind behandelt zu werden. Nun wünschte ich mir sehnlichst, wieder das kleine Mädchen sein zu dürfen, doch ich konnte nichts ungeschehen machen, nicht die Küsse, die Berührungen, die mich zur Frau gemacht hatten, und schon gar nicht die Gefühle, die nicht länger die eines unschuldigen Kindes waren. Ich hatte Menschen sterben sehen, Hunger und Kälte und Todesangst kennengelernt. Es war viel zu verkraften, und die Versuchung, mich in die Arme meines Vaters zu stürzen und alle Gedanken zu verbannen, war riesig. Doch ich trotzte ihr und straffte die Schultern. Ich würde jetzt nicht zusammenbrechen!

Dann aber tat ich es beinahe doch, als mich mein Vater aufforderte, Alexandre den Kräuterwickel anzulegen. Ich sträubte mich, wollte ihm nicht so nahe sein, ehe er meinen Eltern alles erklärt hatte. Papa jedoch blieb unerbittlich, und so gehorchte ich und verdrängte jeden Gedanken. Ich nahm eine Laterne und das heiße, nasse Tuch und trug es rasch in den Salon, bevor es gefrieren konnte.

Alexandre war unter den vielen Lagen Stoff kaum zu sehen. Er hatte sich die Decken bis über den Kopf gezogen. Das Morgenlicht schien fahl von der Straße in den Raum.

»Alexandre?« Ich ließ meine Stimme laut und hart klingen. Er schrak hoch, stöhnte auf und presste sich eine Hand in die Seite.

»Laure?«

Ich leuchtete ihm mit der mitgebrachten Laterne ins Gesicht. Er blinzelte.

»Ich bringe den Verband. Leg dich wieder hin.« Ich hoffte, mein Tonfall duldete keinen Widerspruch.

»Laure, du musst mich anhören, bitte!«

»Nicht jetzt. Leg dich hin.«

Er verstummte und gehorchte, schob sogar selbst seine Kleidung hoch, damit ich an die Wunde gelangen konnte. Ich löste die Verbände, die mein Vater ihm am Vortag angelegt hatte. Der tiefrote Schnitt, unsauber mit braunem Faden genäht, kam zum Vorschein und leuchtete schaurig im Licht der Laterne, die ich neben Alexandre abgestellt hatte. Vorsichtig legte ich den duftenden Stoffstreifen auf die Wunde, drückte ihn etwas an und befestigte die alten Binden wieder. Als mich erneut die Gedanken an Alexandres nackte Haut und seine Berührungen überfielen, zog ich rasch sein Hemd darüber, stand auf und trat zurück.

»Ich danke dir«, sagte er leise.

»Mein Vater wollte, dass ich das tue.«

Ich verschränkte die Arme vor der Brust und wandte den Kopf ab. Innerlich lachte ich über mich selbst, ein dummes kleines Mädchen in einem schlechten Schauspiel. Die vorgetäuschte Gleichgültigkeit, unter der ich mühsam meine zerborstenen Einzelteile zusammenhielt, war viel zu leicht zu durchschauen.

Alexandre jedoch schien es nicht zu tun, denn seine Stimme klang verletzt. »Ich weiß, du bist nicht freiwillig hier.« Als ich nicht antwortete, fuhr er fort: »Dein Vater ist ein guter Mann.«

»Ja, und ein ehrlicher. Solche soll es geben.«

Ich ergriff die Laterne, verließ den Salon und schlug die Tür so heftig zu, dass der Knall durch das stille Haus dröhnte. Dann sank ich neben der geschlossenen Tür zu Boden. Als mir bewusst wurde, dass ich weinte, wurde mein Körper schon von Schluchzen geschüttelt. Ich verbarg den Kopf unter meinen Felldecken, damit der Mann hinter der Tür mich nicht hören konnte, und auch sonst niemand. Ich wollte allein sein mit meinem Schmerz. Doch mir blieb nur wenig Zeit, ehe mein Vater kam und nach mir suchte. Wortlos zog er mich auf die Füße und nahm mich fest in die Arme.

»Ich will dich nicht quälen, Tochter«, flüsterte er in mein Ohr. »Aber du musst dir über deine Gefühle klar werden. Du darfst nicht vor ihnen davonlaufen und jede Begegnung mit Alexandre meiden.«

Wir gingen zusammen in die Küche, setzten uns, dann erst antwortete ich.

»Ich laufe nicht davon. Doch über meine Gefühle kann ich erst urteilen, wenn ich die Wahrheit kenne.«

»Eben nicht.« Papa lächelte, seine himmelblauen Augen blickten bis auf den Grund meiner Seele. »Gefühle sind nicht abhängig von Wahrheit oder Lüge. Du bist verletzt und wütend, das weiß ich. Was aber liegt darunter? Ob du einen Menschen liebst, hängt nicht davon ab, ob er dich liebt.«

»Doch, natürlich! Wenn man liebt und verraten wird, geht die Liebe fort und der Hass kommt.«

»Und genau das müssen wir unbedingt verhindern. Nimm deine Großmutter Robina. Sie hat deinen Großvater sehr geliebt, bis er sie enttäuscht und verlassen hat. Der Hass, in den sie sich danach flüchtete, war der Grund für die schlimme Kindheit deiner Mutter. Und nun? Nun lieben sie sich wieder, mehr denn je. War es das wert? Jahre des Hasses und der Verzweiflung, nur weil Robina nicht an der Liebe festhalten konnte, ob nun verraten oder nicht? Wem nützt es, den Hass siegen zu lassen?«

Langsam begannen seine Worte, bei mir anzukommen. Doch er war noch nicht fertig.

»Gehen wir ein weiteres Mal in der Zeit zurück. Auch Bellier, der Teufel, war einmal ein liebender Mann. Er liebte Robina bis zum Wahnsinn, und als sie ihn verließ, wurde sein Hass so groß, dass er uns bis heute verfolgt. Denkst du, ihn hat es glücklich gemacht, so zu fühlen? Schlimme Dinge werden aus Hass geboren, während die Liebe zwar schmerzen kann, aber immer noch die Liebe ist. Und die kann verzeihen.«

»Ich weiß nicht, ob ich das schaffe.«

Von der Tür her erklang die Stimme meiner Mutter.

»Auch mir wird es schwerfallen.« Sie kam zu uns, Nisani an der Hand. »Dein Vater konnte schon immer besser verzeihen als ich.« Sie beugte sich zu ihm herab und küsste ihn auf die Stirn. Er lächelte zu ihr hinauf.

»Du hast es mir manches Mal nicht leicht gemacht, Liebste.«

»Ich weiß. Und nur deshalb werden wir den jungen Mann auch anhören. Wäre es nach mir gegangen, hätten wir ihn der Stadtwache übergeben.«

»Das können wir immer noch tun, wenn sich herausstellt, dass er Böses mit uns vorhatte.« Papa stand auf und küsste Maman auf den Mund. »Leg noch ein Stuhlbein auf das Feuer. Ich hole ihn.«

Ich starrte angestrengt in die Flammen, die Besitz von dem fein geschnitzten, verzierten Holz ergriffen. Auch als Alexandre von Papa und Sandrine gestützt die Küche betrat, nahm ich den Blick nicht vom Feuer. Die Magd zog sich wieder zurück, Nisani legte ihre Decke über uns beide und lehnte sich an mich. Ihre Nähe war tröstlich, noch lieber jedoch wäre ich allein gewesen, weit fort von den Worten, die ich hören musste.

Alexandre wurde auf einen der letzten Stühle des Hauses gesetzt, ein Stück abseits von Tisch und Bänken, und das Verhör begann.

»Als ich Euch fragte, ob Ihr verwandt mit Lexius Bellier seid, habt Ihr gelogen«, stellte mein Vater fest.

Alexandre räusperte sich, doch seine Stimme klang noch immer belegt. »Ich habe nicht gelogen. Ich sagte, ich *kenne* keinen Mann mit diesem Namen. Wie kann man einen Toten kennen?«

»Bellier ist tot?«

»Ja, länger als ein Jahr schon.«

»Eine Lüge war es dennoch.«

Alexandre schwieg. Ich wollte es nicht, doch ich wandte den Kopf und sah ihn an. Er saß zusammengesunken auf dem Stuhl, das Gesicht in den Händen verborgen.

»Bellier wurde aus Paris vertrieben«, sagte Maman, ungerührt von Alexandres offensichtlicher Gram. »Wie kommt es, dass Ihr hier lebt?«

Er seufzte und blickte auf. »Ich lebe nicht hier. Meine Heimat ist Indien.«

»Indien?« Meine Mutter runzelte die Stirn. »So weit ist Bellier fortgegangen?«

»Einmal um die halbe Welt, um seiner Strafe zu entgehen«, sagte Papa.

»Er ist ihr nicht entgangen, das könnt Ihr mir glauben.«

Papa sah Alexandre so durchdringend an, als wolle er ihn mit seinem Blick aufspießen.

»Was wir Euch glauben können, wird sich noch erweisen. Wer seid Ihr wirklich, junger Mann?«

»Ich bin Alexandre Victor Shaw, Gewürz- und Kräuterhändler, das wisst Ihr bereits. Ich stehe in den Diensten meines Stiefvaters Arthur Shaw.«

»Als Gewürzhändler müsstet Ihr Holländer sein. Lügt Ihr uns erneut an?«

Alexandre hob die Hände, Verzweiflung im Blick. »Nein! Ich sage die Wahrheit.«

»Dann erzählt uns mehr.«

»Mein Stiefvater ist ein kluger Mann«, begann Alexandre. »Er ist Engländer und arbeitet für die Britische Ostindienkompanie, führt für sie Tee aus China über Indien nach London ein. Durch seine holländische Mutter hat er auch Kontakte zur dortigen Kompanie, die den Gewürzhandel kontrolliert. Auf diesem Weg kann er an die wertvolle Ware von den holländisch regierten Inseln kommen. Wir besitzen ein eigenes Schiff, das an den Kompanien vorbei unsere Gewürze nach Europa bringt. Es steht unter dem Schutz beider Kompanien, was diese allerdings voneinander nicht wissen. In Amsterdam leitet die Mutter meines Stiefvaters gemeinsam mit einem seiner Brüder einen kleinen Handel für in Europa beheimatete Kräuter. Diese fügen wir unserer Schiffsladung hinzu, und die Reise geht weiter nach London, wo ein anderer Bruder ein Kontor führt. Die Gewürze aus Übersee verkaufen sich dort großartig, ebenso die heimischen Kräuter aus den wärmeren Gegenden Europas.«

»Amsterdam und London also. Warum nun Paris?«

Alexandre verzog das Gesicht. »Wie gesagt, Arthur Willem Shaw ist ein kluger Mann mit einem Blick für günstige Gelegenheiten. Ich gelte als Franzose, da meine Mutter Französin ist und ich im französisch regierten Pondichery geboren wurde. Das macht sich mein Stiefvater zunutze, um in den Frankreichhandel einzusteigen. Er selbst als Engländer hat hier kaum Möglichkeiten, dazu sind die beiden Länder mittlerweile zu verfeindet.«

»Wie kommt Ihr überhaupt zu jenem gerissenen Stiefvater? Er scheint ein Mann nach dem Geschmack Eures Großvaters zu sein. Hat er ihn für Eure Mutter ausgesucht?«

Der mitleidige Unterton in Papas Stimme war nicht zu überhören. Bis zum heutigen Morgen hätte ich ihn nicht deuten können, doch nachdem er mir anvertraut hatte, was vor zwanzig Jahren beinahe geschehen war, war es eindeutig. Alexandre jedoch blickte verwirrt drein.

»Nein. Soweit ich weiß, hat meine Mutter ihn selbst gewählt. Wobei – welche Wahl ihr blieb, kann ich nicht beurteilen.« Seine Stimme klang, als schnüre ihm etwas die Kehle zu. »Schließlich hatte sie mich als Hindernis und konnte froh sein, dass überhaupt jemand sie nahm.«

Niemand sprach. Die Worte hingen im Raum, die Verzweiflung des ungeliebten Kindes, das Alexandre gewesen sein musste, war mit Händen zu greifen. Ich sah, wie Tränen in Mamans Augen traten. Alle Härte war verschwunden, und ich wusste, sie dachte an ihre eigene Kindheit.

»Wollt Ihr uns erzählen, was nach den damaligen Ereignissen hier in Paris geschah?«, fragte sie leise.

Alexandre nickte. »Ich habe die Geschichte erst erfahren, als ich fast schon erwachsen war. Ich belauschte meine Mutter und meinen Stiefvater bei einem Gespräch über mich und meinen leiblichen Vater. Daraufhin stellte ich sie zur Rede und verlangte von ihr, mir die Wahrheit zu sagen. Bis dahin hatte ich keine Ahnung von der Vergangenheit.« Er schnaubte. »Wie ich später erfahren musste, wusste sogar meine kleine Schwester über mehr Dinge Bescheid als ich, und zwar durch unseren Großvater. Mit mir zu sprechen, hat bis zu jenem Tag nie jemand für nötig gehalten. Meine Mutter Java gab dann aber endlich preis, was geschehen war.«

Dann erzählte Alexandre uns die Geschichte seiner Familie, soweit sie ihm bekannt war. Es war deutlich, dass es ihm stellenweise schwerfiel, über diese Dinge zu sprechen. Meine Eltern hörten ihm ruhig zu und ließen ihm die Zeit, die er brauchte.

»Nach den Vorfällen hier in Paris floh mein Großvater mit seiner Tochter auf einen Frachter der französischen Ostindienkompanie. Noch auf dem Schiff, irgendwann während der monatelangen Fahrt, kam es zu einer Liebesbeziehung zwischen meiner Mutter und einem indischen Seemann namens Vijay. Mehr weiß ich nicht über meinen leiblichen Vater. Bereits kurz nach ihrer Ankunft in der Stadt Pondichery, die unter französischer Herrschaft stand, wurde ich unehelich geboren. Meine Mutter nannte mich mit zweitem Namen Victor, die Übersetzung von *Vijay* in unsere Sprache. Bellier verjagte den jungen Mann aus der Nähe seiner Tochter und strafte sie mit Nichtachtung. Er versuchte, ein Handelsgeschäft aufzubauen, was ihm jedoch aufgrund fehlender Kontakte und seiner Behinderung nicht gelang. Meine Mutter lernte bald ihren jetzigen Gatten, den britischen Geschäftsmann Arthur Shaw kennen. Er wollte sie trotz des ...« Alexandre machte eine Pause, seufzte, dann sprach er weiter. »... trotz des illegitimen Kindes heiraten und zog mit ihr und ihrem Vater in die englische Handelsstadt Madras um. Bellier wurde in einer Hütte auf dem riesigen Anwesen der Shaws einquartiert, wo er untätig herumsaß, durch seinen kranken Arm an der Teilnahme am Geschäftsleben gehindert.«

Alexandre konnte sich dunkel daran erinnern, dass sich seine Mutter zunächst liebevoll um ihn gekümmert hatte, doch mit der Geburt seiner hübschen, blonden Schwester Julie nahm die Aufmerksamkeit stetig ab. Aber auch das Interesse an dem gewollten, geliebten Kind sank bald. Java schien allein dafür zu leben, ihrem Gatten eine gute Frau und seinen Geschäftspartnern eine vorbildliche Gastgeberin zu sein. Alexandre beobachtete, wie Julie immer häufiger die Hütte ihres Großvaters aufsuchte. Auch er flüchtete sich in seiner kindlichen Einsamkeit zu dem schwermütigen Mann, doch wurde ihm nie die Liebe entgegengebracht, die Bellier offenbar für seine Schwester empfand, die sein Ersatz für die verlorene Tochter war. Auch zwischen den Geschwistern hatte es nie eine besondere Verbindung gegeben. Sie waren einander zu fremd, sie das mit Reichtümern überschüttete und mit schönen Kleidern behängte Mädchen, er der fleißige Stiefsohn, der sich das Wohlwollen der Eltern durch harte Arbeit erkaufte.

»Und dann kam der Tag, als Großvaters Hütte plötzlich in Flammen aufging. Untersuchungen ergaben, dass er im Opiumrausch das Feuer selbst verursacht haben musste. Er war bei Bewusstsein, aber bewegungsunfähig, als die Flammen ihn erfassten.«

»Bellier war süchtig nach Opium?« Maman lachte auf. »Das passt gar nicht zu ihm. Er hatte nie Interesse an Genussmitteln.«

»Angeblich half es gegen seine Schwermut. Meine Mutter sagte, er habe sich sehr verändert, seit er kein Geschäftsmann mehr war.«

»Er hat das Ende gefunden, das er verdiente«, sagte Maman hart. Papa nahm sie in den Arm.

»Liebste, niemand verdient, bei lebendigem Leib und vollem Bewusstsein zu verbrennen. Auch Bellier nicht. Seine Strafe war nicht sein grausiger Tod, sondern sein Leben in den Jahren davor.«

»Er hatte keines«, sagte Alexandre. »Er war so nutzlos wie ein lahmes Pferd.«

Stille senkte sich über den Raum, und jeder hing für einen Augenblick seinen Gedanken nach. Verstohlen betrachtete ich Alexandre, den ich jetzt mit anderen Augen sah. Endlich hatte ich die Erklärung für seinen Tonfall, diesen fremdartigen Klang seiner Stimme, und sein dunkles, markantes Aussehen. Er war zur Hälfte Inder, weit fort von Frankreich aufgewachsen, umgeben von Menschen, die in den verschiedensten Sprachen miteinander redeten.

»Zurück zu Euch.« Papa brach das Schweigen, löste sich von Maman und trat zu Alexandre. »Ihr kamt also nach Paris.«

»Ja. Meine Schwester Julie war nach Großvaters Tod vollkommen verzweifelt. Es schien, als sei seine Schwermut auf sie übergegangen. Die meiste Zeit des Tages saß sie still da und starrte ins Nichts. Mutter wusste sich nicht anders zu helfen, als sie aus der gewohnten Umgebung zu entfernen, wo alles sie an ihn erinnerte. Außerdem hielt sie die Erziehung junger Mädchen in Paris für besser, als sie es in Indien ist. Also bekam ich den Auftrag, Julie für zwei Jahre hier in einer Klosterschule unterzubringen und währenddessen die geschäftlichen Möglichkeiten in der Stadt zu erkunden.«

Maman stieß erneut ein spöttisches Lachen aus. »Java interessiert sich für Bildung? Sie muss sich sehr verändert haben.«

»Allein, dass sie sich um die Belange ihres Gatten sorgt, zeigt das doch schon, Lianne. Früher war ihr nur sie selbst wichtig.«

Ich sah Papa an, dass er wieder daran dachte, wie sein Leben beinahe verlaufen wäre.

»Meine Mutter hat sich verändert, das hat sie selbst zugegeben. Sie sprach davon, wie dumm sie einst war, als sie das Leben noch nicht kannte und die wahre Liebe noch nicht erfahren hatte. Meinem Stiefvater ist sie sehr zugetan. Sie wollte nichts mehr von der Vergangenheit wissen. Mein Großvater dagegen lebte nur in ihr. Obwohl er mir nie Einzelheiten erzählte, war sein Hass auf Frankreich und die Geschehnisse dort mit Händen zu greifen.«

»Weiter, Monsieur Shaw«, sagte mein Vater. »Das Mädchen kam ins Kloster, und was tatet Ihr?«

»Ich suchte mir eine Bleibe, ein kleines Zimmer in der Nähe der Markthallen. Dann begann ich, den Auftrag meines Stiefvaters auszuführen und zu prüfen, ob es die Möglichkeit einer Zweigstelle seines Unternehmens in Paris gab. Ich verteilte Warenproben an wohlhabende Haushalte, deren Herrschaften Interesse an ungewöhnlichen Geschmäckern zeigten, traf mich mit Köchen und Apothekern.« Er seufzte. »Ich bin sicher, ich hätte es schaffen können. Mein Stiefvater hat mir vieles über das Geschäft beigebracht. Leider kam mir der Winter dazwischen.«

»Und vor lauter Langeweile begannt Ihr, meine Frau zu beobachten und Euch an meine Tochter heranzumachen? Was hattet Ihr vor?«

Mir wurde kalt. Während der gesamten Unterhaltung hatte ich verdrängen können, dass es einmal zu diesem Punkt kommen würde, an dem Alexandre erklären musste, warum er sich uns – mir – genähert hatte. Am liebsten hätte ich mir die Ohren zugehalten, doch ein Teil von mir wollte die Wahrheit wissen. Papa hatte recht. Ich konnte und durfte nicht davor fliehen.

Alexandre sah mich an, und ich wich seinem Blick nicht aus. Dann begann er, langsam zu sprechen.

»Bei dem Gespräch mit meiner Mutter war Euer Name gefallen, Monsieur Lavie. Ich fragte, warum Großvater Paris verlassen musste, und Maman erzählte eine verwirrende Geschichte von einer Malerin, die einmal eine Magd gewesen war, und einem Tuchhändler, der Großvater eines Verbrechens beschuldigt hatte. Meine Mutter ist übrigens der Meinung, dies sei zu Recht geschehen und ihr Vater habe sich sein Schicksal selbst zuzuschreiben.«

»Welch wundersame Wandlung«, murmelte Maman, dann nickte sie Alexandre zu, weiterzusprechen.

»Als ich dann in Paris zur Untätigkeit verdammt war, begann ich, mich umzuhören. Ich wusste ja nicht, ob Ihr überhaupt noch in der Stadt lebtet. Da ich seit meiner Kindheit meist auf mich allein gestellt bin, fiel es mir nicht schwer, mir Informationen zu erschleichen und Dinge herauszufinden. Bald hatte ich Euch und Eure Familie gefunden.«

»Das war das Wie. Nun zum Warum.«

»Ich wollte nichts Böses, nur herausfinden, worauf mein Großvater einen solchen Hass hatte. Ich begann, Euch zu beobachten, Madame und Monsieur Lavie. Oft stand ich vor der Kirche gegenüber dem Haus, beobachtete Euch beim Ein- und Ausgehen. Bei aller Verzweiflung über den Zustand der Hausherrin und das schlechte Wetter zeigtet Ihr Euch stets einträchtig. Voller Liebe füreinander, genau wie meine Eltern. Ich konnte mir nicht vorstellen, dass diese Menschen – Ihr – böse sein solltet und den Hass meines Großvaters verdient hattet.«

»Es ist ein furchtbarer Gedanke, wochenlang beobachtet worden zu sein.« Maman erschauderte.

»Ich weiß, und es tut mir leid. Ich wollte damit aufhören, doch dann ...« Der schwarze Blick legte sich wieder auf mich. »Dann traf ich Laure und konnte nicht mehr zurück.« Seine Augen fesselten mich, hielten mich gefangen. Ich versank in ihren Tiefen, sah bis auf den Grund dieses Menschen, und alle Gefühle wirbelten in meinem Kopf herum.

Ich fuhr zusammen, als Nisani neben mir plötzlich sprach.

»Es tut mir leid, dass ich Euch verletzt habe. Doch ich war so wütend! Ihr habt meine kleine Cousine benutzt, ihr Gefühle vorgespielt und ihre kindliche Vertrauensseligkeit missbraucht.«

»Nisani!« Ich sprang auf. Mir war, als hätte sie mir einen Eimer mit Eiswasser über den Kopf gegossen. »Hör auf, so zu reden. Ich wusste genau, was ich tat.«

»Das ist nicht wahr. Du hast dich beschenken und umschmeicheln lassen, ohne danach zu fragen, wer dieser Mann ist. Das ist kein erwachsenes Verhalten.«

»Aber du bist so erwachsen, ja? Wir sind doch nur in dieser ganzen verfluchten Lage, weil du unbedingt meine Eltern zur Rede stellen musstest!«

»Bitte hört auf!« Alexandres verzweifelter Ruf brachte uns zum Schweigen. »Streitet nicht meinetwegen. Ich bin es nicht wert.« Er blickte Nisani an, dann meine Eltern, zuletzt mich. Die schwarzen Augen blieben auf mich gerichtet. »Ihr seid eine wunderbare Familie. Ich hatte nie das Glück, so zu leben. Meinen Vater kenne ich nicht, meine Mutter ist allein an ihrem Gatten interessiert, meine Schwester ist ein verzogenes Kind, und mein Großvater mit seiner Schwermut war mir immer fremd. Für meinen Stiefvater war ich der Lehrling, der seine Sache gut machte. Das war die einzige Anerkennung, die ich erfuhr, und so tat ich alles, um früh ein geschickter Geschäftsmann zu werden. Ich hatte nie eine liebende Familie, und das Gefühl, als ihr mich aufnahmt, war so warm, dass es alle Kälte des Winters vertrieb. Darum konnte ich auch nicht länger die Wahrheit über meine Herkunft verschweigen.«

Alexandre erhob sich, und niemand hinderte ihn daran. Er kam zu mir, sank auf ein Knie – sein schmerzverzerrtes Gesicht bekam er rasch wieder unter Kontrolle – und nahm meine Hände.

»Meine Laure. Auf den ersten Blick habe ich dich geliebt. Am Tag deiner Ankunft in Paris konnte ich beobachten, wie du voller Güte einem Fremden deine Decke für sein Kind überlassen wolltest. Und als du gemerkt hast, dass er nicht ehrlich war, hast du um dein Eigentum gekämpft wie eine Löwin. Seit jenem ersten Treffen sind wir uns täglich nähergekommen. Mit jedem Tag wächst meine Zuneigung zu dir. Ich habe gesehen, wie tapfer du bist, wie du dem Winter und dem Hunger trotzt. Und ich durfte erleben, wie du für mich gekämpft hast, als deine Eltern so ablehnend auf mich reagierten. Mir ist nie etwas Schöneres passiert. Nichts, was ich sagte oder tat, hatte je mit meiner Herkunft zu tun. Ich habe dich nicht getäuscht.«

Ich wollte ihm glauben, doch ich konnte es nicht. Wer würde mich lieben, noch dazu auf den ersten Blick? Ich war nichts als ein langweiliges Ding. Ich entzog ihm meine Hände.

»Unsere Begegnung war nicht zufällig. Das ändert alles.«

»Ich wusste nicht, wer du bist, als ich den Angreifer vertrieb. Erst danach, als du deinen Namen sagtest, und da war es schon zu spät. Da war mir bereits klar, dass ich alles tun musste, um dich näher kennenzulernen.«

Ich sah auf ihn hinab, hätte am liebsten alle Bedenken über Bord geworfen und ihn in die Arme genommen. Doch etwas blieb, ein nagender Zweifel in meinem Kopf. Er hatte gelogen, wochenlang, von Anfang an. Er hatte mir seinen zweiten Vornamen als Nachnamen verkauft, um seine Herkunft zu vertuschen. Ich presste die Lippen aufeinander und starrte ins Feuer.

»Laure. War ich denn kein guter Freund? Habe ich dich je enttäuscht?« Er erhob sich schwankend, ich sah es aus dem Augenwinkel. Dann trat er vor meine Eltern. »Es tut mir leid. Ich kann meine Täuschung nicht ungeschehen machen. Doch hatte sie nicht auch etwas Gutes? Ich weiß nun sicher, dass mein Großvater ein ungerechter Mann war und Ihr seinen Hass nicht verdient hattet. Ist damit nicht die schlimme Vergangenheit endgültig besiegt? Ein loser Faden in Eurem Leben hat nun ein Ende gefunden.«

Unwillkürlich sah ich das Labyrinth von Chartres vor mir. So viele verschlungene Wege, Kurven und Biegungen, so viele Fäden, und alle führten in die Mitte, zu einem gemeinsamen Ziel: dem Sieg über die Bestie.

»Da habt Ihr recht«, sagte Papa. »Tief in meinem Inneren war da immer der Gedanke an Bellier, die Sorge um meine Frau.«

Er zog Maman fester an sich. Sie lehnte den Kopf an seine Brust und sagte: »Wenn wir Euch denn glauben können, dass er tot ist. Einen Beweis gibt es nicht.«

»Ich besitze Papiere, die mich als gebürtigen Franzosen ausweisen. Mein Stiefvater hat sie beschafft, um mir den Aufbau des Geschäfts in Frankreich zu ermöglichen. Es handelt sich um Abschriften der Kirchenbücher, die die Geburten von Lexius und Java Bellier sowie den Tod des Ersteren belegen.« Alexandre seufzte. »Doch natürlich werdet Ihr mir vorwerfen, dass diese Dokumente gefälscht sind. Ich weiß, ich verdiene Euer Vertrauen nicht. Ich kann nur darum bitten.«

Die Stuhlbeine kratzten über den Boden, als sich Alexandre wieder setzte. Ich sah zu ihm hinüber. Er hatte den Kopf in die Hände gestützt und sein Gesicht verborgen. Das dichte, schwarze Haar glänzte im Schein des Feuers. Die Küche wurde still bis auf das Knistern der Flammen.

Papa nahm Mamans Hand, führte sie zur Tür und bedeutete Nisani mit einem Kopfnicken, mit ihnen zu kommen. Meine Cousine erhob sich, blieb aber stehen und verschränkte die Arme. Der Blick meines Vaters duldete jedoch keinen Widerspruch, und sie setzte sich widerwillig in Bewegung. Papa zwinkerte mir zu, dann waren Alexandre und ich allein. Er hob den Kopf, Tränen glitzerten auf seinen Wangen. Seine Stimme klang warm wie stets, doch sie zitterte, als er zu sprechen begann.

»Ich bin nicht so stark, wie ich es all die Wochen vorgab. Ich bin kein Mann, der sich gern mit Wildhütern schlägt, stiehlt und betrügt. Mein Gewissen hat mich um den Schlaf gebracht, doch ich tat all das für dich – für euch.«

Ich konnte nicht antworten, da ich befürchtete, beim ersten Wort in Tränen auszubrechen. So biss ich mir auf die Unterlippe und versuchte, meiner Gefühle Herr zu werden.

»Glaubst du mir nicht, dass ich dich liebe, Laure? Dann habe ich alles falsch gemacht. Soll ich gehen? Wenn du es willst, werde ich verschwinden und dich nicht mehr belästigen. Du musst es nur sagen.«

Er rieb sich mit dem Ärmel seines Umhangs über das Gesicht, was zwar die Tränen, jedoch nicht den verzweifelten Ausdruck fortwischte. Ich schmeckte Blut, hörte aber nicht auf, meine Zähne in das weiche Fleisch meiner Unterlippe zu pressen. So als wollte ich sie dafür bestrafen, wie sehr es sie danach verlangte, sich auf Alexandres Mund zu legen. Ich rührte mich nicht. Wenn ich mich jetzt in seine Arme stürzte, hätte ich verloren. Dann würde er mit mir anstellen können, was ihm beliebte. Dazu vertraute ich ihm nicht genug. Es tat zu weh, getäuscht worden zu sein.

Er stand auf, einen Ausdruck von solch tiefer Trauer im Gesicht, dass es mir das Herz zerriss.

Er nickte. »Ich verstehe. Zu viel ist geschehen.«

Er drehte mir den Rücken zu, ging zur Tür. Warf einen letzten Blick über seine Schulter. Eine einzelne Träne lief über seine Wange. Er wischte sie nicht fort.

Ich war gelähmt, konnte mich nicht rühren. Mein Inneres schrie nach diesem Mann, doch mein Körper gehorchte mir nicht. Er öffnete die Tür, trat hindurch. Wenn ich jetzt nichts sagte, würde er für immer fortgehen. Ich nahm alle Kraft zusammen, hauchte das Wort, kaum hörbar.

»Bleib.«

Er ging einen Schritt, dann einen weiteren. Hatte er mich nicht gehört?

Er blieb stehen, ohne sich umzudrehen. Seine Schultern hingen herab. Sein schwarzes Haar glänzte im Feuerschein.

»Bleib, bitte.« Plötzlich gehorchten mir Stimme und Körper wieder, ich lief auf ihn zu, drehte ihn zu mir herum.

Er sah auf mich herunter, die Wangen nass von Tränen. Ich nahm seine Hände, zog ihn zurück in die Küche.

»Bleib bei mir«, flüsterte ich.

»Bist du sicher?«

Ich sah in seine schwarzen Augen, und ich war sicher. So sicher wie noch nie.

»Ja«, sagte ich mit Nachdruck. »Lüg mich nur nie wieder an.«

»Das schwöre ich.«

Dann, endlich, fanden unsere Lippen zueinander. Ich musste mich zurückhalten, Alexandre nicht zu fest anzufassen, denn seine Verletzung war noch frisch und schmerzte sicherlich. Doch ich wollte ihn nah bei mir spüren. Ich küsste sein Gesicht, schmeckte die salzigen Tränen, vergrub die Hände in seinem Haar, und immer wieder presste ich meinen Mund auf seinen.

»Meine Laure«, murmelte Alexandre an meinem Ohr. Sein Atem kitzelte mich. »Meine Liebste.«

Und endlich fühlte ich mich wieder vollständig.

26

Kurz vor Paris

Vier Tage reichten nicht aus, um nach Paris zu gelangen. Zu unwegsam waren die Straßen und zu unerträglich die Kälte, die über das Land hereingebrochen war. Nicolas ging die meiste Zeit zu Fuß, da er befürchtete, ohne die Bewegung zu erfrieren. Es war mehr ein Gleiten und Rutschen als ein Laufen, ein Straucheln und Taumeln über vereiste Wegstellen und harte Schneehaufen. Er fühlte sich, als würde sein Körper in Stücke gerissen, so sehr drang ihm der eisige Wind unter die Kleidung und peitschte seine Haut. Selbst das Pferd mit seinem dicken Winterfell zitterte ohne Unterlass, zumal es immer dünner wurde. Es fand nur spärliches Gras unter der festgefrorenen Schneedecke. Nicolas hatte zwei Tage auf dem hart gefrorenen Fisch herumgekaut, seitdem hatte er kaum gegessen. Manchmal wusste er nicht mehr, warum er überhaupt voranging, wohin er wollte. Dann wieder stand ihm Nisanis Bild so deutlich vor Augen, dass er seine Schritte beschleunigte.

Nun sah er Paris vor sich, am fünften Tag – das wusste er genau, denn er hatte sich bei jedem Sonnenaufgang mit seinem Messer in den linken Arm geritzt.

Fünf kurze Schnitte waren dort, alle hatten geblutet. So wusste er, dass er noch am Leben sein musste.

Er verengte die Augen zu Schlitzen. Kahle Bäume in Reihen und dahinter Gebäude aus Stein. Waren sie wirklich oder träumte er? Seine Beine wollten nachgeben, so erleichtert war er – oder so erschöpft? Er konnte es nicht sagen. In seinem Kopf drehte sich alles, so wie nach dem Schlag des Anglers. Hatte er ihn wirklich getroffen, war die Begegnung tatsächlich geschehen? Irgendwann, in einem anderen Leben, vor der Kälte, die mit jedem Tag heftiger wurde?

Nicolas hustete und fühlte seine Sinne schwinden. Er lehnte sich an den Körper des Pferdes, der zwar nicht warm, aber wenigstens lebendig war. So gelang es ihm, auf den Beinen zu bleiben. Er spürte das Zittern des Tieres und seinen Atem, der regelmäßig ging. Dann richtete er sich auf und straffte die Schultern. Er würde jetzt weitergehen! Wenn das dort vorn nicht Paris war, sondern nur ein Trugbild, konnte er immer noch verzweifeln. Die Zeit dafür war noch nicht gekommen.

27

Paris

Alexandres Verletzung verheilte gut, machte es ihm aber unmöglich, sich und uns mit Essen zu versorgen. So mussten wir an diesem Tag und an den folgenden die Suppenküche aufsuchen. Alexandre blieb daheim, um sich nicht zu überanstrengen. Jedes Mal, wenn wir das Haus verließen, traf uns die Eiseskälte wie ein Schlag. Die Luft war so rau, dass mein Gesicht schmerzte, jeder Atemzug war ein Messerstich in meiner Brust. Wir hörten auf der Straße, es sei die größte Kälte des Winters, die größte seit Menschengedenken. Es fiel mir nicht schwer, dies zu glauben. Vermummte Gestalten schlurften durch die Gassen, und wir waren ein Teil davon.

Die Luft war so neblig, dass man kaum bis zur nächsten Straßenecke blicken konnte. Der Weg zum *Place Dauphine* und dem öffentlichen Feuer war qualvoll, doch wenn wir ankamen, erfüllte uns die Wärme dort mit neuer Hoffnung. Wir ließen uns einen Topf füllen und verteilten den Inhalt auf fünf kleine Schüsseln, wovon eine für Sandrine war. Dann schlürften wir das heiße Gebräu genüsslich, während wir uns die steifen Glieder an der Feuerstelle wärmten.

Die Reste in dem großen Topf nahmen wir für Alexandre mit. Drei Tage nach dem Vorfall wollte er uns begleiten, doch Maman bestand darauf, dass er sich noch schonte. Sie hatten viel geredet, meine Mutter und mein Geliebter, und wenn aus diesen Gesprächen auch kein vollständiges Vertrauen hervorgegangen war, so war Maman doch aufgeschlossener ihm gegenüber geworden. Die einsame Kindheit, die beide gemeinsam hatten, schien einen Faden zwischen ihnen zu knüpfen, der noch dünn und rissig war, jedoch stärker zu werden vermochte.

An diesem Tag füllte uns ein Mädchen mit einem hübschen, blassen Gesicht den Topf und lächelte uns strahlend an.

»Lasst es Euch schmecken«, sagte sie freundlich.

Irgendetwas an ihrem Tonfall kam mir vage bekannt vor, doch ich wusste nicht, was es war. Da wurde ich auch schon von weiteren Hungrigen beiseite gedrängt. Ich trat zu meiner Familie ans Feuer. Papa verteilte die Suppe in unsere Schüsseln. Wie immer wärmten wir uns erst einmal die Hände an den Gefäßen. Als ich meine Schüssel eben zum Mund führen wollte, sah ich, dass das hübsche Mädchen ihren Platz hinter dem Verschlag verlassen hatte und zu uns herüberstarrte. Was war nur los mit ihr? Ich war sicher, dass ich sie nicht kannte, auch wenn etwas an ihr vertraut wirkte.

»Nicolas«, sagte Nisani plötzlich, und sie klang, als hätte sie einen Geist gesehen. Sie hob die Hand, und wir blickten in die Richtung, in die sie deutete. Die Suppe war vergessen, denn dort, hinter einem Schleier aus Nebel und Rauch, stand unzweifelhaft mein Cousin und sah sich suchend um. Alexandre neben ihm wies auf uns, dann beschleunigten die beiden ihre Schritte.

»Nicolas!« Nisani ließ ihre Schüssel fallen und rannte auf ihren Bruder zu, der nicht ihr Bruder war. Sie stürzte sich in seine Arme und umklammerte ihn, als wolle sie ihn nie wieder loslassen. Er bedeckte ihr Gesicht mit Küssen, hielt sie an sich gepresst.

»Wir sind nicht ...«, begann er, doch Nisani unterbrach ihn.

»Das weiß ich längst.« Dann küsste sie ihn auf den Mund.

Es war ungewohnt, die beiden so zusammen zu sehen, und ich wandte den Blick ab. Er fiel wieder auf das seltsame Mädchen. Der freundliche Ausdruck war aus ihrem Gesicht gewichen. Sie wirkte ärgerlich, beinahe verzweifelt. Alexandre trat zu mir und versperrte meine Sicht.

»Wie kommt Nicolas hierher? Und warum mit dir?«

»Er klopfte an die Tür, kaum dass ihr fort wart. Er war zwar zu Tode erschöpft, aber so ungeduldig, euch zu sehen, dass ich ihn herbrachte. Isst du das hier nicht?«

Ich schüttelte abwesend den Kopf und reichte ihm meine Schüssel, dann spähte ich an ihm vorbei zu Nisani und Nicolas hinüber – und auch zu dem Mädchen.

»Was hast du denn?« Alexandre drehte sich um und sah in die gleiche Richtung. Er hob die Schüssel zum Mund.

»Nein!«

Der Schrei des Mädchens gellte über den belebten Platz. In dem Augenblick stöhnte neben mir Sandrine auf. Das Gesicht der Magd verzerrte sich, ihre leere Suppenschüssel fiel zu Boden, sie hinterher. Sie wand sich wie in Krämpfen.

»Papa! Maman!« Verzweifelt rief ich nach meinen Eltern, die sich zu Nicolas und Nisani gesellt hatten. Ich wusste nicht, wohin ich zuerst blicken sollte. Papa war im gleichen Moment bei uns wie das fremde Mädchen bei Alexandre. Sie schlug ihm die Schüssel aus der Hand.

»Julie! Was tust du hier?«

Julie? Das Mädchen war Alexandres Schwester? Deshalb die vage Vertrautheit!

»Nicht trinken!«, brüllte Alexandre, doch meine Eltern hatten ihre Schüsseln längst fallen lassen und knieten neben Sandrine, die mittlerweile still dalag. Ihre offenen Augen starrten blicklos in den Himmel.

»Julie, was hast du getan?«

»Was du hättest tun sollen!«, rief sie, fuhr herum und rannte los. Alexandre folgte ihr. Ich war hin- und hergerissen, wollte ihm nachlaufen, aber auch meine Familie nicht allein lassen.

Papa sprach inzwischen mit einem der anwesenden Stadtpolizisten.

»Sie wurde offenbar vergiftet«, sagte dieser.

Maman schluchzte auf. »Wer tut so etwas?«

»Alexandres Schwester Julie«, entfuhr es mir. »Belliers anderes Enkelkind. Der Anschlag galt uns, nur durch Nicolas' Auftauchen haben wir noch nicht von der Suppe getrunken.«

Alle starrten mich an, Papa und Maman, Nicolas und Nisani. Gaben sie mir die Schuld daran? Glaubten sie, Alexandre wäre in Julies Pläne eingeweiht gewesen?

»Wo ist dieses Mädchen jetzt?«, fragte der Ordnungshüter.

»Sie ist fortgerannt. Ihr Bruder versucht, sie zu stellen.« Ich wies in Richtung des Ausgangs des Platzes.

»Kommt, wir wollen sehen, ob er Erfolg hatte.« Papa rannte voraus durch die Menschenmenge.

»Oder ob er gemeinsam mit ihr geflohen ist«, fügte Maman hinzu und folgte ihm.

Die Worte versetzten mir einen Stich. Konnte es sein? Hatte Alexandre mich erneut getäuscht?

»Ich sichere hier alles und komme dann nach«, rief uns der Polizist hinterher, als Nisani, Nicolas und ich eilig den Platz verließen.

Wir traten zwischen den Gebäuden hervor und auf die unbebaute, nur von wenigen Menschen bevölkerte Brücke. Ich sah mich um und erblickte Alexandres große Gestalt geradewegs vor mir. Trotz des Nebels erkannte ich ihn sogleich. Ich hätte ihn überall erkannt.

Ich lief auf ihn zu. Seine gesamte Haltung ließ unschwer erkennen, dass er nicht vorhatte, mit seiner Schwester zu fliehen, und ich schämte mich dafür, dass ich erneut gezweifelt hatte. Er hatte Julie eingeholt, die aber trug ein gewaltiges Messer in der Hand und hielt ihn damit auf Abstand. Die Kapuze war dem Mädchen vom Kopf geweht, ihr langes, blondes Haar umrahmte ihr Gesicht wie ein Schleier. Alexandre hielt sich die Seite. Ich hoffte, es war nur der alte Schnitt, der durch das Laufen schmerzte. Würde die Schwester den eigenen Bruder verletzen? Immerhin hatte sie ihm die vergiftete Suppe aus der Hand geschlagen.

Panisch blickte das Mädchen um sich. Sie stand genau an der Spitze der *Île de la Cité*, die von der Brücke mit den beiden Ufern des Flusses verbunden wurde. In ihrem Rücken befand sich die Reiterstatue eines Königs, erhob sich drohend hinter ihrem Kopf wie eine höhere Macht.

»Julie, gib auf«, sagte Alexandre. »Wohin willst du denn laufen? Ich weiß doch, wo du wohnst. Dorthin kannst du nicht zurück. Wie willst du allein auf diesen Straßen überleben?«

»Dann fliehen wir zusammen! Komm schon, Alex. Lass uns fortlaufen!«

Obwohl sich in ihr Französisch immer wieder englische Worte mischten, verstand ich sie gut. Zu gut. Sie versuchte mit allen Mitteln, ihren Bruder umzustimmen.

»Wie Java«, entfuhr es meiner Mutter, die neben mich getreten war. »Dasselbe Wimperngeklimper. Ich fühle mich um zwanzig Jahre in die Vergangenheit versetzt.«

»Er wird nicht darauf hereinfallen«, sagte ich mit Nachdruck und trat näher zu Alexandre. Julie bemerkte mich sogleich, dann den Rest meiner Familie.

»Da ist sie, die ganze verdammte Brut«, brüllte sie und straffte die Schultern. Von Furcht war nichts mehr zu erkennen. Sie setzte ein überlegenes Gesicht auf. »Wie konntest du dich mit ihnen einlassen, Alex?«

»Nenn mich nicht so.«

»Warum nicht? Du bist Engländer wie ich. Dieses Land hat uns nur Unglück gebracht.«

»Du bist diejenige, die Unglück bringt, Schwester.« Alexandres Stimme klang sanft. »Du wolltest diesen Menschen etwas antun, die wahrlich genug unter unserer Familie gelitten haben. Wie kannst du so dumm sein?«

»Der Dumme bist du, Bruder. Du lässt dich von ihnen täuschen. Sie haben Großvater auf dem Gewissen!«

»Dein lieber Großvater war nicht der, für den er sich ausgab«, rief meine Mutter. »Nicht ihm wurde Leid angetan – seine Missetaten wandten sich gegen ihn, das war Gottes Wille und nur gerecht. Er war ein Scheusal, ein menschenverachtender Schänder und Auftraggeber zu Mord und Gewalt.«

»Das ist eine Lüge! Er war ein liebevoller Mann!« Julie hob das Messer höher.

»Woher hat sie das?«, flüsterte ich Alexandre zu.

»Beim Davonlaufen einem Mann aus dem Gürtel gezogen.«

»Hat sie dich verletzt?«

Alexandre schüttelte den Kopf. Dann lauschten wir wieder Maman, die das Gespräch mit Julie übernommen hatte.

»Zu dir war er vielleicht liebevoll, so wie früher zu deiner Mutter. Seinen blonden Engel hat er vergöttert, aber das war alles.« Maman lachte unfroh auf. »Mir hat er die Kindheit gestohlen, mich meine Jugend in Angst und Schrecken verbringen lassen und mir beinahe das Leben und meinen Mann genommen!«

Julies Gesichtsausdruck veränderte sich. Ihre Selbstsicherheit wankte. Sie gab jedoch nicht auf.

»Ihr habt keinen Beweis dafür. Alex, wie kannst du ihnen glauben?«

»Hier ist dein Beweis.« Maman trat so dicht vor das Mädchen, dass Papa unruhig wurde und sich darauf vorbereitete, ihr im Notfall zu Hilfe zu eilen. Dann riss sie sich den Wollschal vom Hals. »Hier, sieh genau hin. Unter der Blume erkennst du den Widderkopf seines

Siegels. Den hast du gewiss schon einmal bei ihm gesehen. Er hat ihn mir eingebrannt.«

»Ich will das nicht sehen!« Julies Stimme überschlug sich. »Ihr seid alle Lügner!«

Maman trat rasch einige Schritte zurück, denn das Messer zuckte durch die Luft.

Das Mädchen hatte uns töten wollen, hatte Sandrine das Leben genommen, und doch spürte ich ihren Schmerz so greifbar, dass Mitleid mich erfasste. Ich stellte mir vor, wie es mir in ihrer Lage ginge. Wenn ich feststellen müsste, dass die Welt eine andere war, als ich mein Leben lang geglaubt hatte. Und war mir nicht vor Kurzem dasselbe geschehen? Waren nicht Nicolas und Nisani jetzt ein Liebespaar und nicht mehr Bruder und Schwester? Darüber hinaus erinnerte ich mich allzu deutlich an das Gefühl vor drei Tagen, als Alexandre uns die Wahrheit gesagt hatte. Als sich der Boden unter meinen Füßen aufgetan hatte. Julie musste sich ähnlich fühlen.

»Mein Großvater Lexius Bellier war ein großer Handelsherr und ein guter Mann!« Ihr Ruf klang so verzweifelt, als wolle sie um jeden Preis an ihrer Welt festhalten und wüsste doch längst, dass sie verloren war.

»Lexius Bellier ein guter Mann?« Zwei Ordnungshüter waren zu uns getreten, und der ältere von ihnen lachte höhnisch auf. »Ein feiger Hund war er! Ich erinnere mich an seinen Abgang aus Paris, denn ich war dabei auf dem Platz vor Notre-Dame. Die eigene Tochter hat er als Geisel genommen, anstatt sich der Strafe für seine Verbrechen zu stellen. Und als wir ihn suchten, hieß es, er habe all sein Geld abgeholt und sei auf ein Schiff geflüchtet, um dem Zuchthaus zu entgehen. Die

Ehefrau ließ er allein zurück. Man fand sie in furchtbarem Zustand auf, als in Saint-Malo nach dem Kerl gesucht wurde. Deine eigene Großmutter, mein Kind, siechte dahin, ohne Geldmittel, zu schwach, um Entscheidungen zu treffen. Man brachte sie ins Kloster, wo sie kurz darauf verstarb.«

Julie stand nur da und schüttelte den Kopf, ihre Miene eine Mischung aus Unglauben, Wut und Hilflosigkeit.

»Siehst du, Schwester? Auch die Polizisten wissen die Wahrheit. Der Mann, den du zu kennen glaubtest, war ein anderer. Es passt zu ihm, seine Taten zu verschweigen und sich in Selbstmitleid zu flüchten. Doch was ich nun über ihn weiß, lässt mich glauben, dass seine Verletzung ihm recht geschah. Und auch sein Ende war angemessen. Leider machte er dich vorher noch zu seinem Werkzeug.«

»Du hast in seinem Namen einen Menschen getötet, Mädchen.« Der ältere Stadtpolizist trat mit gezogenem Degen auf sie zu. »Nun lass das Messer fallen und ergib dich.«

Julie schrie. Erst waren es Worte, dann nur noch Laute, unmenschlich, von so tiefer Verzweiflung, dass mir bang wurde. Ihr wilder Blick machte die Runde, sie sah einen nach dem anderen an, ihren Bruder, meine Eltern, Nicolas und Nisani, schließlich mich. Die blassblauen Augen trafen mich wie Schwerthiebe.

Dann, plötzlich, machte das Mädchen einige Schritte rückwärts von uns allen weg, so als wolle sie in Richtung des rechten Seine-Ufers verschwinden. Die Ordnungshüter folgten ihr, doch ehe sie bei ihr waren, fuhr

Julie herum. Machte drei große Sätze zum Brückenge-
länder. Schwang sich hinauf. Sprang.

Sie sprang von der Brücke hinunter in die Seine.

Auf die Seine.

Ein abscheuliches Krachen ertönte. Alexandre war
zuerst am Geländer, starrte hinab in den Nebel, dann
rannte er los, zu einer der Treppen, die zum Fluss herunter führten. Ich wagte kaum hinabzusehen, doch ich
zwang mich dazu.

Julie lag auf dem Eis, ihr Körper unnatürlich verdreht, vollkommen reglos, das blonde Haar um ihren
Kopf ausgebreitet wie ein seidiges Kissen. Der wa-
bernde Dunst umgab sie, als läge sie auf einer Wolke.

Wie ein Engel, schoss es mir durch den Kopf. Ein gefal-
lener Engel.

Alexandre schlitterte auf sie zu, so schnell er es auf
dem rutschigen Untergrund vermochte. Ich beobachtete, wie er sich neben sie kniete, dann zu uns aufsah.

»Einen Arzt, rasch!«

»Ich hole einen«, rief der jüngere Polizist und rannte
los. Wir blieben stehen und blickten weiter hinab auf
das Geschwisterpaar, die Nachfahren von Lexius Bellier, dessen dunkler Schatten sich wieder einmal auf
meine Familie gelegt hatte. Meine Eltern nahmen mich
in die Mitte, hüllten mich in ihre Umhänge ein und
hielten mich fest, doch mir wollte nicht warm werden.
Ich zitterte am ganzen Leib.

Julie wurde auf einer Trage fortgebracht, Alexandre
wich nicht von ihrer Seite. Ich ahnte, wie schuldig er
sich fühlte. Er hatte sich mehr um mich und meine Familie gesorgt als um die eigene Schwester. Dennoch

wäre ich froh gewesen, ihn in diesem Augenblick bei mir zu haben.

»Selbst nach seinem Tod verfolgt Bellier uns noch.« Die Stimme meiner Mutter bebte. »Wird es denn nie vorbei sein?«

Mein Vater gab ihr über meinen Kopf hinweg einen Kuss.

»Es ist nun vorüber, da bin ich sicher. Alexandre wird den Bann brechen.«

»Du denkst zu gut von ihm. Wir kennen ihn nicht. Vielleicht war er doch in die Pläne seiner Schwester eingeweiht.«

»Dann wäre er mit ihr geflohen. Nein, ich weiß, er ist ein guter Junge.« Papas Stimme klang fest, und ich wusste, woran er dachte. Maman erkannte es ebenfalls.

»Das sagst du nur, weil er dein Sohn hätte sein können.«

Papa lachte leise. »Beinahe wäre es so gekommen, nicht wahr? Zum Glück ist es nicht geschehen. Dann gäbe es meine Laure nicht und auch nicht die Teufelsbrut, die gewiss in diesem Augenblick La Rochelle unsicher macht.« Er machte eine kleine Pause, dann fuhr er fort: »Alexandre hat nie etwas getan, um uns zu schaden. Im Gegenteil. Wie oft hätte er uns vergiften oder auf andere Weise zu Tode bringen können. Doch das hat er nicht. Er ist der Beweis dafür, dass sich Hass und Dummheit nicht zwangsläufig vererben.«

»Dennoch ist er bei seiner Schwester und nicht bei uns.« *Bei mir*, hätte ich sagen sollen, denn das war es, was ich meinte.

»Er fühlt sich verantwortlich«, sagte Papa. »Das heißt nicht, dass er seine Ansichten ändern wird.«

»Das werde ich gewiss nicht.«

Wir drehten uns um, und da stand er, der Mann, der meinem Leben in den vergangenen Wochen Wärme und Licht geschenkt hatte. Sein Gesicht war vom Schrecken gezeichnet, doch seine Stimme klang fest.

»Sie haben meine Schwester ins *Hôtel-Dieu* gebracht. Sie lebt und atmet, mehr kann man im Augenblick nicht sagen. Vermutlich hat sie sich alle Knochen gebrochen.«

»Das ist schlimm. Sie ist so jung.« Mein Vater legte Alexandre eine Hand auf die Schulter.

»Genauso alt wie Eure Tochter, und die wäre nie zu etwas Ähnlichem fähig. Sie wollte euch töten. Es ist die gerechte Strafe.«

»Sie hat nur *seinen* Willen ausgeführt. Er wird mich auf ewig verfolgen.« Die Bitterkeit machte Mamans Stimme heiser.

»Nein, Madame. Er ist tot. Und sollte meine Schwester überleben, werde ich dafür sorgen, dass der Hass in ihr nie wieder eine Chance bekommt. Sie war ein dummes, verzogenes Kind. Sollte ihr ein zweites Leben geschenkt werden, so wird es ein anderes sein, das schwöre ich.«

Alexandre trat zu mir und ergriff meine Hände.

»Meine Laure. Wirst du trotz alledem eine gemeinsame Zukunft mit mir in Erwägung ziehen?« Er wandte den Blick und sah meine Mutter an. »Und wird es Euch möglich sein, über mein Äußeres hinwegzusehen und mich anzunehmen? Es ist nicht Bellier, der mir die Augenfarbe und das Haar vererbte, sondern mein leiblicher Vater.«

»Können wir das woanders besprechen?«, rief ich. »Mir gefrieren die Tränen auf den Wangen.«

»Mir auch, mein Kind. Mir auch.« Maman küsste mich auf die Stirn, nahm mir eine von Alexandres Händen weg und führte uns nach Hause.

28

Als sich der Nebel lichtete, sah Julie als Erstes das lächelnde Gesicht einer jungen Frau, das von einem schneeweißen Schleier umrahmt wurde.

Ein Engel, schoss es ihr durch den Kopf. *Ich bin im Himmel.*

Dann kamen die Schmerzen, so stark, dass sie kaum zu atmen vermochte. Da wusste sie, dass sie lebte. Sie wollte schreien und konnte doch nur nach Luft schnappen. Die junge Frau beugte sich über sie, hob ihren Kopf an und hielt ihr einen Becher vor den Mund.

»Trinkt dies. Es wird Euch die Schmerzen erleichtern.«

In Julies Kopf drehte sich alles. Sie war zu schwach, nachzufragen, was man ihr da verabreichte. Sie nahm mühsam kleine Schlucke des bitteren Tranks, dann sank sie erschöpft in das Kissen zurück. Sie starrte den hölzernen Himmel an, der das Bett überspannte, bis er vor ihren Augen verschwamm. Während sich der Schlaf ihrer bemächtigte, hörte sie die junge Frau ein Gebet murmeln.

Als sie das nächste Mal erwachte, waren sogleich die Schmerzen wieder da, im Kopf, in den Armen und dem ganzen Leib, im Rücken. Nur ihre Beine schienen unversehrt, denn sie spürte sie nicht. Kein bisschen.

Schlaf und grausige, zerstörerische Träume, Wachsein und unerträgliche körperliche Qualen – Julie wusste nicht, welcher Zustand schlimmer war. Die Erinnerungen an das Geschehene kehrten in aller Deutlichkeit zurück. Sie sah die Magd vor sich, die sich in Krämpfen wand, weil sie, Julie, ihr Gift gegeben hatte. *Die Falsche*, hatte sie gedacht, als es geschehen war. *Gott sei Dank, nur eine*, dachte sie jetzt. Julie, die Mörderin. Wie hatte es so weit kommen können?

Sie fragte sich, warum sich überhaupt jemand Mühe mit ihr gab, ihr Suppe und den Schlafsaft einflößte, sie säuberte und in warme Decken hüllte. Doch die Frau mit dem weißen Schleier kam immer wieder, auch andere, schwarz gekleidete. Schwestern wie die im Kloster, die sie verhöhnt hatte, obwohl sie es nur gut mit ihren Schülerinnen meinten. Ein neuer Schmerz stieg in ihr auf, kein körperlicher jedoch. Die Scham über ihr Verhalten brannte wie Feuer in ihrem Leib. Doch ehe sie verzweifeln konnte, schlief sie schon wieder.

Sie war nicht allein in dem Bett, das bemerkte Julie, als es ihr das erste Mal gelang, den Kopf zur Seite zu wenden. Zwei Personen lagen neben ihr, ein junges Mädchen, eine ältere Frau. Die mageren Gesichter waren vom Frost gezeichnet, blau und schuppig. Julie wollte sich empören, verlangen, dass sie ein einzelnes Bett zugewiesen bekam. Diese Reaktion erwartete sie, so kannte sie sich. Doch wusste sie wirklich noch, wer sie war? Denn das einzige Gefühl, das sich beim Anblick der Fremden einstellte, war das einer tröstlichen Nähe. Sie war nicht allein.

Alexandre kam zu ihr, nahm ihre Hand. Sie wollte seine drücken, doch es gelang ihr nicht. Er sah sie an, die schwarzen Augen voller Trauer und Unverständnis. Auch seine Stimme war nicht vorwurfsvoll, sondern nur fassungslos.

»Du hättest mir beinahe das Liebste im Leben genommen. Eine wunderbare Familie, wie wir sie nie hatten. Meine geliebte Laure, die ebenso jung ist wie du. Auch ich war kurz davor, die vergiftete Brühe zu trinken. Dann hättest du nicht nur eine fremde Magd, sondern auch deinen Bruder auf dem Gewissen. Und wofür? Für die Rache eines verbitterten Mannes!«

Julie versuchte, das Bild ihres Großvaters heraufzubeschwören, wie sie ihn gekannt hatte. Sie vermochte jedoch nur zu sehen, wie die Polizisten ihn beschrieben hatten. Feigling. Die eigene Tochter bedroht und verschleppt. Die Ehefrau im Stich gelassen. Sie wollte weinen, doch nicht einmal das gelang ihr. Alexandre ging, und sie lag da und lauschte auf den rasselnden Atem, der aus ihrer Brust kam, bis sie wieder einschlief.

Als er das nächste Mal kam, hörte sie ihn mit einer der Schwestern reden.

»Wird sie es schaffen?«

»Das wissen wir nicht. Wir haben die Knochen gerichtet, doch sie atmet zu schwer, und sie kann offenbar nicht sprechen. Wir tun unser Möglichstes, doch Ihr seht, wie viele Patienten wir haben. In diesem Saal liegen nur die mit Erfrierungen und Knochenbrüchen. Es gibt drei weitere Säle voll mit Menschen, die mit den verschiedensten Seuchen kämpfen. Dann die knappen Nahrungsmittel ...«

»Ich weiß, was Ihr leistet, Schwester, und ich danke Euch.«

Er trat an ihr Bett, nahm wieder ihre Hand.

»Ach, Julie. Wie schön hätte dein Leben verlaufen können.« Mehr sagte er dieses Mal nicht.

Doch es genügte. Nie hatte jemand etwas Wahreres zu ihr gesagt. Sie war gesegnet gewesen, hätte den Winter im Kloster mühelos überstanden. Sie hätte Freundinnen gehabt, wenn sie nur gewollt hätte. Sie hätte lernen können, und dann wäre sie nach Hause zurückgekehrt, zu ihren Pferden und ihren Blumen. Sie versuchte, sich Indien vorzustellen, Vater und Mutter, doch es gelang ihr nicht. Dort hatte eine andere Julie gelebt. Nicht die, die hier lag. Diese hier sehnte sich nach ihrem Schlafraum im Kloster, dem Geplapper der anderen Schülerinnen, dem gemeinsamen Essen an dem langen Tisch im Speisesaal. Nichts davon hatte sie gewürdigt. Und nun lag sie hier, wortlos, atemlos, dem Tode nahe. Dann, endlich, fühlte sie, wie eine Träne über ihre Wange lief.

EPILOG

Februar-April 1709

Julie starb nicht. Sie würde nie wieder gehen können, doch der Hass in ihr hatte glücklicherweise dennoch nicht überlebt. Sie wurde des Mordes an Sandrine angeklagt, aber es gelang meinen Eltern, aufgrund der Schwere ihrer Verletzungen, ihrer Jugend und der äußeren Umstände in der Stadt eine Begnadigung zu erwirken. Wir holten sie aus dem *Hôtel-Dieu* zu uns in die Wohnung, sobald ihre Knochen geheilt waren. Die Männer bauten ein Gestell, auf dem sie sie tragen konnten.

Es war wie ein Wunder, doch Julie haderte nicht einen Augenblick mit ihrem Schicksal. Sie litt unter ihren Taten, weinte aufrichtig um Sandrine, und diese Schuld nahmen wir ihr nicht. Sie hatte Schreckliches getan und musste dafür büßen, wenn nicht durch Strafe, so doch durch das eigene schlechte Gewissen.

Maman erzählte ihr, ebenso wie vor wenigen Wochen Nisani und mir, stundenlang von der Vergangenheit, rückte die Tatsachen gerade, die Bellier verdreht hatte, und das Mädchen glaubte ihr.

»Mit jedem Tag im *Hôtel-Dieu*, während mein Körper mit den Schmerzen kämpfte und mein Geist mit meiner zerstörten Welt, wurde es mir klarer. Ich habe mich täuschen lassen von einem verbitterten Mann.«

Tränen rannen über Julies Gesicht. Alexandre saß bei ihr und hielt ihre Hand.

»Es ist nicht deine Schuld. Unsere Mutter war so damit beschäftigt, eine gute Handelsherrengattin zu sein, dass sie uns Kindern viel zu wenig Aufmerksamkeit gewidmet hat. Sie bemerkte gar nicht, wie viel Zeit du mit Großvater verbrachtest und wie er seinen Hass in dich pflanzte. Und auch ich erkannte es nicht.«

»Ich dachte, er liebt mich«, sagte Julie und schniefte. »Doch ich war nur ein billiges Werkzeug für seine späte Rache. Das ist nun vorbei!«

Was noch lange nicht vorbei war, war der Winter. Er zog sich dahin, wie sich der gefrorene Fluss durch die Stadt und das ganze Land zog. Er hatte einen Anfang und ein Ende, das wusste man, aber man konnte es nicht sehen. Es wurde früher hell und später dunkel, doch das war der einzige Hinweis, dass das Jahr fortschritt und nicht in den grauenvollen Januartagen stehen geblieben war. Wenn einmal Tauwetter einsetzte und alle hofften, dass es nun überstanden war, kam der Frost kurz darauf mit einer solchen Heftigkeit zurück, dass man verzweifeln mochte. Doch das taten wir nicht.

Wir lebten weiterhin im Haus von Madame Chemin wie eine große Familie. Doch so vieles fehlte. Die Hausherrin, Sandrine, der Großteil der Möbel – sogar die Bilder hatten wir aus ihren Rahmen entfernen müssen, um diese zu verbrennen. Die Leinwände lehnten aufgerollt an den Wänden.

Das von Nicolas mitgebrachte Essen reichte für eine ganze Weile aus und bewahrte uns vor dem Hungertod. Zwar konnten wir täglich nur einige Stückchen Wurst und Schinken zu uns nehmen, doch der salzige, fette Geschmack tat unseren ausgehungerten Körpern so gut, dass wir das Gefühl hatten, jedes Mal ein Festmahl zu verspeisen. Maman wärmte uns mit Geschichten aus ihrer Zeit in der Karibik, und Nicolas stimmte ein. Er hatte zwar nur wenige Tage dort verbracht, doch wir hingen an seinen Lippen, als er von seinem Besuch bei Nisanis Großmutter erzählte.

»Sie hat ihre ganze Hütte mit Bildern von dir geschmückt«, sagte er. Nisani schossen die Tränen in die Augen, und ihr einstiger Bruder, der nun ihr Geliebter war, nahm sie in die Arme und küsste sie. »Irgendwann bringe ich dich dorthin, meine Liebste, wenn das hier vorbei ist.« Sie schmiegte sich an ihn, auf ihrem Gesicht ein Ausdruck vollkommenen Glückes. Alle Zerrissenheit war verschwunden, alle Wut verraucht. Sie war angekommen. Es war noch immer ungewohnt für mich, die beiden als Paar zu sehen, und ich sah meinen Eltern an, dass es ihnen ebenso erging. Doch nach der langen Zeit der Sorge um Nisanis Gemütszustand machte es uns froh, dass sie wieder Lebensmut hatte.

Als die Nahrung aufgebraucht war, gingen Alexandre und Nicolas auf die Suche. Manchmal blieben sie tagelang fort, und Nisani und ich stützten uns gegenseitig in der Angst um unsere Männer. Sie kamen jedes Mal unversehrt von ihren Streifzügen durch die umliegenden Felder und Wälder zurück. Mal hatten sie doch wieder eine Ente gefunden, so steif gefroren, dass es kaum möglich war, sie zu rupfen. Dann wieder schleppten sie Eisblöcke aus dem Wasser flacher Teiche heran, aus denen wir die Fische erst herausmeißeln mussten. Einmal, als Nisani und ich bei dieser Tätigkeit allein in der Küche waren, folgte ich einer Eingebung und gab dem Klotz mit meinem Messerchen ein Gesicht. Es war nur angedeutet, doch Nisani erkannte es als das von Rodolphe. Ich reichte ihr Vaters Beil, und sie schlug so fest zu, dass der Eisblock in tausend Stücke zersprang. Dann sah sie mich an und nickte mir zu. Ich lächelte. Es war wie ein Abschluss, als hätten wir die Schrecken unserer Reise nun endgültig hinter uns gelassen. Leider mussten wir auch den Fisch in Einzelteilen vom Küchenboden klauben, doch das war es wert gewesen. Natürlich würden die Erinnerungen wieder aufkommen, wenn wir Onkel Paul und Tante Adelais davon berichteten. Vor allem mussten wir unbedingt das Andenken von Philippe Auguste reinwaschen. Er war ein guter Mann gewesen, der uns nach Kräften verteidigt hatte. Für die Abartigkeit seines Bruders konnte er nichts.

Alexandre blieb mein Beschützer und bester Freund und wurde mein Geliebter, jeden Tag ein Stückchen mehr. Er war die meiste Zeit bei uns im Haus, behielt jedoch auch sein angemietetes Zimmer. Oft begleitete ich ihn dorthin. Dann ließ er mich an seinen Gewürzen riechen, erklärte mir die dazugehörigen Pflanzen, küsste mich im betörenden Duft von Gewürznelken, Zimt und Muskat. An einem der seltenen Tage, an denen die Kälte halbwegs erträglich war, standen wir uns zum ersten Mal in alltäglicher Kleidung ohne Decken und Umhänge gegenüber. Während unsere Lippen einander fanden und nicht wieder losließen, fiel auch dieses letzte Hindernis zwischen unseren Körpern rasch. Und es war, wie Nisani es beschrieben hatte. Es fühlte sich richtig an.

Als es Ende März endlich zu tauen begann und es sich abzeichnete, dass der Winter nun doch zu Ende gehen würde, wurden Pläne geschmiedet. Niemand gab es offen zu, doch ich sah es in den Gesichtern der anderen, so wie sie es mit Sicherheit in meinem lesen konnten. Die Abende im Haus wurden stiller, die Gespräche einsilbiger. Jeder grübelte zunächst für sich allein über seine Zukunft. Obwohl all unsere Schicksale durch die gemeinsamen Erlebnisse miteinander verknüpft waren, war es nicht einfach, die Entscheidung zu treffen, wie es weitergehen sollte.

Am leichtesten fiel es Maman, und so war sie diejenige, die eines Abends das Gespräch über die Zukunft eröffnete. Sie wollte so schnell wie möglich nach La Rochelle, fort von dem Haus in Paris, mit dem sie so viele schöne und schreckliche Erinnerungen verbanden. Papa sorgte sich um den Tuchhandel, und er befürchtete, in der Stadt bleiben zu müssen, um die Geschäfte wieder in geordnete Bahnen zu lenken. Diese Sorge nahm ihm Nicolas. Er bot sich an, diese Aufgabe zu übernehmen. Er hatte im Handelshaus seines Vaters genug gelernt, um es sich zuzutrauen. Nach dieser Eröffnung sah er scheu zu Nisani hinüber.

»Bleibst du bei mir? Hier in Paris könnten wir als das leben, was wir sind: Mann und Frau. Wir müssten nichts erklären, so wie es daheim der Fall wäre. Was sagst du?«

Nisani sagte nichts, nickte nur unter Tränen. Maman lehnte sich erleichtert lächelnd an Papa, der nun frei war, mit ihr nach Hause zurückzukehren.

Und mit mir.

Sie ließen keinen Zweifel daran, dass ich mit ihnen kommen würde. Zwar wussten sie um meine Gefühle für Alexandre, jedoch hatte er seine Pläne bisher nicht offenbart. In den Stunden, die wir allein verbrachten, betonte er immer wieder, dass er mich nie verlieren wolle, doch wie er sich unser gemeinsames Leben vorstellte, hatte er nie gesagt. In das Gespräch über Geschäftliches zwischen Papa und Nicolas stimmte er nicht ein, und auch als meine Mutter davon sprach, mit mir nach La Rochelle zurückzukehren, blieb er stumm. Ich fürchtete, er würde nichts sagen und einfach zusehen, wie ich die Stadt verließ. Waren die Gefühle der vergangenen Wochen nur Täuschung gewesen, der Traum eines langen, dunklen Winters, und hielten sie der Wirklichkeit des Frühlings nicht stand? Ich brachte die Frage nicht über die Lippen, nicht vor all den anderen. Ich wünschte mich in Alexandres Zimmer, in den Kräuterduft und die Zweisamkeit, und verfluchte mich dafür, dass ich dort nicht längst mit ihm über unsere Zukunft gesprochen hatte.

Julie nahm mir die Sorge ab.

»Und was tun wir nun?«, fragte sie ihren Bruder mit Tränen in den Augen. »Ich kann doch nicht zurück ins Kloster. Und auch nicht nach Hause. Mama und Papa dürfen nie erfahren, was hier geschehen ist.« Nun weinte sie haltlos. »Was wird aus mir?«

»Ich kümmere mich um dich«, versicherte Alexandre ihr.

»Wie willst du das anstellen, während du dein Geschäft aufbaust?« Julie schluchzte. »Ich kann nicht laufen, nicht allein für mich sorgen. Ich bin nur eine Last für dich!«

»Für uns wärest du keine Last«, sagte Maman ruhig. »Du kommst mit uns nach La Rochelle.« Sie zwinkerte Papa zu. »Ich kenne da eine besonders mütterliche Frau, die dich mit offenen Armen empfangen wird, Julie.«

»Oh ja, Maman ist eine solche Glucke.« Nisani lachte. »Und du würdest ihr darüber hinweghelfen, dass ich erst einmal nicht nach Hause komme. Ich bin die einzige Tochter unter lauter Knaben, musst du wissen.« Sie sprach dieses Wort – Tochter – so selbstverständlich aus wie früher.

»Ihr seid so gut zu mir.« Julie lächelte unter Tränen. »Das habe ich nicht verdient. Darf ich mitgehen, Alex? Bitte! Ich werde dich schrecklich vermissen, aber …«

»So schnell wirst du mich nicht los«, unterbrach er sie, dann wandte er sich an meinen Vater. »Monsieur Lavie, gibt es in La Rochelle bereits viele Gewürzhändler?«

Ich wagte kaum zu atmen.

»Einige«, sagte Papa nach kurzer Überlegung. »Aber die handeln nur mit einheimischen Kräutern, nicht mit denen aus Übersee. Und der Winter dürfte die meisten Pflanzen schwer geschädigt haben. Ich würde sagen, ein weiterer Gewürzhandel kann nicht schaden.«

»Helft Ihr mir, dort Fuß zu fassen? So könnte ich bei meiner Schwester sein.«

Natürlich, es ging ihm nur um Julie. Enttäuscht blies ich die angehaltene Luft aus der Nase.

»Und bei Laure. Wenn Ihr es erlaubt und sie es möchte.«

Da war er, der dunkle Blick, diese Augen, die mir seit unserer ersten Begegnung nicht mehr aus dem Kopf gegangen waren. Sie sahen mich an, bittend, fragend. Meine Kehle war wie zugeschnürt, ich konnte nur nicken. Dann fiel ich Alexandre in die Arme.

Als alles geklärt war, konnten wir es kaum erwarten, dass die Straßen passierbar wurden. Wir mieteten eine große Kutsche, in die wir fünf hineinpassten, und dazu einen Fahrer. Endlich kamen wieder Nahrungsmittel in die Stadt, und wir beschafften uns genügend Vorräte für die Reise.

Der Abschied von Nicolas und Nisani fiel mir schwer. Ein halbes Jahr war vergangen seit Nicolas' Verschwinden. Seit die Geschwister, mit denen ich aufgewachsen war, nicht mehr Bruder und Schwester waren. Inzwischen schien es mir, als seien sie nie etwas anderes als ein Liebespaar gewesen. Und vielleicht war das auch so. Vielleicht waren sie von Anfang an füreinander bestimmt gewesen.

Es erschien mir natürlicher als meine Verbindung zu Alexandre. Wie konnte es sein, dass ich den Enkel des Mannes liebte, der meine Eltern hatte töten wollen? Maman jedoch nahm mir diese Gefühle.

»Es gibt Dinge in uns allen, die wir geerbt haben. Das Talent, die Augenfarbe, möglicherweise auch Charakterzüge. Doch es ist immer die eigene Entscheidung, Gutes oder Böses zu tun. Jeden Menschen gibt es nur ein einziges Mal. Und er besteht aus so vielen Einzelteilen, wie ich verschiedene Farben benötige, um ihn abzubilden, mit all dem Licht und all den Schatten, die ihn ausmachen. Alexandre trägt das Erbe der Belliers in sich, doch ebenso das eines indischen Seemanns. Wer weiß, vielleicht ist dessen Familie so rein und gut, dass ihr Vermächtnis alles Böse überdeckt. Ich habe eine Weile gebraucht, um dies zu erkennen.«

Ich küsste Nisani zum Abschied auf die Wange. Wir tauschten einen letzten Blick, der alles sagte. So vieles hatten wir geteilt, hatten uns geschlagen und gehalten, umgeworfen und wieder aufgeholfen, waren aufeinander wütend gewesen, dankbar, verletzt, voller Freude, entzweit, einträchtig. Doch immer hatten wir uns geliebt wie Schwestern. Nun würde an ihrer Stelle Julie mit uns zurückkehren. Wie würde diese Tatsache die Familie verändern?

Wir brachen auf, kaum dass wir mit den ersten Essenslieferungen, die die Stadt erreichten, unsere Reisevorräte angelegt hatten. Als wir Paris hinter uns ließen, schwor ich der Stadt im Stillen, dass ich zurückkehren würde, um mir ihre schönen Seiten anzusehen. In irgendeinem Sommer, wenn sie so aussah wie auf den Bildern meiner Mutter. Dann würde ich durch ihre Gassen wandern, mit Alexandre an meiner Seite, nicht frierend, sondern mit sonnenwarmem Gesicht und Kleidung, die mich nicht zu Boden drückte.

Die Reise verlief beschwerlich. Zwar waren die Straßen größtenteils befahrbar, doch es gab noch viele Bereiche, die im ewigen Schatten lagen und an denen alte Schneeberge ein Durchkommen unmöglich machten. Oft mussten wir aus der Kutsche aussteigen, Papa und Alexandre trugen Julie, Maman und ich unser Gepäck, sodass das Gefährt leichter wurde und nicht im Schnee stecken blieb. Da es nun heftig taute, führten die Bäche

und Flüsse Hochwasser, was uns erneut in Schwierigkeiten brachte. Doch wir meisterten alle Unwegsam-
keiten mithilfe unseres wunderbaren Kutschers.

Meine Eltern hatten die Straße über Orléans nehmen
wollen, aber ich überredete sie, genau den Weg zu fahren, auf dem Nisani und ich gekommen waren. Es war
mir ein Bedürfnis, unsere Reise noch einmal in entge-
gengesetzter Richtung zu unternehmen. War mir die
Gegend auf dem Hinweg schon menschenleer vorgekommen, so war der Eindruck nun noch stärker. Auch
unter den Tieren hatte der Winter so viele Opfer gefordert, dass uns kaum welche begegneten. Unzählige tote
Bäume, geborsten vom Frost oder einfach nur erfroren
und abgestorben, säumten den Weg. Sie boten einen
traurigen Anblick inmitten des langsam hereinbre-
chenden Frühlings.

Wir besuchten Camilles Dorf, und meine Freundin
begrüßte uns überschwänglich. Es hatte auch dort Ver-
luste gegeben, doch sie und Damien waren wohlauf
und nach wie vor sehr verliebt. Ich freute mich für sie.
Sie hatte die Dirne aus Chartres hinter sich gelassen.

Chartres. Auch in diese Stadt zog es mich erneut. Ich
führte Alexandre in die Kathedrale, schritt gemeinsam
mit ihm langsam das Labyrinth ab, bis wir in der Mitte
zum Stehen kamen. Ich blickte auf in seine schönen
schwarzen Augen, die im Halbdunkel der Kirche
schimmerten.

»Ich bin angekommen«, wisperte ich.

»Das bin ich auch.« Seine warme Stimme umfing
mich wie ein schützender Umhang. Zusammen traten
wir vor den Altar. Da ging mir auf, dass ich gar nicht
wusste, ob Alexandre katholisch erzogen war. Es gab so

vieles, das ich noch über meinen Geliebten herausfinden musste, und ich konnte es kaum erwarten, damit zu beginnen. Erst einmal jedoch betete ich stumm und dankte dem Herrn dafür, dass er mich und meine Lieben verschont hatte.

Wir machten auch an dem Bauernhaus Halt, um nach der Frau zu sehen, die uns das Leben gerettet hatte. Erst nach mehrmaligem Klopfen öffnete sie. Hatte sie vor Monaten schon schlecht ausgesehen, so kam sie mir nun vor, als stünde sie kurz vor dem Tod. Sie schien sich aber zu freuen, mich wiederzusehen, und bat uns herein. Eines der Mädchen war ebenfalls im Raum. Nur eines. Das andere hatte den Winter nicht überlebt. Ich weinte um die Kleine und um die zurückgebliebene Schwester, ein bleiches, mageres Ding mit schwarz umschatteten Augen.

Plötzlich lächelte das Kind. »Der Bauer ist tot. Ich weiß, ich darf mich nicht darüber freuen, aber ...«

»Ist schon gut«, sagte ihre Mutter. Auch sie lächelte. »Nun wissen wir zwar nicht, wie es weitergehen wird, aber es kann nur besser werden. Seht, die Sonne kommt heraus.«

»Habt Ihr noch den Esel?«

»Oh ja, das Vieh ist zäh. Wir haben ihn hier hereingeholt, so hat er es mit uns zusammen überlebt.«

»Wird er Euch nach Chartres bringen können?«

»Was sollen wir in Chartres?«

»Einkaufen. Dort gibt es wieder jede Menge Essen.« Ich lächelte und reichte der Frau einen Beutel Münzen. »Ich verdanke Euch mein Leben. Wagt es nicht, dieses Geld abzulehnen.«

Sie lehnte es nicht ab, brach aber in Tränen aus. »Du hast dein Versprechen wahr gemacht. Du bist ein gutes Kind.«

Die Reise ging weiter, und irgendwann kamen wir zu der Hütte, in der wir mit Philippe und Rodolphe Auguste übernachtet hatten.

»Wir müssen nachsehen, ob Philippe hier noch liegt, Papa. Er muss doch begraben werden.«

Papa befahl uns, auf dem Wagen zu bleiben, und betrat die Hütte. Er kam heraus, schüttelte den Kopf, blickte sich noch ein wenig um und kam zurück. Während der ganzen Zeit sah ich die schrecklichen Bilder vor mir. Philippe blutend am Boden, Rodolphe über Nisani. Ich schloss die Augen und lehnte mich an Alexandre.

»Dort ist niemand.« Papa kletterte in die Kutsche. »Vielleicht hat der Kerl seinen Bruder doch begraben.«

Ich hoffte es. Die Vorstellung, dass sich hungrige Tiere Philippe geholt hatten, war furchtbar.

Schließlich erreichten wir Tours. Auch diese Stadt erwachte langsam wieder zum Leben. Noch einmal füllten wir die Vorräte auf, dann ging es auf den letzten Teil der Reise. Als endlich La Rochelle vor uns auftauchte, weinte ich vor Glück. Die Worte sprudelten aus mir heraus, ich wollte Alexandre alles zeigen, jedes einzelne Bauwerk erklären, den Verlauf jeder Straße, jede Kirche und jedes Geschäft. Er lachte und küsste mich auf den Mund, flüchtig, da meine Eltern dabei waren.

»Ich laufe dir nicht weg. Du kannst mir all diese Dinge ganz in Ruhe zeigen.«

Dann standen wir vor dem Haus von Tante Adelais und Onkel Paul. Plötzlich zögerten wir alle, keiner wollte den Anfang machen und aussteigen. Die Angst, ob die Familie den Winter überstanden hatte, wallte in mir auf und verursachte eine Welle der Übelkeit. Ebenso fürchtete ich die vielen Worte, die nötig sein würden, um das Geschehene zu erklären.

Uns blieb keine Zeit, lange nachzudenken. Die Meute hatte uns erspäht und fiel mit ohrenbetäubendem Geschrei über uns her. Als ich meine kleinen Brüder und Cousins sah, erfasste mich ein solches Glücksgefühl, dass ich kaum atmen konnte. Meine Brüder stürzten sich in die Arme unserer Eltern, meine Cousins packten mich, zerrten mich aus der Kutsche und brüllten nach Tante Adelais und Onkel Paul. Als diese vor die Tür traten, überschwemmte mich die Erleichterung. Alle noch da, alle am Leben. Hinter ihnen erschienen meine Großeltern Robina und Jacquo, und ich konnte mein Glück kaum fassen. Tausend Fragen wirbelten in meinem Kopf, und den anderen musste es ähnlich gehen.

Onkel Paul hatte einiges an Gewicht verloren, war jedoch noch immer stattlich, und sogar Tante Adelais' Gesicht war schmal geworden. Dafür wölbte sich ein gewaltiger Bauch unter ihrem Kleid. Ihr panischer Blick suchte Nisani, und da meine Eltern mit den Kleinen beschäftigt waren, trat ich zu ihr.

»Nisani und Nicolas geht es gut.«

Das Gesicht meiner Tante wurde weich vor Erleichterung.

»Nicolas auch? Dann hat er Paris erreicht? Dein Großvater war sich sicher, dass er es schafft.«

»Das hat er, und zwar gerade zur rechten Zeit. Er ist mit Nisani in Paris geblieben. Wir erklären euch alles. Doch nun brauche ich eure Hilfe.«

Julie und Alexandre saßen noch immer in der Kutsche, ließen uns die Zeit für das Wiedersehen, die wir brauchten. Ich ging zu ihnen, Tante und Onkel folgten mir. Ich steckte den Kopf in die Kutsche und strahlte Alexandre an.

»Meine Familie ist wohlauf.«

»Das ist schön.«

»Darf ich euch Nisanis und Nicolas' Eltern Adelais und Paul Durand vorstellen? Und dies sind Alexandre und Julie Shaw, neue Freunde. Julie ist gelähmt, sie kann nicht laufen.«

Ich sah meiner Tante ins Gesicht und erkannte sofort ein Aufleuchten.

»Du armes Kind! Paul, hol sie aus der Kutsche und bring sie ins Haus. Ich werde mich um sie kümmern.«

Julie wurde sogleich ein Teil der Familie. Adelais stürzte sich auf sie, ganz die Glucke, die sie war. Ihre Schwangerschaft, die sich bereits dem Ende neigte, machte sie noch rührseliger und gefühlsbetonter. Und die Meute fraß einen solchen Narren an Julie, dass ich befürchtete, sie würden sich duellieren, um herauszufinden, welcher der vier sie einmal freien durfte. Zurzeit sah es so aus, als hätte Noel die besten Chancen. Julie schien ihn zu mögen, obwohl er drei Jahre jünger war als sie. Bis die Knaben alt genug waren, ernsthaft um sie zu werben, begnügten sie sich damit, ihr jeden Wunsch von den Augen abzulesen. Meine Brüder waren kaum noch daheim.

Ich dagegen genoss es, wieder in meinem Elternhaus zu leben, in meinem Zimmer, mit meinen Steinen und Werkzeugen. Großvater Jacquo und Großmutter Robina blieben noch eine Weile bei uns. Die Abende waren lang, angefüllt mit Gesprächen zwischen Erwachsenen, zu denen ich endlich gezählt wurde. Alexandre, dem Onkel Paul ein kleines Kontor mit einem Zimmer darüber beschafft hatte, war oft bei uns. Er erzählte von seiner Kindheit im Schatten von Belliers Schwermut und von seiner Mutter Java, die offenbar eine wundersame Wandlung vom verwöhnten Biest zur liebenden Ehefrau durchgemacht hatte. Er sprach auch von der Sehnsucht, seinen wahren Vater kennenzulernen, über den nie geredet worden war und den er niemals sehen würde. Maman teilte ihre Erinnerungen mit ihm, daran, wie auch sie geglaubt hatte, ihrem Vater nie begegnen zu dürfen, und wie das Schicksal sie dann doch zusammengeführt hatte.

»Wer weiß, was die Zukunft bereithält, Alexandre. Du darfst nie die Hoffnung verlieren. Vielleicht kehrst du eines Tages nach Indien zurück und triffst ihn.«

»Meine Zukunft ist hier, bei euch allen, bei meiner Laure. Ihr seid nun meine Familie. Es zieht mich nichts nach Indien. Es ist nur eine Sehnsucht tief im Inneren. Irgendein Teil von mir fehlt.«

Ich drückte mich an ihn, wollte ihn vollständig machen, doch war irgendwer von uns wirklich vollständig? Alexandre hatte einmal von einem losen Faden im Leben meiner Eltern gesprochen, und gab es nicht in jedem Leben einen losen Faden, etwas, das ungeklärt und unvollendet war? Großvater Jacquo hatte Brüder gehabt, von denen er nicht wusste, was aus ihnen geworden war. Maman würde immer ihre Kindheit fehlen, die unwiederbringlich verloren war. Nisani wusste zwar jetzt, woher sie stammte, hatte aber das Volk ihrer Mutter noch nie gesehen. Mein loser Faden war Paris. Ich war dort geboren, nun zum ersten Mal wieder dort gewesen, doch die Stadt hatte mir nur ihre grausame Seite gezeigt. Ich wollte zurück, ihr wahres Gesicht entdecken.

So viele lose Fäden und doch ein gemeinsames Ziel. Eine Familie in der Mitte des Labyrinths, am Ende der Reise. Eine Bestie, endlich besiegt. Eine Liebe, die uns alle miteinander verband, für immer.

Der Sommer wurde noch einmal beschwerlich, denn der harte Winter hatte Obstbäume und Weinstöcke absterben lassen, es gab kaum Saatgut, da es entweder verdorben oder schlicht verspeist worden war. Somit fielen die Ernten im Lande spärlich aus. Uns ging es vergleichsweise gut, denn sowohl die Geschäfte meines Vaters als auch die von Alexandre liefen erfolgreich. Wir hatten Geld, wir konnten es uns leisten, Lebensmittel aus ferneren Gegenden einzuführen. Und wir hatten einen Freund, der ein Schiff besaß und uns jederzeit mit Vorräten versorgen konnte. Oder nein! War René nicht jetzt mein Onkel, nachdem er nach seiner Rückkehr aus der Karibik endlich Mamans jüngste Schwester Agnès zur Frau genommen hatte? Die Familie wuchs, und das war gut. Tante Adelais hatte einen weiteren Knaben zur Welt gebracht, ein mageres Bürschchen namens Olivier, das stundenlang in Julies Armen lag und selig schlummerte, während das Mädchen ihm die wildesten Geschichten erzählte, von Indien, ihren

Pferden, all den Pflanzen und Blumen, die dort wuchsen. Doch nie von ihrem Großvater. Nie von Bellier. Er mag noch in ihrem Kopf gewesen sein, doch für uns anderen war er tot und begraben. Endgültig. Endlich. Die Liebe hatte gesiegt. Meine Mutter Lianne, die arme Dienstmagd, das einsame Mädchen mit den unzerstörbaren Träumen, war nun Teil einer großen Familie. Sie hatte es vollbracht, all diese Menschen zusammenzubringen, die zu mir gehörten. Ich begann in jenem Sommer, ihre Gesichter in Stein zu meißeln. Es würde eine Lebensaufgabe werden, doch der stellte ich mich gern.